リムガル
CW01302387
Presented by Ao jyumonji / Illustration by Eiri shirai

近づいてゆくに従って、次第に様子が判明してきた。
幻覚なんかじゃない。複数の建物らしきものがはっきりと見える。
街というほどの規模ではない。集落か。

Characters

ハルヒロ
class —— 盗賊

目が眠そう。
草食系暫定リーダー。

ランタ
class —— 暗黒騎士

お調子者の我が儘テキトー
人間。不人気ナンバー 1。

クザク
class —— 聖騎士

新しい仲間。やる気は
あるんだかないんだか。

ユメ
class —— 狩人

天然癒やし系。
ちょっと微妙な関西弁？

シホル
class —— 魔法使い

引っ込み思案。
がんばり屋の影薄さん。

メリイ
class —— 神官

クールな美人。義勇兵と
しては先輩で少しアダルト。

「出口が近い」とララが囁くように言った。

言われてみれば、微かに空気が流れている。さっきまでより、少し気温が低い。ノノがランタンに覆いをかけると、途端に暗くなった。前方に光らしきものはない。

「夜なのか……？」ランタが呟いて、唾をのみこんだ。

誰かがため息をつく音がした。足音。衣ずれの音。鎧が鳴る。息遣い。ランタンの覆いは外されていない。覆いの隙間から、わずかに明かりが漏れている。

ララが足を止めて身振りでノノに何か合図した。ハルヒロたちも止まった。ララはノノに独りで様子を探りに行かせるようだ。ノノは忍び歩きを身につけている。盗賊のハルヒロにはそれがわかった。しかも、かなりレベルが高い。ノノはララにランタンを預けると、音を一切立てることなく闇に溶けて、すぐに見えなくなった。おそらく五分ほどでノノは戻ってきた。ノノはララに身を寄せて、もしかすると何か耳打ちしたのかもしれないが、声は聞きとれなかった。

ともあれララは一つうなずいて、ノノにランタンを返すと歩きだした。ハルヒロたちとしてはついてゆくしかなかった。

ランタンには依然として覆いがかかっていたし、真っ暗だが、明らかに外は近い。

あと少し。

もうすぐだ。

「んにゃあ……」とユメが変な声を洩(も)らした。

外は湿っていて、冷たい暗闇(くらやみ)に閉ざされていた。音がする。何の音だろう。オウ、オウ、オウ……というような、規則的な——動物の鳴き声なのか？ シィー、シュー、といった感じの連続的な高い音も聞こえる。あれはもしかすると、虫の音(ね)かもしれない。ツ、ツ、ツ、ツ、ツ、ツツツツツツツツツツツツツツツツツ……と、舌打ちめいた音が響きはじめた。気味が悪くて、息苦しくなった。

「どこなんだ、ここ……」クザクが弱々しく呟いた。

すすり泣いているのは、きっとシホルだ。

「大丈夫」と励ますメリイの声も揺れていた。

「——夜……」ハルヒロは唐突に思いついた。「ここって、あれじゃ？ 夜の世界(ナイトレルム)……」

ワンダーホールから入りこめるグレムリン共同住居(フラット)が、黄昏世界(ダスクレルム)に加えてもう一つ、別の異世界に繋がっていることを発見したのは、他(ほか)ならぬララ&ノノだ。黄昏世界(ダスクレルム)には朝も夜も訪れないが、その異世界には朝がやって来ないらしい。それで、夜の世界(ナイトレルム)と名づけられた。

「だと、したら……！」ランタが小躍りした。「戻れるんじゃねーの、オレたち……!?」

「そうかもしれない」ララは、ふっ、と鼻を鳴らした。「そうじゃないかもしれない。あそこはあそこでやばいけど。うちらもほとんど探索してない。危なくて」

ハルヒロは腹をさすった。胃が痛い。それはもう、猛烈に。一度は喜び勇んだランタも黙りこくっている。

こうしている間にも、闇の向こうから得体の知れない化物が現れて、襲いかかってくるかもしれない。

「というわけで、うちらは行くから」

ララとノノが離れてゆく。その言葉と二人の行動の意味を理解するのに、いくらか時間が必要だった。

「……え!?　それ――って、ちょ、ちょ、ちょっと!?」

「何？」

「や、行くって――え？　どういう……え？　え……？　ふ、二人……だけ、で？」

「この先は何があるか、さっぱりだからね」

「いや、お、おれたちだって、もちろんそう……なん――です、けど……？」

「知らない場所では経験上、うちらだけで動くのが最善(ベスト)。今までそうしてきたし、これからもそのつもり」

「や、だ、だけど……」

「おっ……！」ランタが土下座を決めた。「置いてかないでくれえええ……！　頼む、頼むってマジでマジで！　おおお願いします……！　オレのこと、見捨てないで……！」

ランタがどういう人間、もといクズかということは重々承知しているハルヒロでも、さすがに引いた。どん引きせずにはいられなかった。いくらなんでも恥ずかしくないのかよ。厚顔無恥すぎるだろ。ていうか、オレのことっておまえ、ほんっとナチュラルに自分のことしか考えてないんだな。わかってたけど、最低で最悪なやつだよな……。

「Bye(バイ)」

ララは手を振ったような、振らなかったような。いずれにせよ、もう見えない。

女王様と従者は行ってしまった。

「……ど、どう……する？」とクザクが訊(き)いた。

やっべーよ、これ。ありえないくらい真っ暗だよ。何っっっっっにも見えない。この暗闇は固形だ。ハルヒロは真っ黒い何かのかたまりの中に閉じこめられている。身じろぎもできない。逃げられない。おしまいだ。――いや、違う。そんなのぜんぶ、錯覚だ。

「そ、そうだ、とりあえず、明かり……」

ハルヒロは鞄(かばん)を探ってランタンをとりだした。点灯すると、ほんの少しだけ人心地がついた。ユメも自分のランタンを出して、火を点(つ)けようとしている。ハルヒロは止めた。

「……一個でいい。まずは、おれのだけで。オイル、節約したいし」

「あわぁ。そうかあ。そうやなあ……」

「くっそ、あの女……」ランタは地面を叩(たた)いて歯嚙(はが)みした。「ゼッテー許さねえ……」

不意に風が吹きつけてきた。

「待って」ハルヒロは片手を挙げて仲間たちを止まらせた。

じりじりと前進する。間もなく地面が消失した。崖だ。崖になっている。深さは？　身を低くして、ランタンを持った手をぎりぎりまで下げてみた。見えない。底なんて、とても。耳を澄ます。これは——水音？　川でも流れているのか？　水。そうだとしたら、水がある。かといって、この崖は下りられない。飛び降りるわけにもいかない。

石ころを拾って投げてみた。ちょっとしてから、石ころが着水する音がした。数十メートルということはなさそうだが、十メートルくらいはあるだろう。

「下に、川がある」

ハルヒロがそう話しても、反応はなかった。ランタですら。全員、そうとう疲れているのだ。心身ともに。

「ここからは崖沿いを進んで、下りられるところを探す。水さえあれば……」

「……だな」と、クザクが短く言った。

「シホル、大丈夫？」

訊くと、シホルは無言でうなずいた。あまり大丈夫そうでもない。気がかりだが、飲み水が見つかればシホルも少しは安心できるはずだ。でも、川の水なんて飲めるのか？　そのままでは危険だろう。沸かせば——そうだ、火を焚いて……。

一応、崖から転落しないように用心しないと。そこまで間抜けではないつもりだが、念のためだ。

崖沿いは湿り気のある風が強くて、肌寒い。そのうち暖をとらないと、肌寒いどころか身震いする羽目になりそうだ。

やがて霧が出てきた。地面はもう岩場じゃない。土の上に草のようなものが生い茂っている。その草のようなものは緑色ではなくて白っぽい。果たして、草なのかどうか。

「うおっ！」とランタが急に飛び跳ねた。「わ、わ、わっ……」

「どうした」

「な、なんか踏んだっ。生き物ではねーと思うけど――あぁっ」ランタは何かを持ち上げた。白い物体だった。「見ろ、これ！　骨だ……！」

「きゃっ……！」

「なんで拾うん!?」

「信じられない……」

女性陣に集中攻撃されると、ランタは開きなおってこれ見よがしに白い物体をぶーらぶらと振ってみせた。

「骨ごときでなーにビビってやがんだ、ヴァッカ女ども！　こんなもん、恐れる必要がどこにあるんだよ。オレはぜんっぜん平気だからな。オレだけに！」

「……何の骨だ、それ」ハルヒロは目を凝らした。

手か。手の骨に見える。あんな罰当たりな扱いをされてバラバラにならないということは、骨に干からびた皮膚やら何やらが付着しているのかもしれない。

「んー？」ランタはそれに顔を近づけてしげしげと眺めた。「大きさ的には、人間……にしては指が長ぇーか。長すぎるな。つーか指が多い？　八本もあるぞ？　んん……？」

クザクがランタのそばにしゃがんだ。白っぽい草的なものに隠れて、他の部位の骨もそのへんにあるようだ。

「……やっぱ、人間じゃないっぽいっすね。別の生き物なんじゃ」

ユメとシホル、メリイは下がった。ハルヒロはランタとクザクに近寄って屈（かが）んだ。それは、骨というか、亡骸（なきがら）というか。金属製らしい鎧（よろい）のようなものを着ている。腕が二本で、脚も二本。尻尾（しっぽ）があるので、人ではなさそうだ。頭部は見当たらない。もともとないのか。あるいは、動物などに持ち去られたか。俯（うつぶ）せに倒れているようだ。棒状の物体は刀剣か。円形の、あれは――盾だろうか？　白っぽい草的なものが、それらに絡みついている。

クザクは盾の縁をつかんで引っぱった。白っぽい草的なものがぶちぶちと切れた。

「使えっかな、これ」

「盾なしの聖騎士なんざ、蛆虫（うじむし）同然だからな。持っとけよ」ランタは手の骨をひょいと放って、刀剣を拾った。「……こいつはだめか。錆（さ）びまくってやがる」

ハルヒロは顔をしかめてランタが投げ捨てた手の骨を一瞥(いちべつ)してから、彼の屍(しかばね)を見やった。まあ、彼女かもしれないわけだが、便宜的に、彼、としておく。武装しているので、彼はここの知的生命体、ということになるだろう。死後、どれくらい経っているのか。数日ということはなさそうだ。数ヶ月？　一年？　数年？　それとも、数十年？

「ランタ、そいつ、仰向けにしろ」

「い・や・だ。なんでオレがおまえごときの言うこと聞かなきゃなんねーんだよ。死ね」

「俺がやるんで」クザクが彼を持ち上げて、裏返した。「よっ――と……」

仰向けにされた彼を、じっくりと観察した。頭部はやはり、切断されるか何かしたようだ。頸椎(けいつい)らしき骨が確認できる。腰のベルトに箱形の物入れが固定されていた。開けて、中身を出してみると、黒くて、硬くて、円い……これは硬貨か？　それから、木の実みたいな物体がいくつか。錆びた小刀。鍵(かぎ)？　何らかの器具。彼は首に鎖を下げていた。この鎖はきれいだ。金のようにも見える。まさか、純金ではないだろうけど。

鎧の前面についた土を払うと、文字か紋様のようなものが刻まれているのがわかった。たぶん、文字だ。硬貨らしき黒いものにも同じような文字が浮き彫りされていた。ちなみに、グリムガルでいうと、オークは独自の言語を持っている。不死族(アンデッド)は人間族やエルフ、ドワーフらと似た言葉を使っているとか。

彼の種族は、ハルヒロらと同程度か、近いくらいには知的だと考えるべきだろう。

「ハルくん」ユメがハルヒロの外套をつまんで引いた。「……なんかなあ。かさかさって、音がするかも」

ランタがビクッとしてあたりを見回した。メリイとシホルは身を寄せあって息を殺している。クザクは彼の盾を構えて片膝立ちになり、ロングソードの柄に手をかけた。

ハルヒロは彼の遺品を掻き集めて鞄に突っこんだ。聞き耳を立てる。……かさ。かさ。かさ。かさ。かさ……。たしかに聞こえる。崖の反対方向だ。待ち構える？　逃げる？

ハルヒロは瞬時に決断した。折衷案だ。逃げつつ、待ち構える。

「警戒しながら、進もう。ランタ、クザク――」

手振りで隊形を指示する。ハルヒロが先頭で、メリイ、シホル、ユメと一列になり、ランタとクザクはその横、崖の反対側につく。明かりを持っていたら、狙ってくださいと言っているようなものだろうか？　でも、ランタンを消したら本当に真っ暗闇だ。崖から転落してしまう危険性もある。

ハルヒロたちは移動を開始した。かさ……かさ……かさ……音はまだ聞こえる。追いかけてくる……？　それほど遠くはなさそうだ。けっこう近い。十メートル以内？　いや、たぶん、もっとだ。もっと近い。

この目でそれを見て、正体を確かめたい衝動に駆られる。そうしたほうがいいんじゃないか？　だめだ。決心がつかない。

崖に注意して、音に耳を傾け、それ以外に何か変化がないか、探り続けて――頭がおかしくなりそうだ。もうやめたい。何度もそう思った。数分ごとに。ひどいときは、数秒ごとに。何もかも放り投げて、逃げだしたい。逃げるって、どこへ……？

ランタンの火が弱まってきた。――と思ったら、消えた。

「お、うおおおぉぉぉい!?　パルピロこら、なんも見えねーぞボケッ！　カスッ……！」

「オイルが切れただけだって！　えと、じゃあ、次はユメのランタンを――」

「待って」とメリイが押し殺したような声を出した。「空が……」

ハルヒロは遠くへ――崖の向こうのほうへと視線を投げた。本当だ。空が。

「……もしかして、朝？」

遥か彼方の稜線が仄かに燃えている。赤というか、橙色だ。妙ではあった。普通、太陽が昇って夜が明ける際は、空の果てから次第に闇が薄れてゆく。青とか紫とか、そういった色に染まって、それから赤みを帯びてゆくはずだ。あんなふうに、いきなり空が焼かれているような有様になることはない。

朝も夜もない黄昏世界みたいな異世界もある。この世界の空が異様な変化を見せても驚くに値しない。

ただ、少なくともここは、グリムガルでも夜の世界でもなさそうだ。――そう思うと、多少は堪える。

「あれ……？」

ハルヒロは首をひねった。例のかさかさ音が聞こえない。いなくなった？　それとも、息を潜めているだけか？　どちらにしても、今のうちにこの場所から離れたほうがいい。

ハルヒロは出発をうながそうとした。そのときだった。

「うにょっ」とユメが変な声を出して倒れた。違う。倒れたのではない。倒されたのだ。何かがユメにのしかかっている。何か、としか言えない。見えない。

「おおおおお……!?」ランタはその何かをユメから引き剝がそうとしているのか。

「くっそ、暗くて……！」とクザクが怒鳴った。

「ユメ、ユメ！　ユメ……！」ハルヒロは仲間の名を呼ばわりながら何かに駆け寄ろうとした。慌てているせいか、崖から足を踏み外しそうになって、大いに焦った。

殴る音、ぶっ叩く音が聞こえる。ユメが泣き叫んでいる。

「――逃げたぞ！」とランタが叫んだ。明かりが点いた。蠟燭。手燭か。シホルだ。

シホルは手燭を持ってユメの脇に座りこんだ。「――ユメ……！　しっかり……！」

「敵！　あんにゃろう！　敵は……！　ちくしょう！」ランタは剣を振り回している。

「何だったんだ……!?」クザクは盾を構えて肩で息をしている。

ユメは横向きに倒れて、首を押さえている。血。血が。首だ。首をやられている。血。すごい出血だ。く。ふ。ふ。はっ。く。ふ。はっ。ユメの呼吸は狭くて、浅くて、荒い。

嘘(うそ)だ。やめてくれよ。冗談だろ。何だよ。嘘だって言えよ、誰(だれ)か。お願いだから、嘘だって。そんな。違う。嘘だ。ありえない。そうだろ。だって、おかしい。こんなこと。

「うわああああああああああああああああぁぁぁぁぁぁぁぁぁぁぁぁぁ」

平常心。使命感。責任感。自制心。理性。思考力。ぜんぶいっぺんに吹っ飛んだ。ハルヒロはユメに縋(すが)りつきさえしなかった。その場でただ大声を出した。もう耐えられないということだけはわかっていた。完全に箍(たが)が外れた。終わりだ。終わりでいい。いや、良くはないが、しょうがない。だって、どうしようもないじゃないか。どうにもならないじゃないか。ユメは死んじゃうじゃないか。

「光よ……！」

メリイは五本の指を額にふれさせて五芒(ごぼう)を形作ってから、中指を眉間(みけん)に当てて六芒を完成させた。そうしてユメに飛びつくと、その首に掌(てのひら)を近づけた。

「ルミアリスの加護のもとに！　光の奇跡(サクラメント)……！」

——何を。

何、やってるんだよ？　血迷ったのか？　無駄じゃないか。だって、黄昏世界(ダスクレルム)では光魔法は——ここは黄昏世界(ダスクレルム)じゃないけど、グリムガルではないわけで、だからやっぱり、光明神ルミアリスの力は届かないはずで——そんなことはメリイだって百も承知に違いない。それでも、諦(あきら)めきれなかったのか。一縷(いちる)の望みに賭(か)けたのか。

「……あぁ……は……」ユメが何回もまばたきをした。「ひゃぁ……？」

その全身が薄ぼんやりとした光を放っている。

メリイは歯を食いしばった。肩が、腕が、手が、身体中が小刻みに震えている。

――嘘、だろ？

ほんとに？

嘘じゃなくて……？

「傷が……！」シホルは目をいっぱいに見開いた。「ユメ！　傷が、塞がって……！」

ランタは剣を振るのをやめて、呆然とユメを見つめている。

「ははっ」クザクはおかしな笑い方をした。「うははっ。はははははっ。わははははっ」

ハルヒロも笑いたかった。笑いたくもなる。笑うしかない。でも、なぜだか笑い声じゃなくて、涙があふれた。ユメはまだ身を起こしてはいない。メリイの治療は続いているようだ。光の奇跡にしてはやけに時間がかかっている。ハルヒロはユメの近くで四つん這いになった。メリイがようやく手を引っこめて尻餅をついた。呼吸が荒い。ずいぶん消耗している。ユメがメリイを見て、ふわあっ、と笑った。

「ありがとうなあ、メリイちゃん。あれ？　ハルくん、なんで泣いて――」

「ユメ……！」ハルヒロは思わずユメを抱きしめた。「良かった！　良かった、ユメ！　良かっ……！　ごめん！　おれ、もうだめかと……！」

「おぉう。そんなくっついたらなあ、ハルくんに血ぃついてしまうよ？」

「どうでもいいよ、そんなの！」

「そっかあ。でもなあ、そんなにぎゅっとされると、ユメ、嬉しいけど、ちょっと苦しいかもなあ？」

「ごごごめんっ！」慌てて飛び離れたら、誰かに後頭部をどつかれた。「——づっ!?あぁ!? ラ、ランタ!? なんだよ、いきなり!?」

「なんでもねーよ、クソボケッ！」

挙句、睨まれて凄まれた。ほんとに何なの、こいつ。アホなの？ カスなの？

「お取り込み中？ 悪いんだけど……」クザクが遠慮がちに言った。「こっから離れたほうがよくないっすかね。さっきのも、逃がしちゃったし……」

「あっ——」ハルヒロは両手で顔を拭った。——そうか。

そうだ。完全に度を失っていた。猛省しないといけないが、それはあとでいい。今はクザクの意見に従うべきだ。

「ユ、ユメ、立てる!? メリイは？ そうだ、誰か、ランタン出して！ よし、じゃあ、行こう！」

出発する前に、橙色に燃えている彼方の稜線をふたたび見やった。日が昇ろうとしているのか。とてもそうは思えなかった。

2．プリーズ

正体不明の襲撃者は、崖をよじ登ってきてユメを襲った可能性が高そうだ。ハルヒロたちは用心のために、崖から少し離れて進むことにした。

光魔法が効果を現わしたということは、この世界には光明神ルミアリスの力が及んでいるのだ。ただし、メリイ曰く、光の奇跡を使った際、通常の何倍も疲れたという。ハルヒロも変に思ったが、傷が治るのにやけに時間もかかった。本来なら光の奇跡は、あらゆる負傷を瞬時に癒やしてしまう魔法だ。

試しにランタに悪霊を召喚させてみたら、ちゃんと出てきた。それは紫色のシーツを頭から被った人間のような姿で、穴ぼこみたいな目が二つあり、その下に裂け目のような口がある。右手には包丁めいた刃物、左手には棍棒みたいな凶器を持っていて、ふわふわと浮いているくせに脚が生えている。ランタの悪霊・ゾディアックんは——でも、サイズが普段の約三分の一だった。

この世界には暗黒神スカルヘルの力も届いている。しかし、距離の問題なのか、あるいは他に何か要因があるのか、ルミアリスもスカルヘルも三分の一程度の加護をもたらすことしかできない。まあ、三分の一だろうと四分の一だろうと、ゼロよりはずっとマシだ。おかげでユメは助かった。ルミアリス様々だ。

光魔法がなんとか使えるとはいえ、安心はできない。ハルヒロは細心の注意を払って気配をうかがった。むろん疲れる。つらくて心が折れそうになると、瀕死のユメを思い浮かべた。あんな思いは二度としたくない。つらいくらい何だ。我慢すればいい。我慢できるのなら、まだ限界には達していないということだ。

どれだけ時間が経っても空が白むことはなかった。この世界の太陽は重度の人見知りなのかもしれない。結局、日が昇らないまま、遥か遠くの稜線からのぞく炎のごとき光は燃え尽きてしまった。夜が訪れると真っ暗闇になり、昼間はまだしも明るかったのだと気づかされた。

みんな無口だった。たまにランタが思いだしたように何かくだらないことを言っても、会話らしい会話には発展しない。誰かの足が止まると、休憩をとった。

朝とは思えない朝が来て、夜よりも暗い夜が来た。待ち望んだ朝は期待外れだった。それでも稜線を焼く炎が絶えると、心細くて胸苦しくなった。

曲がりなりにも義勇兵の端くれなので、非常用の食糧と水だけは携行していた。それもすぐに底を尽きた。

ランタはときどきゾディアックんを喚びだして話し相手にした。そうやって気を紛らそうとしているのかもしれない。ハルヒロは自分の正気を疑いはじめていた。行く手に明かりが見えても、夢か幻だと思った。ありそうにないものが見える。幻覚に違いない。

篝火のような明かりがぽつぽつと点在している。自然現象ではなさそうだ。幻覚でなければ、知的生命体が灯している明かりだろう。その知的生命体とユメを殺しかけた襲撃者との間には、何か関係があるのか？　わかるはずもない。

地面は緩やかに下っている。明かりまでの距離は？　一キロとかそのくらい？

近づいてゆくに従って、次第に様子が判明してきた。幻覚なんかじゃない。複数の建物らしきものがはっきりと見える。櫓のような構造物も確認できた。明かりは篝火や灯火らしい。建物の軒先や櫓の上などに火が焚かれている。数は二十といったところだ。

街というほどの規模ではない。集落か。

問題は住人だ。住人といっても当然、人ではないだろう。

「どう……しよう、か」

「どうっておまえ」ランタは長いため息をついた。「……どう、する？」

(きひ……訊くな、ビチグソランタ……長々と煩悶しろ……息絶えるまで……いひひひ)

「……冗談でも、そういうこと言うなよ、ゾディアックん。こういうときに。軽く落ちこむだろ。いくらなんでも……」

(安心しろ……くひ……くひひ……)

「いや、まあな？　あくまでゾディアックんなりのブラックなジョークにすぎねーってことは、オレもちゃーんと理解してんだけどな？」

（……いひひ……いひ……それ、誤解……ゾディアックん、いつも本気……いひ……）

「うっそ、マジで!?　そうなの!?　つーか、なんで微妙に片言……!?」

「……元気っすね、ランタクン」とクザクが呟いた。

元気があれば何でもできる、と言ったのは誰だったか。何でもできるわけではないとハルヒロは思う。でも、元気がないとできないことはかなり多そうだ。なので、ランタが元気になったのは悪いことではないはずだが、うるさくてうざい。

「不用意に近づくのは……」シホルがおそるおそる言った。

「そうね」メリイが同意した。「鬼が出るか蛇が出るか、だし」

「でも、ちょぴっと興味はあるなあ。……う」ユメのお腹がぐーと鳴った。「ひゃふ。ユメ、はらへりんこやあ……」

――そう……なんだよな。

正直、空腹、喉の渇きはやばい域に達している。早々に水と食糧を入手しないと詰む。

「おれが偵察してくる。みんなはここで待機してて」

「頼んだぞ、盗賊」ランタがハルヒロの肩を叩いた。

イラッときたが、ハルヒロはぐっと抑えて、ランタに耳打ちした。「――何かあったら、おまえにあとを任せるからな」

「お、おう。……まあ、そのときはな。ヴァ、ヴァカ、帰ってこいよ?　無事に……」

「きもいんだよ、そういうの……」

ハルヒロは即座に頭を切り替えた。一つ、自己の存在を消す、潜――ハイド。二つ、存在を消したまま移動する、浮――スウィング。三つ、感覚を総動員して他者の存在を察知する、読――センス。……隠形(ステルス)する。

地面の下に音もなく潜りこんで、土中の土竜(もぐら)となって移動するようなイメージだ。それでいて、目や耳は地表に出し、見て、聞く。感じる。

何か音が聞こえる。かん、かん、かん、と硬い物を叩(たた)くような音。

もっとも近い明かりは、櫓の上の篝火だ。

櫓まで二十五メートルほどのところに堀がある。幅二十メートルかそこらはありそうだ。深さは不明。たぶん、浅くはない。櫓の上には人型の生き物が腰を下ろしている。上半身がやけに大きくて、頭が小さい。その小さな頭部を布のような物で覆っている。背に負っているのは弓と矢筒か。あの生き物は間違いなく見張りだ。集落の住人たちは堀で侵入を防ごうとし、見張りまで置いている。やはり入るのは無理か。

いや、まだ判断を下すのは早い。ハルヒロは向かって左、川があるとおぼしき方向へ進んだ。程なく崖に突き当たった。崖といっても下まで二、三メートルだろう。下りられないことはない。下は河原だ。その先に川が流れている。堀には川から水が引きこまれているようだ。

崖の手前から堀の向こうに目をやると、また櫓があった。櫓の上には篝火が焚かれていて、見張りもいる。でも、一人目の見張りよりずっと小柄だ。ずんぐりしていて、背丈は人間の子供くらいしかない。ただ、頭部に布のような物を被っている点は一人目と同じだ。武装も一人目と同じで、弓矢らしい。

ハルヒロは二つ目の櫓を櫓Ｂ、一つ目を櫓Ａと呼ぶことにした。引き返して櫓Ａの前を横切り、逆側に進んだ。堀はやがて湾曲しはじめた。いくつかの建物がはっきりと見えた。どれも平屋で、数は十棟程度だ。そのうちまた櫓が現れた。櫓Ｃだ。櫓Ｃはがっしりと大きい。門だ。櫓Ｃは門と一体になっていた。開け放たれたその門から橋が突き出している。木製か。しっかりした造りだ。馬車でも渡れそうな橋が堀に架かっている。

櫓Ｃの上にも見張りがいる。座っていない。立っている。櫓Ａの見張りとも、櫓Ｂの見張りとも違い、妙にひょろ長い身体つきだ。その腕は何かおかしい。関節が多い？　肘が二つも三つもあるような……？　他の見張りと同様、布ような物を被っている頭部は、極端にせり出している。それに、尻尾。櫓Ｃの見張りには尻尾がある。

少なくとも、櫓Ａ・Ｂの見張りと櫓Ｃの見張りとは、種族が異なる。――と思う。ハルヒロの常識に照らし合わせれば、そう考えざるをえない。

櫓Ｃの見張りは、ランタが発見した死骸と同一種族だろうか。尻尾があるし。死骸の指は八本だった。見張りは？　どうだろう。指の本数まではわからない。

不意に櫓Cの見張りがこっちを見た。気づかれた？　ハルヒロは息を止めて動かない。こういうときは慌てて逃げようとすると、かえって悪い結果を招く。

見張りは背に負った弓を手にとって構え、矢をつがえた。弓弦を引き絞る。まずい。逃げたい。逃げないと。いや……落ちつけ。まだ気づかれたと決まったわけじゃない。それに、大丈夫だ。矢なら、放たれた瞬間に逃げても間に合う。たぶん。

見張りは弓弦を緩めた。外した矢をくるくると回す。そして、気のせいか、とでもいうように首を傾げた。——そうです、気のせいです……よ？

ハルヒロはそっと息を吐いて、それから移動を開始した。やばいな、あの見張り。鋭い。音を立ててしまったのか？　そんなことはないと思う。だいたい、かん、かん、という規則的な音が響き続けているので、少々物音を立てても平気のはずだ。しかし、櫓Cの見張りは何かを察知した。用心しないと。

偵察は続行した。橋を通り過ぎ、カーブしている堀に沿って進む。櫓D、櫓Eを確認したところで崖に出くわした。下は河原だ。

つまり、この集落はいびつな円い形をしていて、堀と川に囲まれている。

集落に入るには、橋を渡るか、堀を越えるか、川を泳いで集落内の河原に到達するか。暗い中、流れのある川を泳ぐのは危険だ。溺れかねない。堀なら泳げないこともないだろうが、あちら側に着いてからよじ登るのが大変だ。

ということは、基本的には橋を渡るしかない。当然、堂々と渡ろうとしたら、見張りに狙い撃ちされるだろう。ユメの弓矢やシホルの魔法で排除する？　そのあとは？　押し入るのか？　六人で？　弓矢を持った見張りが他にも最低四人はいる。戦力がそれだけとは限らない。勝てるだろうか？　そもそも、勝ち負けの問題か？　違う気がする。

ハルヒロたちとしては、水と食糧が手に入ればいい。どうにか敵意がないことを示して、中に入れてもらえないだろうか？　そして、所持品や所持金と交換でも何でもいいから、飲料水と食べ物を分けてもらう。不可能なのか？　だめですかね……？

ハルヒロは堀の向こうの集落を観察しながら来た道を戻った。住人を何人か見かけた。驚いた。人だけじゃない。いや、人型じゃない者もいた、と言うべきか。一番強烈だったのは、昆虫の肢のような腕が六本あって、下半身が毛玉みたいなやつだ。そいつも頭部を何かで覆い隠していた。住人のバリエーション、豊かすぎない……？

仲間の許に帰りついて、手短に説明すると、ランタが鼻息も荒く胸を叩いてみせた。

「任せとけ。オレに考えがある」

（……きひ……いい予感しかしない……きひひ……ランタが永眠する予感しか……）

「それ、ぜんぜんいい予感じゃなくね？　あと、何回も言ってるけど、オレが永眠したら、ゾディアックんも消滅しちまうんだからな？」

（暗黒騎士よ……いひ……共にスカルヘルに抱かれようではないか……いひひ……）

「ま、まだちょっと早ぇーかな……？　あの、なんつーかその、やりたいこととかいっぱいあるし……オッパイ揉んだりとか——って、何言わせんだぁーっ！」

「誰も言わせてないだろ……」ハルヒロは眉間を指で揉んだ。

「おっぱい言いたいだけやんかあ」きっとユメの言うとおりだと思う。

「最低」とメリイが冷たく吐き捨てるように呟いた。

「当たればいいのに……ゾディアックんの予感……」シホルは小声でなかなか手厳しいことを言った。

「フッ！」ランタはめげない。「その程度の中傷でオレがへこむと思うんじゃねーぞ、凡骨どもめ。まー見てろ。今におまえらみんな、ひざまずいてオレに許しを請うことになるんだ。そのときはオッパイ揉むぜえ。文句は言わせねえ。あ、もちろん、女だけな」

「……すげー強心臓だよな、ランタクンって」

「ったりめーだ、クザッキー。オレのハートはダイヤモンド製だぜ？　さあ、おまえら、ついてこい。このオレ様が、たった一つの冴えた方法ってやつを教えてやっからよ」

対案があるわけでもない。だめでもともとだ。ランタにやらせてみることにした。

——で、全員で橋の近くまで移動した。

ランタは兜を被ってバイザーを下ろすと、ハルヒロたちに「おまえらはここで待機」と偉そうに命じた。

「どうするつもりなんだよ」当然、ハルヒロは訊いた。

「いいから、黙ってろ。オレの考えが正しけりゃあ――」

(くひ……ランタのことだ……きっと間違っている……くひ……くひひひ……)

「結果はすぐ出るっつーの」

ランタは歩きだした。――まさか。ハルヒロは念のため、残りの仲間たちに逃走の準備をさせた。行くのか？　行っちゃう？　まずいだろ、それ？　破れかぶれなのか？　でも、ランタの足どりはやけに自信満々だ。ふんふんふーんと、鼻歌さえ歌いはじめた。

ついに頭がイカれたか。ハルヒロたちは息を殺して見守るしかない。ランタはもう橋にだいぶ接近している。櫓Cの見張りがランタに気づいて弓を構え、矢をつがえた。これにはさすがにアホアホランタも肝を冷やしたようだ。ビクッとして――だが、止まらない。歩き続ける。マジか。いや、来るって。矢が。飛んできちゃうって。

「オーケー、オーケー」ランタは何を思ったか、そんなことを言いながら手を振った。

そろそろ橋にさしかかる。とうとう足を踏み入れた。

見張りが弓を下ろした。

「……嘘(うそ)」ハルヒロは口をあんぐりと開けた。

「ウェルカム、ウェルカム」ランタは、ハハハッ、と笑いながら橋を渡ってゆく。

おまえが歓迎してどうするんだよ。というか、なんで大丈夫なの？　わからない。

ランタは何事もなく橋を渡りきると、櫓C の上の見張りを見上げた。「——アー。ミー。マーイ。フレーンド。フレーンズ？　ナカーマ。トゥギャザー。ツレテクール。イーマ。ナーウ。ユー？　オーケー？」

見張りは首を傾げた。通じていないようだ。まあ、そりゃ通じないだろうけど。

「グッ」それなのにランタは、ビッと親指を立ててみせた。「オーケー。マーイ。ナカーマ。トゥギャザー。ナーウ。オーケー、オーケー」

そして、明らかに理解していない様子の見張りをそのままにして、ランタは意気揚々とハルヒロたちのところまで戻ってきた。

「オラァッ！　どうだァッ!?　バッチリ、オレの読みどおりだったろうが！　平伏せ、オレの前に！　崇拝しろ！　あと、女どもはオッパイ揉ませろよ！」

「何があっても、揉ませない……」シホルは両腕で自分の胸を隠した。

「ランタ、なんか痛くしそうやしなあ」無自覚なのだろうが、ユメはたまに微妙なことを言う。気をつけて欲しいが、注意しづらい。

「……でも」メリイは首をひねった。「どうして？　いかにも、余所者を警戒してるっていうふうなのに」

「不思議すぎ、だよな……」クザクも納得できないようだ。

「もしかして——」ハルヒロが言おうとしたら、ランタに止められた。

「アホッ！　正解を明かすのはオレの役目だろうが！　オレがヒラメいたんだからな！　おいしいとこかっさらおうとしてんじゃねーよ、パルピロリン！」

（……いひ……顔だ……顔を隠したから……ランタは入れてもらえた……いひひ……）

「ゾディアックん!?　言っちゃう、それ!?　ねえ!?　オレが言いたかったんだけど!?」

五人の見張りに加えて、何人かの住人も、すべて布やら何やらで顔を覆い隠していた。ハルヒロも奇異に感じたし、引っかかってはいたのだ。

そこから「集落に立ち入る条件＝顔を隠す」という仮定を導きだした。それはいいとしても、いきなり身をもって実験してみるのは、すごく――軽はずみです。結果オーライで片づけてしまっていいのか。リーダーとしては悩むところだ。どうしよう。そうだ。

「ランタ」ハルヒロはわざと真剣な態度で詰め寄った。「うまくいったからいいよ。でもさ。失敗してたら、どうする？　どうなってた？　おまえ、少しでも考えたか？」

「ああ？　そんなのいちいち考えるわけねーだろ、ヴァーカ。大天才ランタ様が間違うわけねーんだからな」

「おまえ自身がやばかったかもしれないってことを、おれは言ってるんだよ」

「……オ、オレの命なんだからどうだっていいだろうが、オレの自由っつーか……」

「仲間の前で、そんなこと言うな。おまえに何かあったら、みんな――おれだってもちろん、平気じゃない」

「うううううるせえっ。ややややややめろ、こっ恥ずかしいっ。わ、わかったからっ」

「じゃあ、今後、気をつけるって約束しろ」

「す、すりゃいいんだろ、すりゃあ！　や、約束するっ。これでいいだろうがっ」

「二言はないよな？」

「ね、ねーよ！」

「よし」

ハルヒロは素早くランタに背を向けた。——笑うな。噴き出してはいけない。せっかく我慢して「熱いリーダー」を演じきったのだ。しっかしランタ、意外とこういうのに弱いよな。ウケる。いやいや、だめだ。ウケるとか思うと、笑ってしまいそうになる。

ハルヒロは咳払いをして、仲間たちに何かで顔を隠すよう指示を出した。ユメはぽかんとしているし、メリイとクザクは怪訝そうだが、シホルはうつむいて、たぶん笑いをこらえている。シホルはハルヒロの演技を見抜いているらしい。

クザクはランタと同じく、兜で顔を隠せる。ハルヒロは外套を頭から被った。傷んで穴だらけなので、ちょうどいい位置に穴を持ってくれれば、視界も確保できる。ユメとシホル、メリイは、タオルなどで工夫してなんとか覆面をこしらえた。ゾディアックんは、見ようによっては顔を隠しているようでもある。でも、そう受けとってもらえるかどうか。確信が持てないので、いったん消えてもらうことにした。

こうしてへんてこな集団ができあがった。本当にこれで大丈夫か？　不安はあったが、櫓Cの見張りは弓を構えもしないでハルヒロたちを通してくれた。どうやら本当に、顔を隠せばこの集落には入れてもらえるようだ。

堀の内側には十四棟の建物があった。大きさはばらばらで、いずれも平屋だ。集落の中央は広場になっていて、井戸らしきものがある。井戸の脇に座っている巨大な人型生物は見張りか。馬鹿でかい鎚の柄を抱き、弓矢を背に負っている。兜で顔はわからない。

かん、かん、という規則的な音の正体が判明した。広場に面した建物は五棟あって、そのうちの一棟は片側の屋根が大きく張り出し、柱で支えられている。その屋根の下に、炭か何かが赤々と燃えている大きなオーブンのようなものが備えつけてあった。炉らしい。鉄床もある。裸の上半身が恐ろしいほど膨れ上がっていて、背が曲がり、尻が出っ張っていて、短足の人型生物が、焼けた金属の棒をはしで鉄床の上に固定し、それを槌で叩いているのだ。かん、かん、というのはその音だった。

「鍛冶屋があるんだ……」

その異様な鍛冶によって鍛えられたり、修繕されたりしたのだろう武具や器具が、建物の壁にびっしりと掛けられ、吊されて、また立てかけられている。

鍛冶は顔に包帯みたいな物を巻きつけていた。でも、血の涙を流しているかのような真っ赤な瞳や、臼のごとき頑丈そうな歯が隙間なく並ぶ口は露出している。

見れば、鍛冶屋だけではない。広場に面した他四棟の建物も、軒先やら屋内やらに決して少なくない数量の品物を陳列している。

鍛冶屋の隣の建物は、衣類らしきものや鞄（かばん）のようなものを、作り付けの棚に載せたり、台に積んだり並べたりしている。台の脇に置いてある椅子（いす）の上に、ちょこんと乗っているひしゃげた卵型の物体は、二本の腕（？）が突き出していて、帽子みたいなものを被っているので、ひょっとして生き物なのか。あれが服と鞄屋の店主なのかもしれない。

広場を挟んで鍛冶屋の向かいは、建物というか小屋だ。その小屋は広場側の壁が取っ払われているのか、もともと存在しないのか、ともあれおかげで中がよく見える。

小屋の壁は、穴のあいた袋や、もっと手の込んだ覆面や、仮面のようなものや、兜らしきもので埋め尽くされていた。小屋の真ん中には、枯れ木のように痩（や）せ細（ほそ）った人型生物が座っている。そのお面屋の主人は腕が六本もあって、ぜんぶで三十本以上は確実にあるだろう指を、胸の前で複雑に絡み合わせていた。彼または彼女がつけているお面は、店の主らしく、いい具合に渋く金色に光る美術品のような兜だ。

お面屋の隣、服と鞄屋の向かいの建物も、造りがお面屋と似ている。ただし、二回りほど大きい。ここは一目でわかる。食料品店だ。生皮を剝（は）がされた四足獣や鳥らしき生き物の肉が吊され、何らかの植物の束や、実のようなものが棚に置いてある。調理済みらしい団子みたいなものや、串刺（くしざ）しの焼き物も目に入った。

店先で、人間大の蟹といった姿の生き物が、竈にかけた鍋の中身をしゃもじでかき混ぜている。食料品店の大蟹店主も仮面を着用しているが、二つの目玉が見事に飛び出してしまっているので、あれでは顔が隠れているのかいないのか、微妙なところだ。

食料品店の隣にある建物は、とにかく雑多な代物が雑然と、様々な置き方で並べられているから、もしかすると雑貨屋なのかもしれない。店主らしき生き物の姿は見当たらなかった。建物の中にいるのだろう。

「どうよ」ランタはフフンッと鼻を鳴らし、自慢げに胸を張って言った。「なかなか立派な村じゃねーか」

「……なんで自慢げなの?」シホルは熱視線ならぬ蔑視線をランタに注いでいる。顔を隠していても、シホルが今どんな表情をしているのか、容易に推測がつく。

「アホだからやろなあ」ユメはやれやれとため息をついた。

メリイがきょろきょろした。「わたしたち、無視されてる……?」

「えっと……」クザクは井戸の見張りに向かって手を挙げてみせた。「ど、ども」

巨体の見張りは鎚の柄を抱えなおした。クザクは「うっ……」と息をのんで半歩あとずさったが、見張りの反応らしい反応はそれだけだった。返事をするどころか、クザクのほうを見もしない。無視だ。実はゆったりとそのへんを歩いている住人もいたりするのだが、やはりハルヒロたちには見向きもしない。まさしく無視されている。

　ハルヒロは腕組みをして「うーん……」と唸（うな）った。どうしたものか。

「うーんじゃねーだろっ」ランタは地面を踵（かかと）で蹴（け）った。「なんとかしろよ、リーダー。こういうときのために、おまえごときをリーダーにしてやってんだからな」

「そんな言い方ってあるかよ、ランタの分際で……」

「言われたくねーんなら、このオレを鮮やかに黙らせてみろっつーの」

　背面打突（バックスタブ）か、蜘蛛殺し（スパイダー）か。ランタの息の根を止めて永遠に黙らせるとしたら、どっちのスキルを使おう？

　ハルヒロは一瞬、真剣に検討したが、クズなクソの処分よりも優先するべきことがある。水と食い物はすぐそこにあるのだ。なんとしても手に入れたい。

　ハルヒロは咳払いをして、井戸に近づいてみた。井戸の見張りは動かない。しかし、なんて大きさだろう。座っているのに、百九十センチ以上ある長身のクザクよりも頭の位置が高そうだ。洒落（しゃれ）にならない。怖い。

　それでも勇気を出して、さらに歩を進める。井戸まで五メートル。四メートル。三メートル。この先はもう、完全に見張りの間合いだ。見張りがその気になれば、たぶん、立ち上がりざまの一撃でハルヒロをぶち殺せる。

　息が苦しい。胃が口から出てきそうだ。まあ、出てこないけど。出てきたらビビる。

　恐怖とためらいを振り払って足を前に出したら、急に見張りが腰を浮かした。

「ひっ……」「にょわっ!?」「っ……」と悲鳴をあげたのはハルヒロじゃなくて、女性陣だった。ハルヒロは声も出せないくらいパッキパキに固まっていた。——ぉ……ぉ……ぉお、お、お、お、お、おっかねっ……殺、され……てしまう……？

「ほほほほ、骨は拾って……やる……かもな？」ランタがひそやかに言った。

「……そこはちゃんと拾おうよ……」とクザクがツッコんだ。いやいやいや？　骨を拾う前に、やることとあるんじゃ……？

「プ、プリーズ」ハルヒロはとっさに両手を挙げた。——動いた。身体。出た。声が。ていうか、プリーズって。ランタじゃあるまいし。ハルヒロは泣きそうになりながら、左手を挙げたまま、右手の人差し指で井戸や自分の喉を示した。

「み、水。飲みたい。水。喉、渇いて。あの、おれたち、旅人。水、欲しい……です。わかり……ます？　水です、水！　飲ませて……くれないですかね？　水。井戸の水！」

見張りは中腰で微動だにしない。

井戸は、釣瓶というのか。井戸の両側に柱が立っていて、柱と柱に梁が渡してある。その梁に固定されている滑車に、桶を吊した縄が掛かっている。

片方の柱に据えつけられた松明の揺れる炎の光が、化物めいた見張りを照らしている。めいた、というか、どこからどう見ても化物だ。腕とか、あれ絶対、人間一人分以上あるって。太すぎだって。やばいって。やばすぎるって。

「……水、を……飲ませ……て……」ハルヒロは歯を食いしばって頭を振った。負けるな、負けちゃだめだ、命が懸かってる、マジで。「――水を！　ウォーター・プリーズ！　水、どうか水を、水……！　ほら、水がないとね!?　みんなそうでしょ!?　水……！」

見張りが左手を動かした。その瞬間、ハルヒロは死を覚悟した。でも、見張りは大鎚を抱えている右腕ではなく、左手をハルヒロのほうに差し出したのだった。

まるで、何かよこせ、とでも言わんばかりに。

「かっ――」ランタが叫んだ。「金だ、ハルヒロ！　金！　払え、金！　早く……！」

うっせーバカランタおまえに言われなくたってわかってんだよ。ハルヒロは大急ぎで銀貨を何枚かとりだした。胸が潰れそうなほど恐ろしかったが、思いきって見張りに接近して、その左手の上に銀貨を載せる。見張りは左手を顔の前に持ってゆき、掌の銀貨をまじまじと見た。そして、すぐさま――そのへんに捨てた。

ハルヒロは失神しかけた。今度こそおしまいだ。あかん。あかんて。あかんがな。これはあきまへんわ。

「黒いの……！」とシホルが言った意味を、即座に理解することができた自分が少しだけ誇らしい。何より、それを思いついたシホルは偉大すぎる。

「こ、こっ、こ、これ！」ハルヒロは尻尾のある屍が持っていた黒い硬貨を出して、見張りに見せた。「ほら、これじゃだめ……!?　どうっすかね!?　これで……！」

見張りはまた左手を差し出した。ハルヒロは震える手でその上に黒い硬貨を載せる。見張りは黒い硬貨を握ると、顎(あご)をしゃくって「ウア・ゴオ」と言った——ように聞こえた。

何だろう？　うあ・ごお？　うあごお……？

上顎？

違うか？　違う——ような……？

「ヒャッホーッ！」ランタが井戸に駆け寄って桶を中に落とした。「水、水！」

「……いや、おまえ……」ハルヒロは血の気が引くのを感じながら見張りの様子をうかがった。怒ら……ない？　大丈夫っぽい？　井戸、使ってもいいってこと……？

どうやら、そうらしい、と思った途端、安堵(あんど)と歓喜がこみあげてきて、気がついたら桶に口をつけて水をがぶ飲みしていた。

「水うめえぇぇぇぇぇぇぇぇぇぇぇぇぇぇぇぇぇぇぇぇぇぇぇぇ……」

間違いない。今まで飲んだ中で一番うまい水だった。こんなにもおいしい水を飲むことができる。なんて幸せなのだろう。生まれてきてよかった。生きていてよかった。みんなで順繰りに桶から水を飲んでいるのだが、すでに全員、三回か四回は順番が回ってきているはずなのに、誰(だれ)も「もういい」と言わない。いくらでも飲めそうだ。

まあ、実際は限界というものがあるので、まずシホルが、次はメリイ、ハルヒロ、クザク、ユメ、ランタの順で飲むのをやめた。

　ランタは地面に倒れこんで仰向けになった。「……ぐ、ぐるじい。飲みずぎだ……」

「くおぅ」ユメはしゃがんで腹を撫(な)でた。「お水でおなかいっぱいぱいになるの、ユメ、初めてやあ。たっぷたっぷしてるねやんかあ……」

「満腹になるんすね、水で……」クザクは口を押さえた。

　そういえば、ランタもクザクも兜(かぶと)のバイザーを上げている。顔が見えてしまっているが、平気なのか。見張りは何も言わないので、問題ないようだ。でも、落ちつかない。

「……ひょっとしたら、あのお金があれば……」シホルが食料品店をちらっと見た。

「あれが、ここの通貨っていうこと?」メリイはユメの背中をさすっている。

　ハルヒロは鍛冶屋、服と鞄屋、お面屋、食料品店と雑貨屋を見回した。もしそうだとしたら、あの硬貨を手に入れる方法さえわかれば、とりあえずは生きてゆける――。

六人分の有り金をかき集めると、金貨が一枚、銀貨は八十七枚、銅貨は六十四枚あった。所持品は手回り品程度だ。それらを服と鞄屋、お面屋、食料品店の店主に見せて歩いてみたが、興味を持ってもらえず、無視された。鍛冶屋は仕事中らしいので邪魔したら悪い、というか殺されそうだ。雑貨屋は屋内に店主がいると睨んで、戸を叩いてみた。三度、叩いても答えがなかったから、諦めた。

この集落の中で黒硬貨を入手するのはどうも難しそうだ。それは虫が良すぎるということか。水でごまかされていた空腹はすぐにぶり返し、切迫感が高まった。一枚でも二枚でもいいから、なんとか外で黒硬貨を見つけてくるしかない。

ハルヒロたちは空きっ腹を抱えて集落から出た。目的は考えるまでもなく、黒硬貨の発見だ。方針は話しあって決めた。危険なので、というか危険かどうかもわからない状況なのだが、遠出は控える。集落を中心にして、脳内に地図を描きつつ、ちょっとずつ行動範囲を広げてゆく。

手始めに橋を渡ってそのまま直進してみたら、百メートルくらいで森に突き当たった。そこには、白っぽい、ねじ曲がった、たぶん樹木だと思われる背の高い植物らしきものが生い茂っていて、分け入るのも簡単ではなさそうだ。とても進めない。

引き返して、堀の外側を回り、低い崖を下りてみた。河原はほとんど砂地に近かった。妙に温かい。ハルヒロたちは川岸まで行った。川は深そうで、流れも速い。真っ黒に見える川の水におずおずと手を突っこんでみた。ハルヒロは目を瞠った。

「……ぬるい。この川」

「マジか」ランタは靴と靴下を脱ぎ、裸足で川に入った。「おおっ！　マジだ！　あったけーってほどじゃねーけど、ぬるいぞ！　風呂代わりになるだろ、これ！」

「……お風呂……」シホルが呆然と呟いた。「入りたい……お風呂……」

「そうね……」メリイは宙を仰いでため息をついた。「お風呂……」

ユメが、にゅへへ、とだらしなく笑った。「お風呂したら、気持ちいいやろなぁ」

「あぁー……」クザクはうなずいた。「だいぶひどいもんな、俺もきっと……」

「入るか！」ランタが親指を立ててみせた。「みんなで仲よく！　いいだろ、こういうときくらい！　裸の付き合いっつーかな！　まあこのとおり、暗ぇーしよ！　どうせ見えねえって、そんなには！　ゲッヘヘヘヘヘヘ！」

「いいわけないだろ……」ハルヒロはランタを殴り倒したい衝動に駆られたが、そんなことで無駄に体力を消耗したくない。「悪いけど、風呂はあとにしよう。黒硬貨を見つけて、食べ物をどうにかしないと。風呂はそれから、安全を確認して、もちろん男女別に交代交代、入るってことで──

「ふざけんなパルピロォッ！　オレ、反対！　反対、反対、反対！　ハンターイ！」

ランタだけはやかましかったが、他の仲間はハルヒロの考えに同意してくれた。

「——ひにょ？」と、岸辺で名残惜しそうに川の水をちゃぷちゃぷかき混ぜていたユメが何かをつまみ上げた。「あれ？　なんやろなあ、これ？　砂ぁ？　の中に埋まってたんやけどなあ、まぁーるくて——」

ハルヒロはユメからそれを受けとった。「……黒硬貨だ」

「まだあるかもだろ!?」ランタが四つん這いになって、泳ぎだすような勢いで黒硬貨を探しはじめた。「探せ、探せ！　おまえらも全員！　言っとくけどな、おまえらのモノはぜんぶオレ様のモノ！　オレ様のモノは当然、オレ様のモノだからな……！」

「寝言は寝て言えよ……」ぼやきつつ、ハルヒロも手探りで黒硬貨を探した。

みんなでけっこう、いや、かなり真剣に探しまくった。

いつしか彼方の稜線からのぞく炎のような光がすっかり失せて、あたりは完璧な暗闇に閉ざされていた。まだ集落から程近いので、かん、かん、という鍛冶屋の鎚音がさっきまで聞こえていたのだが、もうそれも絶えている。

夜だ。どれくらいの間、黒硬貨探しに精を出していたのか。よくわからないが、とにもかくにも夜になってしまった。

「——あれっきり、一枚も見つかんねーじゃねーか……！」ランタが川面を叩いた。

「そんなうまくはいかないってことっすかね……」クザクは河原に座りこんだ。

「と、とりあえず……」シホルは濡れそぼっているローブの裾を絞った。「戻って、黒硬貨一枚で、食べ物が買えるかどうか、試してみたら……」

「そうやなあ」ユメは、少し泣いているのかもしれない。「ユメ、おなかすきすきで、悲しくなってきたわあ……」

「意外と、たくさん買えるかもしれないし……」メリイが気休めみたいなことを言うなんて、ちょっとめずらしい。

「……そう、だな……」ランタはうなだれた。さすがに元気がない。

「そうしよ……っか……」ハルヒロは力なく言ってから、いかんいかんと自分に活を入れた。リーダーがしょぼくれていてどうする。「い、行こう！　飯だ、飯！」

たかだか二メートルくらいしかない崖を登るのがえらく難儀だった。おぼつかない足どりで橋まで引き返して、愕然とした。

橋を渡った先の櫓Cは、実質的には門だ。その門をくぐらないと集落には入ることができない。さっきは開いていた門が、なぜか今は閉まっている。

「な……んで？」ハルヒロは額に拳を押し当てた。「……夜だから？」

「知ったことかよ！」ランタは兜のバイザーを下ろして、橋を駆け渡ろうとした。

「お、おい――」ハルヒロが止めるまでもなかった。

櫓Cの見張りが弓に矢をつがえた。狙いをつけられて、ランタは急停止しただけじゃない。華麗にジャンピング土下座を決めた。「——すんませんっしたぁ……！　撃たないでくださいい撃たないで！　お願いしますからどうか何とぞ撃たないで……！」

　その甲斐あって、なのか。見張りは弓を下ろしこそしなかったが、矢を射ることはなかった。ランタは土下座体勢のまま後退して、ハルヒロたちのところに帰ってきた。

「このクソがっ！　ハゲ！　ドアホッ！　危うく死ぬとこだったじゃねーか……！」

「おれにキレるなよ……」ハルヒロは眩暈を覚えた。声を出すのが億劫なほど腹に力が入らない。「門が開くまで、待つしかない……かな。それとも、ただ待ってるのもあれだし、黒硬貨、探しに行く？　や、行かないよな……行けないっていうか……」

　動く気力がない。体力もない。ハルヒロたちはその場に腰を下ろしたり寝そべったりした。虚脱していても飢餓感は容赦なく襲ってくる。でも、ひたすら我慢するしかない。うつらうつらしても、猛烈な空腹で目が覚める。八つ当たりしたくなる。こらえているうちにまた意識が薄らぐ。浅い眠りは痛みに等しい餓えにたやすく破られてしまう。

　女性三人は固まって寝たり起きたりしている。

　ユメがシホルに頭をこすりつけて「食べたいぃぃ……」と呟いた。「なあ、シホルゥ、ちょぴっとでいいからなあ、シホルのこと、食べてもいい……？」

「……代わりに、ユメを食べてもいいなら……」

「ぅぅぅぅ。シホルを食べられるんやったら、ユメ、食べられてもいいかなあ……」

「……いっそ、食べっこしよっか……」

「したいなあ……シホル、おいしそうやしなあ……」

「あの、わたしも、食べていい……？」

「そしたらなあ、メリイちゃんも食べさせてなあ」

「うん……食べて……食べられるなら、もうなんでも……」

「――ケッ」ランタは死んだ何かの幼虫みたいに身体を丸めた。「……何ぬかしてやがんだ、女どもめっ……クッソ……うらやましいじゃねーか……マジで、マジで……」

クザクは大の字になって何か唱えている。「……なまむぎなまもめなまたまも……となりのかきはよくかきくうかくだ……あおまきまみあかまきまみきまきまみ……」

「まあ、まだ限界ではないっていうかね……」ハルヒロはそっと笑った。「限界ではないっていうか、限界とは何かっていうか、限界……けんかい……けいかん……ふふ……」

どこまでも暗いこの世界にふたたび朝が巡ってくるなんてとうてい信じられるものではなかったが、果たしてそれはやって来た。

稜線から光がのぞくよりも早く、ボエエエエエエエエエエエエエエエエエエエエエエエエエエエエエエェェェェ……という何かのおぞましい鳴き声が響き渡って、櫓Cの見張りが門を向こう側から押し開いた。その直後、彼方の稜線が燃えだした。

ハルヒロたちは誰からともなく跳び起きて、先を争うように橋を渡った。鍛冶屋の仕事はまだ始まっていなかったが、食料品店の鍋は湯気を立てていた。ハルヒロはしゃもじで鍋の中身を混ぜている大蟹店主に黒硬貨を示した。仮面から突き出している大蟹店主の目玉が黒硬貨を、それからハルヒロたちを順々に見た。

「おれたちに何か食べ物を……！」ハルヒロはとっさに拝んだ。「めちゃくちゃ腹減って、死にそうで……！　食べられる物なら、ほんと、何でもいいんで……！」

大蟹店主は木か何かの器を六つ出すと、鍋の中身——シチューのような物をすくい、それらの器に入れてくれた。ハルヒロたちは口々に礼を言いながら器を手にとった。匙でもあればいいが、なくたってかまわない。黒っぽい、どろどろっとした熱いシチューを啜った。味なんかよくわからない。でも、昇天しそうなくらいうまかった。見ればみんな、はふはふしながら無我夢中でシチューを飲んでいる。幸せだなあ、とハルヒロは心の底から思った。幸せだ。幸せで、幸せすぎて、脳天が痺れ、身体中の穴という穴から喜びのエキスがあふれている。クソみたいに幸せだ。

あっという間にどろどろの汁を飲んでしまった。しかし、まだ終わりじゃない。具が残っている。ハルヒロは器の底に溜まっている具を指でつまんだ。「——ぃぃぃぃ……!?」

思わず奇怪な声をもらしてしまった。

だって、この具って明らかに、蜈蚣みたいな——虫……じゃないですかあ……。

「カハハッ！　食えば都だぜ……！」ランタはわけのわからないことを言って果敢にその虫を口にぶちこみ、大胆に咀嚼した。「——ぐあぁえぉっ!?　にゅがぁぁっ……!?」どうやら苦かったらしい。ランタはペペッと虫を吐きだした。さもありなんだ。いかにもまずそうだし。具は食べないほうがよさそうだ。けど——足りない。正直、こんなものでは満腹には程遠い。

ハルヒロは何気なく大蟹店主のほうを見た。すると、大蟹店主が何らかの肉の串焼きを差し出してきた。ハルヒロの中に信仰心が芽生えた。大蟹店主は神だと思った。ハルヒロは若干感涙にむせびつつ、ありがたく、大変ありがたく串焼きを頂戴した。この肉は大丈夫なのか、と考える前にかぶりついていた。冷めていて、硬く、どうも焼き物というより燻製のようだが、まずくはない。水気がなく、のみこむのは骨だけれど、噛めば噛むほど味がする。これは腹持ちがそうとう良さそうだ。

大蟹店主はハルヒロ以外にもその燻製串を一本ずつくれた。黒硬貨一枚には虫シチュー六杯と燻製串六本分の価値はある、ということか。

飢えが満たされると、水が欲しくなった。だが、井戸を使うのにもまた黒硬貨が必要だろう。我慢して、川の水でも沸かして飲むしかないのか。頭を悩ませるハルヒロを尻目に、ランタのバカがひょこひょこと井戸に歩み寄って釣瓶を落とし、水を汲んでごくごく飲んだ。井戸の見張りは動かない。——え？　いいの……？

ランタの次に、ハルヒロもおっかなびっくり水を飲んでみた。やっぱり井戸の見張りは何もしてこない。昨日、黒硬貨を渡したから？　1黒硬貨＝（虫シチュー＋燻製串）×6だとすると、水六人分で黒硬貨一枚は過払いだったのかもしれない。それで、今日も飲ませてくれる……とか？

何はともあれ、各自水分を補給して、やっと人心地がついた。いや、まだだ。

「……あの、ハルヒロくん……」シホルが挙手した。「……お風呂、入りたい……です」

それどころじゃないでしょ、とは言えなかった。まあ、入浴の準備をしたり入浴したりしながら、黒硬貨のゲット法について思案することもできるだろう。きっとできる。リフレッシュしたほうが、何か思いつくかもしれないし。うん。風呂だ。風呂に入ろう。

ハルヒロたちは集落を出て河原に急行した。べつに急がなくてもいいのかもしれないが、急がずにはいられなかった。

まずは川の近くに穴を掘る。そして、その穴と川とを水路で結ぶ。川の水が穴を満たしたら水路を閉鎖する。最初に女性陣、そのあとで男たちが入浴することにした。女性陣が入っている間、男たちは離れた場所で待機する。

浴槽にする穴は直径一・五メートル、深さは一メートルほどだ。川の水は人肌程度だが、冷たいよりはずっといい。ランタンの明かりを当てて見たところ、濁っていないし、匂いもなかった。作業は計画どおり滞りなく進んで、ぬるま湯露天風呂が完成した。

「じゃ、おれらは遠くにいるんで」

ハルヒロとランタ、クザクは、ユメ、シホル、メリイの三人を残して、露天風呂から二十メートルくらい離れた。崖のすぐそばだ。日が昇った、というかむしろ、火が昇った、と言うべきかもしれないが、それでもこの世界はなお暗い。ここからだと女性陣の姿はまったく見えないので、このへんでいいだろう。しかし、不気味だ。

ランタがやけにおとなしい。否。おとなしかった。

「──つーわけで、作戦開始だよな？」

「そんなこったろうと思ったよ……」ハルヒロはため息をついた。この最低級のゲスをどうやって止めよう。幸い、ハルヒロは何もせずにすんだ。

クザクがいきなりランタを河原に押さえこんだからだ。「そうはさせねーっすよ」

「いだっ。いづぁづぁっ。ちょっ、クザッキーてめえ、何しやがるっ、関節はやめろ、関節はっ、マジで痛ぇーだろうが！　放せ、このデカブツめっ……！」

「いやぁ、ランタクンも力あるからさ。これくらいはやらないと逃げられちゃうっしょ」

「腕が折れる、肩がっ、内臓が潰れるっ、死んだらどうしてくれんだよ、ボケッ」

「この程度で死ぬタマじゃないっすよね、ランタクン。平気でしょ」

「平気じゃない平気じゃない平気じゃない痛い痛い痛い死ぬ死ぬ死ぬ放せ放せ放せ」

「わざと大袈裟に痛がってることくらい、俺にもわかるんで」

「……クッソ、生意気だぞ、クザッキー！　先輩に対する敬意ってモンはねーのか！」

「ありますって。俺、ランタクンのこと、けっこう尊敬してるよ、実際」

「だったら放せっ！　裸ぁー！　オレは女どもの裸を見るんだぁー！　オッパイ！　生でオッパイ見ないと死んじゃう病なんだよう！　マジなんだって、嘘じゃなくて！」

「……敬意も失せるわ。その言い種はさすがに」

ランタは尊敬に値するような人間ではないので、それでいいんじゃないかと思う。

それにしても、クザクの行動は迅速だった。あれか。やっぱり、メリイか。だよなあ。見られたくないよな。何？　彼女？　恋人？　どっちでも同じか。そういう人の裸を、他の男には見せたくない。そういうものだろう。たぶん。自然な気持ちというか。ハルヒロにもそれくらいのことはわかる。ドーテーですけどね？　クザクはどうなのかな？　もしかして、もう――やっちゃってる……？　とか？　ね……？

ハルヒロは地面に座って両手で顔を覆った。何を考えているんだか。くだらない。どうだっていいじゃないか。それどころじゃないし。そうだよ。本当にそれどころじゃない。黒硬貨。どうやって見つける？　屍からとか、河原で拾うとか、偶然に頼るようなやり方は良くない。何か確実な方法はないか？　金を稼ぐといったら、働く？　仕事をする？　たとえば、集落の住人から作業なり何なりを請け負ったりして？　できるのか？　言葉も通じないのに？　無理そうだ。

金。金か。黒硬貨は、金。黒硬貨はあの集落の通貨なのか？　だとしたら、貨幣経済的な仕組みがあるわけだから——でも、貨幣を媒介にした交換制度なんて、あんなに小さな集落の中だけで成り立つものだろうか？　集落の人口は？　建物は十四棟だから、せいぜい五十人といったところか。どの店もそれなりの種類と量の商品を取り揃えていた。五十人規模の集落にしては充実しすぎていないだろうか？　他にも客がいるとか？　ハルヒロたちのような……？

「きゃあ……！」という声が聞こえた。

ただの声じゃない。悲鳴だ。

「おいっ！」ランタがクザクを撥ねのけた。

撥ねのけられたクザクのほうが早く跳ね起きた。「——メリイ……さん!?」

ハルヒロは立ち上がるなり走りだした。「メリイ!?　ユメ!?　シホル……!?」

「ぬちゃー……！」ユメの雄叫びだ。応戦している？　何に？　敵？

派手な水音がした。「——うぁっ……」

シホルの声か？　逃げようとして、川に転げ落ちたとか？

「っ……！　すぁっ……！」あれはメリイ。メリイの声だ。戦っているらしい。

「で、できるだけ見ないように、気をつけるから……！」ハルヒロはダガーとサップを抜いた。いやまあ、見るとか見ないとか言ってるときかなとも思わなくはないけど。

　全速力で駆ける。おぼろげに見えてきた。やはりユメとメリイは武器を持って動き回っているようだ。二人とも風呂(ふろ)から出ている。シホルは？　川か？　相手は、あれか。最初、蜥蜴(とかげ)なのか、とハルヒロは思った。這(は)うような姿勢だ。速い。素早く左右に跳んで、ユメとメリイの攻撃を躱(かわ)している。大きさは人間くらい。頭で何か考える前に、ハルヒロの身体が動いた。敵の背後をとって組みつく。蜘蛛殺し(スパイダー)。蜥蜴じゃない。こいつ、毛だらけだ。何でもいい。首の側面にダガーをぶちこもうとしたら、敵は暴れた。

　跳躍したのだ。斜め上にビョーンと。高い。「うわっ……」と、反射的にハルヒロは敵にしがみついた。やばい。敵は空中でのけぞった。このままだと背中から地面に落ちる。ハルヒロはその背中にしがみついているわけだから、ということは――ハルヒロが地面に叩(たた)きつけられてしまうんじゃないのか、これは。

　離れようとしたら、敵の腕がハルヒロの身体に絡みついてきた。嫌な音。ほぼ全身に、衝撃。呼吸ができない。ぐわんぐわんする。敵がハルヒロから飛び離れた。すぐさま襲いかかってくる。ハルヒロは両腕で首と顔を守ろうとした。死ぬのだけは、なんとか。それだけは避けないと。

「があぁぁ……！」クザクが飛び出してきて、ロングソードを敵に叩きつけようとした。

　敵は真後ろに跳んで、逃げる。

「そっこだあぁ……！」ランタがすっ飛んでいって、敵に斬(き)りつけた。ナイス連係。

——とか、のんきに褒めてるような余裕があるのかっていうと、微妙っていうか。起き上がろうとする。だめだ。身体を横向きにしただけで痛い。あちこちが。吐きそう。情けない。迂闊だった。泡を食ってたんだ。なんで冷静になれなかった？　悔しい。恥ずかしいだろ。初心者かよ。まるで初心者だよ。面目ない。痛くて、苦しい……。

クザクとランタが敵を追い回している。メリイとユメが駆け寄ってきた。

「ハル……!?」「ハルくん……！」

いやいいけど、よくないけど、あなたたち裸なんじゃないですか。どうせ暗くて細部までは見えないのだが、なんだか申し訳ない。せめてと思い、ハルヒロは目をつぶった。

「……シホル、は……？」

「くにゃっ!?　そやったあ！　シホル！　シホルどこぉ!?　だいじょぶかあ……!?」

「……あ、あ、あたしは、だ、だ、大丈夫……」

ユメの問いかけにシホルが答えてくれたので、ハルヒロとしては心から安堵することができた。でも、まだ安心とかあれだよな。そういう状況じゃないっていうか。

「ハル……！　今、魔法で……！」

「……いやあ、だめだって……光魔法は……光るし……その前に、服、着て……」

「そんなこと言ってる場合!?」

怒られてしまった。ごめんなさい。ほんとに、本当に、ごめんなさい……。

「メリイ――さん、ほら、服……！」クザクが戻ってきて、メリイに向かって服を投げつけたようだ。

「べつに……！」とか言いながらも、メリイは一応、それを羽織るだけは羽織ったらしい。そうしてから、ハルヒロの治療を始めた。

「――ッッッソオオォォッ！」ランタが叫んだ。「逃げられたじゃねーか、ボケ……！」

「バカランタ、こっち来るなあ！」

「うっせ！　おまえのちっぱいなんか、わざわざ見たくねーんだよ……！」

「シホルもいるんやからなあ！」

「もちろん、そっちは見たいけども！　是非ともガン見してえ！　ぐへへへへ！」

「……ジェス・イーン・サルク・カルト・フラム……」

「ちょちょちょ、待て待て待てってシホル、魔法はやめろ魔法は！　それ暴威雷電（サンダーストーム）の呪文（じゅもん）じゃねーか、そんなの食らったらいくらオレでもおまえ……！」

ハルヒロはひたすらきつく目をつぶり続けた。開けたら、いろいろ見えちゃうかもだよなあ。メリイ、かなり近くにいるし。身体の一部がふれあっているくらい、それはもう近くに。見ないけど。絶対、見ませんって。忸怩（じくじ）たるものがありすぎて、泣きたい。

しかし、落ちついて入浴もできないのか。つらいよなぁ……。

光魔法、暗黒魔法、ともに使用することはできる。ただ、効果、持続時間などが軒並み三分の一くらいに低下していて、倍以上の魔力を消耗するだけではなく、心身ともにえらく疲労するようだ。

おかげで、光の護法（プロテクション）は効率が悪すぎるから、実質的には使えない。治療系の魔法にしても、癒し手（キュア）で連続七回、癒光（ヒール）だと四回、光の奇跡（サクラメント）に至っては一回でメリイの魔法力がほぼ尽きるという。

ランタにはできるだけ悪霊招来（ディモンコール）でゾディアックんを喚（よ）びださせておくことにした。どうせランタは暗黒魔法をあまり有効活用できないヘボ暗黒騎士だ。それに、ゾディアックんはいてくれるだけでそこそこ役に立つ。

ハルヒロたちは例の集落を井戸があるのでイド村、川はぬるいのでヌル川と名づけた。方角は不明だが、ヌル川が北から南に流れていると仮定して、上流方向を北、下流方向を南と見なすことにした。昼間は火が昇り、東の彼方（かなた）の稜線（りょうせん）が燃えて少し明るくなる。ヌル川は渡れそうにないから、当面は川の西側を探索するしかない。

イド村の西には森が広がっている。南はどうなのか。河原には攻撃的な敵がひそんでいるみたいだから、崖から上がって南に向かってみることにした。

「イド村から……どれくらいっすかね」クザクが振り返った。「──一キロとか？」

ユメが、むゅーん、と変な唸り方をした。「そんくらいかなあ」

「チッ」ランタが舌打ちをして何度も足踏みをした。「あっるきづれーなあ。ヌッチャヌチャヌッチャヌチャヌチャぬかるんでやがってよ！　何なんだよこれ！　いやがらせか！」

（いひひ……ランタ……きさまの存在こそ、いやがらせだ……いひ……いひひ……）

「くぉらゾディアックん、それ、どういう意味だぁーっ！」

「……で、でも、これは疲れるかも……」シホルは杖で身体を支えながら歩いている。

「大丈夫？　シホル、よければわたしにつかまって」

「ありがとう、メリイ……だけど、もしあたしが転んだら、巻き添えにしちゃうし……」

「そのときはそのとき」メリイはちょっとだけ笑ったようだ。

ハルヒロもそっと笑った。いや、さっきヘマをしたばかりのヘタレリーダーに笑う資格なんてないんですが。なんていうかこう、メリイ、シホルと、あとユメとも、すっかり仲よくなったよなあ。喜ばしい限りだ。

出会ったころのメリイはちょっとひねくれていたが、もともと快活で、性格も良かったらしいし。容姿にも恵まれていて、真面目な神官で、人柄も良好って、どんな完璧超人だよ。仲間として、友だちとしても、申し分がないというか、理想的というか。リーダーとしては幸せです。そんな彼女がいて、クザッキーはもっと幸せでしょうね……。

「イド村の南は、湿地ってことか」ハルヒロはこぼれそうなため息を押し殺して、目を凝らした。「まだしばらく続きそうだな……」

「歩きづらいけどなあ、悪いことばっかりじゃないよ？」とユメが言った。「この地面やったらなあ、音がするやんかあ。ぬちぬちってなあ。だからな、なんかいたらなあ、すぐわかるんちゃうかなあ？」

「……クッソ。ユメめ。ちっぱいのくせに、有益っぽいこと言いやがって！」

「いちいち、ちっぱいちっぱいゆうな！」

ユメの言うことにも一理ある。たしかにこれだと警戒はしやすい。今はまず、行動範囲を広げたいし、もう少し行ってみよう。

というわけで、さらに三百メートルほど進んでみたら、ぬかるんでいるどころか、水たまりに足をとられるようになった。水の深さはせいぜい五センチくらいだが、底にやわらかいところと硬いところがあるので、質(たち)が悪い。というか――、

「これさ、下に何か埋まってない……？」

「お宝かっ！」ランタはただちにしゃがんで泥濘(でいねい)の中に手を突っこんだ。「……お？　あるぞ。なんかある。これって――」

「明るくしたほうがいいかなあ？」とユメに訊(き)かれて、ハルヒロは首肯した。

「んしょ」ユメはランタンをとりだして点灯した。「ほい」

ランタは引きずり出したものを、ユメのランタンに近づけた。白っぽい、棒状の物体だ。ハルヒロはすぐにぴんときた。まず間違いないだろう。

「骨……?」

「いっぱいあんぞ。ここ、もしかして、死体だらけなんじゃねーのか?」

(うひ……ランタ……おまえもここで骨となるのだ……うひひ……うひひひ……)

「縁起でもねーこと言うなぁーっ! ゾディアックんめーっ!」

「探そう」ハルヒロは決心してうなずいた。「まあ、あんまり気は進まないけど、骨だけじゃなくて、遺品が見つかるかもしれない。その中に黒硬貨があるかも。——今のおれたちには、どうしても必要だからさ」

異論は出なかった。ヌル川の水と違って、水たまりの水は冷たい。とくに、屈んでいると寒くもある。楽な作業ではないが、飢えと渇きに比べたら何ということもない。

やがてシホルが「はっ……」と息をのんで何かを掲げた。「……黒硬貨!」

「おほっ!」ランタがシホルの背中を叩いた。「よっし! でかした、シホル……!」

「……どさくさにまぎれて、さわらないで」

「嘘!? ここでキレる!? マジで!? キレる流れじゃなくね!? めでたいのに!?」

(きひひ……ランタ……おまえの存在がすべてをぶちこわした……きひひひ……)

「存在レベルの問題になってくると、改善の余地ねーからな!? 言っとくけど!」

その後も発見の報が相次いだ。黒硬貨だけではない。錆(さ)びていない短剣が二本。長剣が一本。金属製の薄い仮面のようなものが一つ。黒硬貨は四枚、見つかった。

「ふーむ……」ランタは長剣をしげしげと眺めてから、クザクに渡した。「これはおまえが持っとけ、クザッキー。わりと良さげだし、研げば使えそうだけど、オレには地味すぎる。ちょい長ぇーしな。まだ雷剣ドルフィンのビリビリ効果も切れてねーし」

「……どもっす」

「短剣は二本ともパルピロだな」

（……くひ……ランタごときが、偉そうに……偉ぶり死(じ)ね……くひひ……）

「ねえゾディアックん!? そうやってナチュラルに毎回毎回ディスるのやめてくれね!?」

「んー。いや、おれは一本だけでいいかな。もう一本はユメ、どう？ 少し大きいほうは剣鉈(けんなた)に近いサイズだし」

「にゃあ。ゆわれてみたら、そうやなあ。そしたらユメ、もらっとこかなあ」

「……お面？」メリイが顔に仮面を当てた。「――あ。ぴったり」

それは何らかの生き物の顔面を模しているようだ。人間ではない。ハルヒロが知っているどんな動物とも似ていないような気がするが、強いて言えば――猿、とか？ ちょっとふざけているというか、わりとひょうきんな感じの造形だ。

「に、似合ってる……よ？」とシホルが声をやや引きつらせて言った。

「プッ！」ランタが噴き出して、メリイを指さした。「似合ってる似合ってる！　最高！　傑作！　それ、メリイのな！　決定！」

「い、いらない！」メリイは仮面を外して誰かに渡そうとしたが、皆、薄情にも受けとろうとしない。「本当にいらないんだけど!?　試しにつけてみただけだし！」

ハルヒロは、なんとなく——なぜそうなったのかわからないが、クザクと顔を見あわせた。いや、なぜも何も。クザク、助けてあげないの、みたいな。思うでしょ、それは。こういうときは、やっぱり。だって二人は……アレなわけだし？

先にクザクが視線をそらして、うつむいた。どうも気まずそうだ。なんで？　ああ。そうか。二人の関係については、仲間に打ち明けていない。隠しているから？　だからこういう際にも、露骨に庇うような真似はしづらいのかもしれない。

いいのに。隠さなくても。もう、さっさとオープンにしちゃえば？　なんか、いろいろめんどくさいしさ。そうしてくれたほうが、こっちもすっきりするし。

でも、今が発表するタイミングかというと、それは違うかもしれない。実は——とか、いきなり話されてもね。困るし。

そんなことを考えている間に、ユメが申し出て仮面を引きとった。「そしたらなあ、ユメがもらおかなあ？　イド村に戻るとき、仮面があったら楽やしなあ。これ、かわいくないけど、そのうち慣れたら、かわいく思えてくるかもやしなあ」

「……あの……この黒硬貨、だけど」シホルが掌(てのひら)に載せていた四枚の黒硬貨から、一枚だけつまみ上げて皆に示した。「……地味に、大きさが違ってて。この一枚だけ大きいけど、他(ほか)の三枚は一回り小さくて……書いてある？　字も、少し違うみたい……？」

「ふおぉー」ユメがランタンを近づけた。「ほんとやあ。それだけおっきいなあ」

ハルヒロはシホルがつまんでいる一枚と、掌の上の三枚とを見比べた。「——価値が違うのかな？　銀貨と銅貨みたいな。材質は同じっぽいけど。最初に見つけたやつと、次に見つけたやつはどうだったっけ。うーん、覚えてない……」

「覚えてろよ、そんくらい」ランタは鼻で笑った。「ま、オレも覚えてねーけど！」

（……きひひ……頭……からっぽだからな……きひ……きひひ……今に、スカルヘルに抱(いだ)かれるだろう……）と、ゾディアックんは急に声をひそめて言い足した。（もう……間もなくだ……きひひひひ……）

「おい、パルピロ」ランタが顎(あご)をしゃくってみせた。

「……ああ」ハルヒロは膝(ひざ)を曲げて、重心を落とした。「わかってる」

暗黒騎士の悪霊(ディモン)がすべてそうなのか。そのへんは盗賊のハルヒロにはよくわからないが、少なくともゾディアックんはかなり気まぐれだ。だから、あまりあてにするわけにはいかない。でも、危機が迫ると、それとなく教えてくれる——ことがある。

ハルヒロが指示を出すまでもなく、仲間たちはすでに警戒態勢をとっている。

ちょっと迷った。ユメにランタンを消させるべきか？　いや、今、消したら、目が暗さに慣れるまで、ほとんど何も見えないだろう。それはまずい。

耳を澄ます。聞こえた。音。ちゃぷ、というような。西のほうからだ。ちゃぷ。ちゃぷ。だんだん大きくなってくる。何かが水たまりを歩いている。

接近してくる。

ハルヒロはクザクを見て、西を指さした。クザクはうなずいて兜のバイザーを下ろし、西に向きなおる。その直後だった。

それが駆けだした。ユメがそっちにランタンを向ける。見えた。黒い。獣。でかい。黄色く光る目が——四つも。犬か、狼？　いや、そんなものじゃない。虎とかライオンとか、そのくらいの大きさだ。もっと大きいか。突っこんでくる。クザクが盾でその突進を受け止めようとしたが、無理だった。吹っ飛ばされた。「——がぁっ……」

「これやばくねーか……!?」ランタが雷剣ドルフィンで斬りかかる。獣はよけない。なんと、額で弾いた。一応、その瞬間、ビリッとはしたようだが、それがどうした、という態度だ。ランタは跳び下がった。「——ツッ！　かってえ……！　どんな石頭だよ!?」

「……オーム・レル・エクト・デル・ブレム・ダーシュ」シホルは影纏いで影のエレメンタルを身にまとった。あらゆる攻撃を無効化、たとえできなくても、ある程度はやわらげてくれる。シホルらしい冷静な選択だ。

「クザク……!?」メリイが叫ぶと、すぐに「──っす!」と返事があって、水たまりの中で起き上がる音がした。クザクは大丈夫のようだ。

獣はゆったりと首を巡らせ、ハルヒロたちを見回した。肩の高さが一・二メートルほど。胴の長さは三メートルくらいだろうか。めちゃくちゃでかいし、威圧感も半端じゃないが、桁外れのサイズではない。とはいえ、ガブッと咬まれたら腕だろうと脚だろうと、あるいは首でも、あっさり食いちぎられてしまいそうだ。クザク、あんなのに体当たりされて、よく平気だったな。

ユメが低い姿勢で「ふーっ。ふーっ。ふーっ……」と息を荒らげている。剣鉈を抜いて右手に持っているが、弓は構えていない。この相手に、弓矢は通じないだろう。もう接近戦になっちゃってるし。まったく、この距離は近すぎる。背を向けて逃げたら、獣はすかさず飛びかかってくるに違いない。そうしたら終わりだ。きっと一瞬で殺される。

獣はまだ一声も発していない。やつの尻尾が水たまりを軽く叩く音で、ハルヒロの心臓が跳ね上がった。吼えられでもしたら、ショック死するかもしれない。──怖ぇ……。

だいたい、何なんだよ? ここは獣の縄張りで、断りもなく侵入してきたハルヒロたちを追い払おうとしているとか? でも、それならまず威嚇してくるよね? ということは、獲物? 獣はハルヒロたちを狩ろうとしているのか? 食欲を満たすために? やっぱりそっちか……?

逃げたい。――が、足場が悪いし、暗いし、相手の足だって速そうだし、被害ゼロで逃げおおせるのは、そうとう難しそうだ。やるしかない……のか。

相手の目的が捕食なら、おそらく手傷を負わせるだけでいい。こいつら手強(てごわ)いぞ、と思わせてやれば、相手は引き下がる――ような気がする。そうだと思いたい。

「やるぞ！」ハルヒロは腹に力を入れて、できるだけ大きな声で宣言した。「固まるな、正面に立たないようにして、囲め！」

ハルヒロたちが移動しようとしたら、獣も動いた。巨体なのに、なんて軽やかな身のこなしだろう。ランタだ。獣はランタに躍りかかった。

「おふっ……!?」ランタは油断してはいなかったようだ。奇怪な足捌(あしさば)きで獣を幻惑しつつ、回避しようとしたのか。たぶん暗黒闘法のスキル・立鳥不濁跡(ミッシング)だ。足許(あしもと)が硬い地面だったら、見事に成功したかもしれない。残念ながら、大成功とはいかなかった。ランタは獣を躱(かわ)しはしたものの、転倒して水たまりに突っこんだ。「――ぐしょあっ……!?」

（……がんばれ、ランタ……ぎひ……ふひへ……）

「ランタクン……！」クザクが獣に懲罰の一撃(パニッシュメント)を見舞おうとした。聖騎士の懲罰の一撃(パニッシュメント)は、戦士の憤怒の一撃(レイジブロー)と似ているが、盾で防御を固めつつ斜めに斬(き)り下ろす。その違いがクザクを救った。獣はものすごい勢いで身をひるがえし、前脚を振り回したのだ。獣パンチ。フックだ。クザクはそれを盾でなんとか防いだが、踏ん張れずにひっくり返った。

「ジェス・イーン・サルク・カルト・フラム・ダルト……！」シホルが暴威雷電（サンダーストーム）の魔法を獣に叩きこんだ。何条もの細い稲妻が獣をとらえる。獣は「ごっ……」と呻（うめ）き声をもらして全身を震わせたが、倒れない。ぶるんっと頭を振って、シホルに身体（からだ）を向けた。

「ちゅあーん……！」ユメが妙な声を発しながら獣に猪突（ちょとつ）してゆく。

「っ……！」メリイもショートスタッフを突き出そうとしている。

獣は「ごおん……！」と一吼えしながらその場で一回転して、ユメとメリイをいっぺんに払いのけた。ユメもメリイも水たまりに倒れこんだ。

「――クッソ舐（な）めんな！　暗黒よ、悪徳の主よ……！」ランタが片膝立（かたひざだ）ちで剣の先を獣に突きつけた。「暗黒病毒（ブラッドベノム）……！」

ランタが暗黒魔法を使うとろくなことがない。ランタの身体からおどろおどろしいオーラ的なものが放たれ、それがちゃんと獣を包んでも、ハルヒロとしては嫌な予感しかしなかった。そもそも、暗黒魔法の効果は低減しているのだ。わざわざ使うか、普通？

ところが獣は一瞬、ふらついた。すぐに持ちなおしたものの、明らかに何か異変が起きている。暗黒病毒（ブラッドベノム）。暗黒神スカルヘルの瘴気（しょうき）によって対象の体調を悪化させる魔法、だったと思う。たしかに、いきなり具合が悪くなったような、そんな感じに見える。

おかげで付け入る隙（すき）ができた。ランタを褒めるのはあとだ。というか、褒めずにすむなら褒めたくない。ランタのことだから絶対、付け上がるし。

恐ろしくないと言ったら嘘になる。でも、ハルヒロなりに成算はあった。どんなに獰猛でも、相手は四足獣だ。後ろから、やつに跳び乗って――背中にしがみついた。首筋にダガーを突き刺す。思いっきり刺してやった。めった刺しにする。もちろん、獣は大暴れした。身をよじりながら、前脚を、後脚を、激しく動かして、振りほどこうとする。でも、身体の構造上、前脚にしろ、後脚にしろ、背中までは届かない――はずだと思っていたのだが、後脚の爪がハルヒロの右腿に深く食いこんで、引き裂いた。「ぐぇっ……!?」

あまりにも痛すぎて、ハルヒロはあっさり振り落とされた。しかも、獣に刺さったままのダガーを手放してしまった。ついでに、顔面から水たまりに転げ落ちて、何も見えない。息も満足にできない。やばくない、これ？　死ぬ、かも……？

「ジェス・イーン・サルク・フラム・ダルト……！」

シホルが雷電の魔法を発動させてくれなかったら、ハルヒロが最初の犠牲者として獣に食われていたかもしれない。

「――ンガァッ……」獣は間違いなく痛手を負った。そういう声だったたし、巨体が横倒しになって大量の泥水が撥ね上げられた。ハルヒロにはその様こそ見えなかったが、音はしっかりと聞こえた。――ダガー。ダガー、か。ハルヒロのダガーが獣の首筋に突き刺さっている。シホルはそれめがけて雷電を撃ちこんだのだ。

（いひ……今だ……いひひひ……）とゾディアックんがけしかけた。

「言われなくたってなあ……！」「――しゃあ……！」

ここぞとばかりに、ランタとクザクが獣に襲いかかる。ハルヒロは顔を拭って身を起こしながら、いけそうだ、と思った。いける、というか――獣が、逃げる。逃げてゆく。早いな、決断。まあ、どこの世界も厳しい。ぐずぐずしていたら手遅れになる。即断即決できないと、生き抜くことはできないだろう。獣の気配はあっという間に消えた。

「……怪我した人？」ハルヒロは挙手した。「――おれ以外で」

「俺は」とクザクが言った。「腰が若干痛いくらいかな……」

「ユメはぴんっぴんやなあ」

「……あたしも。おかげさまで……」

「オレ様は何しろ、超絶無敵だからな！」

（心配するな……きひ……予定では、明日あたり……おまえは敗死する……きひひ……）

「あのな、ゾディアックん！　気になるから、予言めいたことは言わないでくれる!?」

「ハル、見せて」メリイが駆け寄ってきてひざまずく姿勢になると、自分の膝の上にハルヒロの右脚をのせた。「……けっこうひどい。あまり無茶、しないで」

「……や、あの、無茶するつもりは毛頭なかったっていうか、怪我とかはしないはずだったんだけど、おれの見通しが甘かったっていうか――マジでごめんなさい……」

「取り返したかった？」と、メリイが囁くような声で訊いた。

それは——正直、ある、かもしれない。河原で敵に襲撃されたとき、ハルヒロだけ負傷してメリイに治してもらった。あれは失態だった。今回はファインプレーを演じて、いいところを見せたい。そんな気持ちはこれっぽっちもなかった、と言いきれるだろうか。たぶん、そういう邪心のようなものが、頭の片隅にはあった。

これでもリーダーだ。けちな盗賊だし、実力を見せつけて引っぱってゆくタイプでも、リーダーシップをガンガン発揮するタイプでもない、けど……たまにはね？　お、意外とやるじゃん、みたいに思われないと、多少やりづらかったりもする。とくにランタあたりに侮られると、いろいろ面倒だし。単純に腹が立つし。

ランタに限らず誰にでも、見くびられるよりは尊敬されたいし。

ハルヒロはそっぽを向いて小声で「……少し、ね」と答えた。

「わたしはハルのこと、認めてるし、感謝してる」メリイはハルヒロに負けないくらい小さな声でそっと言った。「みんな、そう。それだけはわかって」

「……わかってる——と思う」

「それなら、いいけど。治療する」

「はい……」ハルヒロは目を閉じた。

こんなに至近距離からメリイを見たくない。こんなにやさしくしてもらいたくもない。嬉しいけどさ。せつないっていうかね。いやもう、ありがたいんだけど。

ハルヒロは負傷して、メリイに治してもらい、愛用のダガーを失った。水たまりを浚って見つけた短剣は、そのままでは使えないだろう。自分で研げないこともないが、砥石がない。できれば本職の鍛冶に手を入れてもらいたいところだ。

大量の遺骸が眠っているらしい水たまりの一帯は、カバネ湿地と呼ぶことにした。カバネ湿地ではまだまだ黒硬貨や武具をゲットできそうだが、ここにはあの四ツ目獣のような危険な生き物が棲息している。よっぽど注意して作業しないといけない。油断したら、とって食われる。そう考えるべきだ。

ともあれ黒硬貨大一枚と黒硬貨小三枚が手に入ったことだし、イド村に戻ることにした。ただでさえカバネ湿地は寒いうえ、皆、泥水にまみれて、身体が芯まで冷えている。焚き火か何かで暖をとりたい。飲食もしたい。

ハルヒロたちはおのおの顔を隠して橋を渡った。イド村に足を踏み入れると、心底ほっとする。安堵するのと同時に、村の陰鬱な眺めと言葉も通じない謎の住人たちの異様さに気が滅入った。

何しろ障害が多すぎる。この先、衣食住を確保してゆけるのか。ここで生活してゆけるのだろうか。まともな暮らしができるのか。べつに、この世界で生きてゆきたいと思っているわけじゃない。帰りたい。グリムガルに。戻る方法はあるのか。なかったら——もし一生帰れないとしたら、どうする？　どうすればいい……？

「おっ……」ランタが鍛冶屋を指さした。「見ろよ。誰か……いるぞ？」

上半身がものすごい、血のような瞳を持つ鍛冶は、かん、かん、と槌を振るっている。

鍛冶屋の前に人影があった。

「誰かっていうか……」クザクが軽く頭を振った。「……まぁ、誰か、なんすけど」

客、なのだろうか。イド村の住人なのかもしれないが、見覚えはない。一度でも見たら忘れられないだろう。

背が高い。ゆうにハルヒロの倍はある。その見た目はなんというか、そう、案山子だ。案山子に似ている。ゆらゆらっと移動して、ときおり腰を屈め、鍛冶屋に並ぶ品々を物色している様子がなければ——つまり、もし静止していたら、あ、なぜかあんなところに案山子がある、と思ったことだろう。

当然、案山子は動いたりしないので、案山子ではない。それに、あれには細くて長い腕がある。腕の先には手がついていて、十本以上ありそうな指は針金みたいだ。合羽のようなものを頭から被っている。顔には仮面を装着しているらしい。

「おきゃくさん、なんかなあ？」とユメが呟いた。

「……お客さん……」シホルが鸚鵡返しに言って、ぶるっと身を震わせた。「……何か、引きずってる……？」

「死体……？」メリイは口のあたりを手で押さえた。

ハルヒロは、ふう、と息を吐いた。落ちつけ。よーし。落ちつけ、自分。冷静に。大丈夫だ。イド村の中は安全地帯――のはずだし？　だと思うし？　たとえ物騒な生き物と出くわしても、あ、どうもどうも、みたいな感じで接したり、無視したりすれば、何も起こらない――んじゃないかな？　それとも、ハルヒロが勝手にそんなものだろうと想定しているだけか？　実はぜんぜん違ったりして？　だいたい、そう考える根拠は？　とくになかったりもするような……？

死体。メリイの言うとおり、たぶん死体だ。案山子さん（仮称）は、人型生物の死体としか思えないようなものをずるずると引きずって歩いている。あと、よく見ると、その右肩にも獣の死骸とおぼしきものを担いでいるではありませんか。

不意に案山子さんが長大な刀剣を手にとって鍛冶のほうに顔を向け、「ウ・ナア？」と言った。いや、本当に、ウ・ナア、と言ったのかどうか、野太い、聞きとりやすくはない声だったし、自信はないが、ハルヒロにはそんなふうに聞こえた。

鍛冶は槌を止め、左手の指を三本立ててから、八本立てた。「ソン・ザア」

そう。鍛冶の手指は五本ではなくて、八本あるのだ。

「オゥーン・ダア」と案山子さんが頭を左右に揺すりながら言った。

「ボォナ・デエ」と鍛冶が言い返した。

「ギィハ」案山子さんは長大な刀剣を元の位置に戻した。「ゼェ・ナア」

　鍛冶は何か不満そうに左手を振ってみせ、ふたたび槌を振るいはじめた。案山子さんはあの刀剣を買い求めようとしたが、価格面か何かで折り合いがつかなかったのかもしれない。案山子さんは鍛冶屋から離れて、今度は食料品店へと向かった。

「う・なあ？」猿っぽい仮面をつけているユメが首を傾げた。「ナンボなん、とか、そうゆう意味かなあ？」

「オレが言おうとしてたこと、とるんじゃねーよ、ちっぱいの分際で！」

「ちっぱいゆうな！　バカランタぁ！」

「……もし、そうなら」シホルが顎を引くようにうなずいた。「……買い物が、しやすくなるかも……？」

「う・なあ」とメリイが何度か繰り返した。「試してみる価値はありそう」

「……いいな、それ」クザクがぽつりと言った。

　ハルヒロは胸中でひっそりと同意した。たしかに良かった。メリイの、う・なあ。なんか、かわいいっていうか。うん。だから何っていう話ではあるけど。というか、メリイのことを変に意識するのはやめたい。だめだって。良くないって。こういうのは。

　案山子さんは食料品店で虫シチューを一杯買ったようだ。椀に口をつけて、ごくごく飲んでいる。一気飲みして、具もバリバリ食べだした。

「……あの人がいなくなってから、かな。いろいろ試すのは。なんか、怖いし……」

「ウ・ナア?」＝「これはいくらですか?」
「ファ・ノオ」＝「こんにちは」／「ゼェ・ナア」＝「さようなら」
ア＝1　ムゥ＝2　ソン＝3　ジョ＝4　ドォ＝5　クア＝6　シ＝7　ザア＝8
ザマ＝9　ザム＝10　ザン＝11　ザジ＝12

主にユメとランタが鍛冶や食料品店の大蟹店主にあれこれ話しかけて、このへんはまず間違いないだろうという確証をえることができた。

ちょっとややこしいのは数だ。ハルヒロたちは十進法に馴染んでいるが、これはたぶん、人間の指の数に由来しているのだろう。でも、イド村の住人たちは手指の数が異なっている。それで、片手の指が八本の住人は八進法を使い、両手の指が合わせて十二本の住人は十二進法を用いて――みたいな状況になっているようだ。物を指さして「ウ・ナア?」と訊けば、店の主が手指を立てて値段を教えてくれるのだが、店主の指の数を把握しておかないと誤解が生じかねない。

黒硬貨は大・中・小の三種類ある。ハルヒロたちが大きめだと思っていたものが中硬貨で、小硬貨はそれより一回り小さい。食料品店の大蟹店主が親切にも実物の大硬貨を見せてくれた。これは中硬貨より二回りは大きくて、厚みもあり、銀色の筋が入っていた。

大硬貨はロウ、中硬貨はルマ、小硬貨はウェン、と呼ばれている。

ロウはかなり貴重なので、通常の取引はルマとウェンで行われているようだ。それでは、何ウェンで1ルマになるのか。ここがまた厄介で、どうも一定ではないらしい。どういうことかというと、たとえば鍛冶屋や食料品店では8ウェン＝1ルマになる。ところが、服と鞄（かばん）屋では12ウェン＝1ルマで、お面屋では5ウェン＝1ルマといった具合に、その店というか、人によって違うのだ。

そんなわけで、鍛冶屋が「ソン・ザア」、つまり、3・8と言って指を三本、八本の順で立ててみせたら、3×8＝24ウェン＝3ルマを示したことになる。

服と鞄屋が「ジョ・ザジ」、4・12と言って、指をまず四本、それから両手の指十二本をぜんぶ立ててみせた場合は、4×12＝48ウェン＝4ルマのことだ。

3ルマと4ルマの価値が、ウェン換算で倍も差があるという、謎の事態が発生する。でもこれは、イド村ではごく普通のことらしい。

遺品の黒硬貨と、河原で見つけた黒硬貨は、いずれも中硬貨だった。大盤店主の食料品店はかなり価格設定が大雑把なようだが、1ルマも払えば六人が腹一杯になるくらいは食べさせてくれる。井戸の水については、最初に1ルマ支払って以来、追加料金を要求されたことはない。水を飲むごとにいくらいくら、というのではなく、金を渡して井戸の利用権を認めてもらうような形なのだろう。

勇気を振り絞って短剣の研ぎを鍛冶に頼んでみたら、3ウェンを提示された。ランタが身振り手振りで値切ろうとしたが、無駄だった。やむをえないので、ランタの猛反対を押しきって3ウェン出し、研いでもらうことにした。この時点で、ハルヒロたちの全財産は1ルマになった。ちょうど全員の一食分だ。大蟹店主と交渉して、虫シチュー以外のものをできるだけたくさん買い求め、満腹になるまで食べた。その間に短剣の手入れは終わった。見事な仕上がりだったが、ついでに夜になって門が閉まってしまった。閉門すると、強行突破でもしない限り外には出られない。

すぐそのへんに寝転んで朝を待つような気分でもなかったから、イド村の中を歩いてみることにした。ちなみに、例の案山子さんはまだ村を出ていなくて、櫓(やぐら)Aの近くで横になっていた。

井戸がある広場に面した鍛冶屋、服と鞄屋、お面屋、食料品店、雑貨屋以外にも、村には九棟の建物がある。一番大きいのは広場の向こうに見える建物だ。この建物は石積みで、なんと、曇ってはいるものの硝子(ガラス)窓がある。窓から明かりが洩(も)れているから、誰か住んでいるようだが、訪ねてみる気にはなれない。

あとは、広場に向かって左――北側に四棟、その逆の右――南側にも四棟ある。どれも壁材は木か土で、屋根は藁(わら)か板葺(いたぶ)きだ。あの程度の掘っ立て小屋なら、材料さえあればハルヒロたちでも見様見真似(みようみまね)で建てられるだろう。

何人かの住人とすれ違った。人型だったり、そうではなかったりしたが、どの住人も顔を隠していた。一応、「ファ・ノオ」と挨拶してみたが、無視されてしまった。

堀の内側にある河原には桟橋が設けてあった。ただ、そうとう老朽化していて、一部は腐っていた。船は見当たらなかった。

イド村内の河原なら、安全に入浴できるのではないか。それは考えないでもなかったが、勝手に穴を掘ったりしていいものなのか。ハルヒロたちはあくまで新参の余所者だ。へたなことをして住人たちの機嫌を損ねたくない。試すにしても、もうちょっと様子を見てからにしようということになった。

住人たちに迷惑をかけないように、建物がない空き地で野宿することにした。肌寒くはあるが、外套だの何だのにくるまれば、寝られないことはない。女性陣は固まって互いに暖めあっている。正直、羨ましいが、男同士でくっつくなんて冗談じゃない。我慢したほうがましだ。我慢しよう、と思える間は、なんとか我慢して乗りきろう。

ランタは間もなく鼾をかきはじめた。女性陣はこそこそと囁きあっている。クザクは頻繁に寝返りを打っているところを見ると、寝つけないようだ。そりゃそうだよなあ。ランタが異常なのだ。

ハルヒロは何回かクザクに話しかけようとして、そのたびに思いとどまった。やがて女性陣が静かになると、クザクも寝返りを打たなくなった。

眠ろう、眠るんだ、さあ眠るぞと念じれば念じるほど、眠気が遠のいてゆく。ああでもないこうでもないと考えてしまって、圧倒的な希望のなさに暗然とするしかない。こんなことじゃだめだ。取捨選択しないといけない。考えてもいいことと、考えてはいけないこと。考えるべきは、今日の反省。そこから導きだされた注意点。そして、明日。明日やることだけを考えよう。明日までだ。それより先のことは忘れたほうがいい。考えたってわからないし。いや、わかっていることもなくはない。みんな、いつか必ず死ぬ。それだけは確実だ。死ぬんだよな。どのみち。だったら、何をしたって無意味なんじゃ？　遅かれ早かれ、自分は死ぬ。仲間たちも死ぬ。どんなふうに死ぬことになるのだろう。痛いのか。怖いのか。――マナト。モグゾー。死ぬときって、どうだった？　やっぱり、いやだ、死にたくない、とか思ったりするのかな。それなりに満足して死ねるのだろうか。もし今、死んだら、絶対に未練が残る。まだ死にたくない。誰の死に顔も見たくない。こんなことは考えないほうがいい。恐ろしすぎる。昨日、それに今日、何をしたか。明日、どうするか。そこに集中していれば、いつしか時間は過ぎて――……。

「ボエエエエエエエエエエエエエエエエエエエエエエエエェェェ……！」

「――うぉっ……!?」ハルヒロは跳び起きて、あたりを見回した。

仲間たちも目が覚めたようだ。

ユメが目をこすりながら「……心臓に悪いわあ」と言った。

「鶏……なのかな……」シホルは胸をさすっている。

「びっくりした……」とメリイが呟いた。

ランタは「んー……！」と伸びをした。「なかなか爽快な目覚めじゃねーか！」

「……どこがだよ」クザクがぼやいた。まったくだ。

見れば、井戸の吊り滑車を固定してある梁の上に、茶色っぽい鶏のような生き物が留まっている――が、鶏ではないだろう。えらく大きいし。

「ボエエエエエエエエエエエエエエエエエエエエエエエエエエエエエェェェ……！」

この恐ろしい鳴き声はあの生き物が発しているらしい。最悪の目覚ましだ。

「身体、痛ぇ……」クザクは肩を揺すったり腰を叩いたりした。

「……まあ、今日もがんばろう」ハルヒロは義務感に駆られて励ましてみたが、なんとも弱々しい声音になってしまった。

「朝飯もねーけどな！」ランタが、カカカッ、と笑った。

「ええやんかあ」ユメは仮面の向こうでほっぺたを膨らませているようだ。「ダイエットになるって思ったらなあ」

「ちっぱいのおまえがそれ以上、チチ肉減らして、どうしようっつーんだよ」

「ユメ、おっぱいはそんなに変わってないもん！」

「だったら、さわらせてみろ！　オレが確かめてやっから！」

「……ダイレクトすぎないっすかね。要求とか欲求が……」クザクは引いている。

「オレァ、餓えてんだよ！」ランタはクザクを怒鳴りつけた。「この際、ちっぱいでも何でもかまわねーから、揉みてえ……！　危機に瀕して、性衝動が高まってるわけ！　うおおおおおおおおおおおおおおおおおおおおお！　子孫、残してーよお……！」

「危険人物すぎるだろ……」ハルヒロはランタという男が恐ろしくなってきた。

「……死んだほうが……」とシホルが言った。少なくとも半分は本心だろう。

「朝だから……？」メリイの発言は謎めいていた。寝惚けているのかもしれない。

「ランタ」ユメは地面に座ったままあとずさった。「すっごい、不愉快」

それがまたやけに真実味がこもっている言い方だったので、さしものクズ（クソ）もいくらか堪えたのかもしれない。ランタは宙に何かを置く仕種をした。「――ま、そんな冗談はおいといて、だな」

「……ごまかせるとでも？」シホルがツッコんだ。

「ごまかされろよ、そこは！　オレのためだと思って、ごまかされとけよ！」

「なんでおまえなんかのために……」ハルヒロはため息をついた。「でも、朝飯ないのはきついよな。こんなことにならないように、今日はどうにか、3ルマは稼がないと」

「よーしパルピロ、こんなことにならねーようにどうやって稼ぐのか詳しく説明してみろ。オレが聞いてやっから。ありがたいと思えよ」

すてきな名案があるわけじゃない。カバネ湿地で黒硬貨や金目の物を探す。その際、四ツ目獣などの獣には充分警戒する。以上。

ランタは「鬼クソつまんねー！」とか喚いて猛反対したが、他の仲間は賛成してくれた。

ハルヒロたちはイド村を出て、カバネ湿地へと向かった。

警戒するのはいいが、四ツ目獣が現れたら具体的にどうするのか？　四ツ目獣とは別の、まだ知らぬ脅威があるかもしれない。対処できるだろうか？　懸念材料はいくらでもあるが、現時点ではこれがもっとも確実性の高い稼ぎ方だ。やるしかない。

その日は中硬貨一枚＝1ルマと、小硬貨五枚＝5ウェン、あとは錆びていない剣一本と、槍の穂先を一つ、見つけた。幸い、四ツ目獣は出てこなかった。

イド村に戻って、鍛冶屋に剣と槍の穂先、あとは昨日の戦利品であるユメの短剣とクザクの剣を持ちこんでみたら、鍛冶は指を四本立ててみせた。合わせて4ウェンで買い取る、ということらしい。おそらく、単純に屑鉄として一個につき1ウェン、合計4ウェンという計算だろう。

少々悩んだが、鍛冶は掛け合って応じてくれるような人ではないようだし、使っていない武器を持ち歩いても邪魔なだけだ。買い取ってもらい、4ウェンを手に入れて、所持金が1ルマと9ウェンになった。食料品店では8ウェン＝1ルマで六人が食事にありつけるから、二食分以上だ。寝る前に夕食をとって、翌朝、朝飯を食べられる！

腹を満たしてから稼ぎに行くのはちょっと気分がよかった。空腹はやっぱり心をささくれ立たせる。今日は昨日より稼ごう。目標は3ルマだ。

怖いのは四ツ目獣だが、やつの気配は感じない。ユメとメリイ、それからハルヒロが、中硬貨一枚、小硬貨二枚、剣二本を立て続けに発見した。順調そのものだ。

「――ん？」と、ランタが何か長いモノを水たまりの中から引っぱり上げた。「何だ？」

「にきゃあ！」ユメが飛びのいた。「うにょうにょしてるやんかあ！」

「おおお!? マ、マジだっ、動いてやがる!?」ランタはそれを放り投げようとした。だが、それはランタの右腕に絡みついて離れない。「ななな何だ!? へへへ蛇か……!?」

「あ……」クザクが自分の下半身に目をやった。「お、俺の脚にも……」

見れば、たしかにクザクの左脚にも長いモノが巻きついている。蛇？　なのか？　危険なのだろうか？　毒があったり？　どうなのだろう、そのへんは？

「う、動くな、クザク。や、動いたほうがいいのかな……？」

「……どっちなんすか」

「ぐおおおおおおおおおおお！」ランタは必死に蛇的なモノを振りほどこうとしているが、果たせていない。「何だこいつ何だこいつ何だこいつ！　怖っ、怖っ、怖っ！」

「……はっ……」シホルが全身を硬直させた。「……こ、こ、こ、ここ……し、下に、い、い、い、い、い、いっぱい……いる、かも……」

「え……」メリイはショートスタッフを重そうに持ち上げた。なんということでしょう。

そのショートスタッフにも、蛇的なモノが。

「おおお落ちついて」ハルヒロは深呼吸をした。「おおお襲われてるわけじゃないし。なさそうだし。大丈夫だから。きっと。一応。た、たぶん」

(……きひ……)さっきまでランタのそばにいたはずのゾディアックんが、なぜか遠くにいる。(……何の保証があるでもなく……信じる者は愚かだ……きひひ……)

「ゾディアックんがオレを見捨てようとしてる!?　絶対、やべえ……!」ランタは左手で蛇的なモノを引き剝がそうとする。でも、まったく剝がれる様子がない。「ぬぬぬぬぬぬぬぬぬぬぬぬぬ……!　たたた助けてくれ誰か助けてオレを助けろボケェッ……!」

「いやぁぁぁぁぁぁぁぁぁぁぁ」メリイはショートスタッフを豪快にぐるんぐるん振り回している。そこまでしても、蛇的なモノはくっついたままだ。

「うぉぉぉぉぉぉぉぉぉぉぉ」クザクがよたよたしている。あれあれあれ?　左脚だけじゃないですよ?　右脚にも蛇的なモノが?　というか、二匹、三匹と、蛇的なモノがどんどんクザクの両脚を這い上がって、がんじがらめにしようとしてはいないかい?

「……オ、オーム・レル・エクト・デル・ブレム・ダーシュ……」シホルは影纏い(アーマーシャドー)で影のエレメンタルを身にまとった。冷静で的確な判断ではあるのかもしれない。しかしながら、ハルヒロとしては正直、ちょっとそれってどうなのとも思った。

「ハ、ハルくん!?」ユメがあたふたとハルヒロのほうに顔を向けた。いや、訊かれても。

——と言うわけにもいかない。ハルヒロはリーダーだ。そう。リーダーなのだ。リーダーでも、できないことはできないし、わからないことはわからないんですが？　とはいえ、なんとかしないと明々白々にまずいわけだし？

「み、水たまりから出よう！　まずは！　こ、ここじゃあちょっと、あれだし……！」

ユメとシホルが駆けだして、ランタは腕を、メリイはショートスタッフを振り回しながら続いた。ハルヒロはクザクの手を引いて走った。途中でランタが「ぎゃあ」と叫んだ。どうやら蛇的なモノにどこかを咬まれたらしい。

「だ、大丈夫かランタ!?」

「アホ！　大丈夫なわけねーだろうがっ！　死ね！　クッソ、痛ぇ……！」

喚いているし、身体は動いているので、わりと大丈夫そうだ。

不幸中の幸いというかなんというか、カバネ湿地を出ると、蛇的なモノたちは自然と離れていった。それでほっとしたのも束の間、ランタがぶっ倒れて痙攣しはじめた。

「ぐええ、ぐぐぐぐぐぐぐぐぐぐ、ををををををを、ぐぶぶぶぶぶぶ……」

「ランタぁっ!?」ユメがランタの兜を脱がせた。「——ひあぁっ……!?」

見るからにやばい。ランタは盛大に泡を吹いている。毒。きっと蛇的なモノの毒だ。ただちにメリイが浄化の光で解毒したものの、ランタはまだぐったりしている。

「……うぅぅ……オレとしたことが、危うく死ぬとこだったぞ、こんちくしょう……」

（いひひ……なぜ、そのまま……スカルヘルに抱かれなかった……いひ……いひひ……）

「もぉーゾディアックん、こうゆうときはなあ、意地悪ゆったら、めっ！　やんかあ」

めずらしくユメがランタにやさしい。というか、どうしてそんなことになったのか、ユメがランタに膝枕をしてやっている。とてつもなくめずらしすぎて目を疑う光景だ。

「……つーか……毒、抜けてんのか、マジで……死にそうに具合悪ぃーんだけど……すまねえ、ユメ……もう少し、このまま休ませてくれ……」

「ふぉ？　それはまあ、いいけどなあ」

「あと一時間くらい……」

「長すぎやん？」

「わかった、三十分でいいから……」

「にゅー……」

（……ぎひ……きさま、ランタにまんまと……騙されているぞ……ぎひひ……）

「はぅ？　そうなん？」

「だ、騙してねーよっ。なーに言ってんだゾディアックん、オ、オレはマジで、マジで体調最悪だし、は、吐き気とか頭痛とか腹痛とかが痛くてだな、嘘とかついてねーしっ」

「めっさ嘘っぽいやんかあ！　元気そうだしなあ！」

当然、ランタはユメの膝の上から強制排除された。そんなことはどうでもいいが、参った。カバネ湿地での確実、堅実な黒硬貨稼ぎに、四ツ目獣に続いて第二の危険要素、蛇的なモノ改め、泥毒蛇の存在が発覚したのだ。これではもう、堅実とは言いがたい。

「――んで？　どうすんだよ、パルピロ？」

ふてくされたような言い方でランタに尋ねられて、キレそうになった。どうすんだよ、とか。丸投げかよ。せめて、どうする、とかさ。相談とか話し合いからだろ、そこは。

頭の中でランタへの罵詈雑言をひとしきり並べたてているうちに、気持ちが静まった。クズ（カス）（クソ）（バカ）にキレて論破したりしても、何せクズなだけに改心するわけでもない。キレたぶん、疲れるだけ。キレ損だ。

「森にでも入ってみるとか……」

提案してみたら、すんなり受け容れられてしまった。いいのかな？　みんな、何も考えてなくない？　そう思わなくもないが、考える気力がなかなか湧いてこないのかもしれない。実は、ハルヒロもそうだったりする。どうも良くない流れだ。かといって、何もしないわけにはいかないだろう。何か、どうにかしないと、生きてゆけない。

とりあえず、イド村の橋の近くから森に分け入ってみることにした。これが想像以上に大変で、ねじくれた白っぽい木がびっしりと生い茂っているものだから、人一人分の隙間も簡単には見つからない。伐採しながら進めとでも……？

「……けど、これだと、でっけー獣とかは、そんなにいないっぽいっすよね」クザクがいいことを言った。

「……蛇とかは、いるかもだけど……」と、シホルがいやな指摘をした。

「シホル――」ハルヒロは言いかけて、頭を振った。

「……え？　何……？」

「や、なんでも。そうだね……蛇とかは、いそうだよね……毒蛇とかね……」

「かっ、帰るか……？」ランタがビビっている。ざまあみろ。でも、蛇はハルヒロだってごめんだ。ランタみたいに咬まれたくはない。

「気をつけて」メリイが皆に注意をうながした。「浄化の光（ピューリファイ）も、癒光（ヒール）と同じくらいの回数しか、連続では使えないから」

ユメが「なあなあ」と西を指さした。「ずーっとあっちのほうでなあ、遠くやけど、なんか光ってるかも？」

「光……」ハルヒロは目を凝らしてそっちを見てみた。「――ほんとだ」

それが何なのか、はっきりしたことは言えないが、たしかに木々の向こうに光らしきものがある。――ように見える。

「行けっかな。夜になる前に、あそこまで……」クザクが低い声で呟（つぶや）いた。

「距離もよくわかんねーしな……」ランタもいつになく弱気だ。

ちなみに、ゾディアックんは森に入ってこなかった。枝やら何やらに引っかかりそうだから、敬遠したのかもしれない。せめてゾディアックんがいてくれないと、ランタは単なるクソ以下のクズだ。

シホルがおそるおそる「……戻る？」と言った。

ハルヒロはクザクと、それからユメ、メリイと顔を見あわせた。誰も、うんともすんとも言わないどころか、意思表示らしきものを一切してくれない。

「だな……」と、ただ一人、ランタがシホルに同意した。

良くない。すごく良くない雰囲気だ。空気を変えたいが、どうすればいいのか。ハルヒロには見当もつかない。とりあえず、考える時間が欲しい……かな？　でも、考えて、何か思いつくのか？　時間が欲しい？　そうじゃなくて、とにかくこの状況から逃げたいだけなんじゃないのか？　ハルヒロだけじゃなくて、みんな同じような心境なのかもしれない。だめだよな。これじゃだめだ。だめなんだよ。間違いなく、だめ……なのに。

「……帰るか、一回」

言ってしまった。リーダーとして、正さないといけないのに。仲間たちを叱咤したり、激励したりしないといけないところだと、重々わかっているのに、できなかった。だめすぎる。力が抜けた。——こんなので、やっていけるのかな、これから先……。

やっていけなかろうと何だろうと、やっていくしかないわけで。

持っていた1ウェンに加え、カバネ湿地で手に入れた1ルマと2ウェン、剣二本は屑鉄として2ウェンで鍛冶屋に引き取ってもらい、合計1ルマと5ウェンになった。二食分の2ルマにちょっと足りないが、少なめでいいからとか何とか交渉すれば、おそらく食料品店の大蟹店主は都合してくれるだろう。見た目は蟹だが、彼（彼女？）はいい人なのだ。たぶん。

時刻がわからないので、彼方の稜線をしばしばチェックして、どうも燃え方が弱まってきたとか、まだ大丈夫だとか、そのあたりで夜の訪れを予想するしかない。あとはまあ、腹時計とか、感覚とか。イド村の人たちはどうやって時間を知っているのか。訊けば教えてくれるかもしれないが、身振りとごく少数の単語だけでは表現しづらい質問だ。

飯は食ったものの、まだ夜まで間があるように思えた。黙って地べたに座っているのも、それはそれでつらい。シホルがやけに寒がっていて、どうにかしてやりたいが、どうすればいいんだか。

「ぴゅこーん！」とユメが奇声を発して立ち上がった。「あのなあ、ユメな、思いついたんやけどなあ、焚き火したらどうかなあ？」

ユメの計画はこうだ。森は我々の侵入を拒んでいるかのようで、容易には入りこめないが、枯れ枝を拾うくらいならできるだろう。それを集めてきて、イド村のすぐ外で焚き火をする。暖まる。夜が迫ってきたら急いで村に駆けこんでもいい。村のそばならそう危険ではないだろうから、そのまま焚き火を囲んで眠ってもいい。

全員一致で、やろう、ということになった。村を出て、森の際（きわ）あたりで落ちている枝を拾い集めた。ちゃんと乾いているかどうかユメが判定して、生乾きのものは脇（わき）によけた。橋から少し離れたところで準備をした。太い枝を下に敷いて、その上に細い枝を積み重ねる。そうすると、下の太い枝は炭火のような感じで燃えてくれるのだ。着火はユメがうまい。さすがは狩人（かりゅうど）だ。ユメは鮮やかに火をつけてみせると、様子を見つつ枝をくべたり、息を吹きかけて火勢を強めたりした。生乾きの枝も、焚き火の近くに置いておけば、そのうち水気がすっかり飛んで使えるようになる。

「あったけえ……」ランタは三角座りをして両手を火にかざした。「マジで、マジで、あったけえ……めっちゃ癒（い）やされる……火、最高……史上最高だろ……文明の利器……」

「あの、ランタクン」クザクはあぐらをかいた。「泣いてる？」

「泣いてねーよ。この涙は、鼻水だっつーの……」

「目から鼻水が出るんだ……」シホルは焚き火に接近しすぎている。「気持ち悪い……」

「うっせっ！　人がせっかく浸ってるときに、ディスって水を差すんじゃねーよボケ！」

メリイはしゃがんで掌を火に近づけ、目をつぶっている。唇が少しゆるんでいて、気持ちよさそうだ。

「お魚でも釣れたらなあ……」ユメはシホルとメリイの間でぺったんこ座りをして、自分で熾した火を見つめている。「焼いて、食べたりとか、できるんやけどなあ……」

「釣り、か……」ハルヒロも当然、皆と同じように焚き火の前に座っている。「ヌル川って、魚、いるのかな。ぬるいしなあ……」

「まあ、いてもおかしくねーだろ」ランタは、ヘッ、と鼻を鳴らした。「人食い魚とかな。いそうじゃね？」

「――河原で、焚き火をしたら」と、メリイが言いだした。「敵避けになるかもしれないし、安心してお風呂に入れたりしない？」

「いや、見えるって」クザクはなぜか下を向いた。「やばいでしょ」

「あ」メリイもうつむいた。「……そっか」

「オレはかまわねーぞ」ランタは小鼻をヒクッと膨らませた。「見えてもな。基本的には全裸オッケーだぞ。つーか、そんなに気にすることか？　見えるとか見えねーとか。どうでもいいだろ。風呂に入れるんだったらな。そこは犠牲にしろよ。トレードオフだろ。むしろ、堂々と見せろっつーの。オレは見られてもいい。だから、おまえらも見せろ。おあいこだろ。何の問題もねえ。解決じゃねーか。な？　よし。今からさっそく行くか」

「……一人で、行けば」シホルが冷たく言い放った。
でも、風呂には入りたい。焚き火はクザクの言うとおり照明になってしまうのでよろしくないだろうが、何か工夫を凝らせば安全を確保できるのではないか。あるいは、イド村内の河原に穴を掘って浴槽にする手を本格的に検討してみるべきかもしれない。住人に怒られるとは限らないわけだし。意外と大目に見てくれるかもしれない。そもそも気にしないかもしれない。大盤店主か鍛冶（かじ）か、井戸の見張りあたりに許可を求めてみようか。ただ、入浴について説明するとなると、かなり難儀しそうだ……。

忍び寄ってきた睡魔に抵抗する気力はなかった。ハルヒロは横になって寝た。獣か何かに襲われたら？　そのときはそのときだ。場当たり的な良くない考えだが、疲れたし。あったかいし。頼む。今日だけ。どうか、今日だけは——。

「……ロくん……ルヒロくん……ねえ……ハルヒロくん……」

揺すられて、目が覚めた。シホル。シホルだ。

「え……どうしたの？」ハルヒロは身を起こして彼方の稜線を見やった。「あれ……？まだ夜、明けてない……？」

「見て」シホルが橋のほうを指さした。

「……う、お」ハルヒロは控えめに言っても仰天した。「——なっ……」

いる。いるよ。橋の手前に、なんかいる。

馬？　なのか？　それにしては毛深くて、でっかくない？　その馬的な生き物が車を牽いている。馬車か。荷馬車。それがまた、やたらと大きい。いったい何を積んでいるのか。覆いが掛かっているし、わからない。

荷馬車の脇に、人型の生き物が腰を下ろしている。あの生き物、誰かに似ているような。上半身は恐ろしく逞しいが、脚は極端に短い。そうか。鍛冶だ。イド村の鍛冶に体格がそっくりなのだ。もしかして、荷馬車の主らしい彼と鍛冶は、同じ種族か。フードを目深に被り、パイプらしき物を咥えて、煙をくゆらせている。煙草を吸っているようだ。

ハルヒロとシホル以外はまだ眠っている。焚き火は消えていた。荷馬車にランタンのような照明器具が吊されていて、いくらか明るい。

「……いつから？」ハルヒロは声をひそめてシホルに訊いた。

「え、と……」シホルはハルヒロに身を寄せた。怯えているのだろう。「……あたしは、あの馬車が近づいてくる音で、起きて……森の中から、出てきたんだけど……」

「森の中から？　あんなでっかい馬車が、通り抜けられるんだ……？」

「遠くのほうに……」シホルは顎をしゃくって北西の方角を示した。「道か何か、あるみたい。馬車は、そっちから来たし……」

「へえ……道が。――で、それって、どれくらい前……？」

「はっきりとは……あたし、最初、変な夢でも見ているのかと……」

「ああ。……だよな。わかる。いきなりあんなのが現れるなんて、ちょっと思わないし」

「……それで、あそこに馬車が停まって。人が……降りてきて。少ししてから、ハルヒロくんを起こして……」

「何ものなんだろ。あれ……」

やがてイド村の巨大鶏がボエエエエエエエエエエエエと鳴いて、他の仲間たちも目を覚ました。荷馬車のせいで騒然となると、荷馬車の主がこっちを見たものだから、全員、一斉に口をつぐんで身構えた。

「……や、や、やんのかこらぁ……」とランタがものすごく小さな声で言った。

ひょっとして、聞こえたのか。荷馬車の主が立ち上がると、ランタは土下座しかけた。いざとなったらランタを生け贄として差し出そう。そうしよう。残念ながら、そうする必要はなかった。櫓Cの見張りが門を開けると、荷馬車の主は荷馬車に乗りこんだ。毛深い馬がぶるるるんと頭を振って、荷馬車を牽きはじめる。荷馬車が進む。あの橋を渡れるのか。ぎりぎりだった。幅だけじゃない。強度的にもぎりぎりなようで、荷馬車の車輪が回転するごとに橋板が大いに軋んだ。壊れちゃわないのかな、橋……。

荷馬車が無事、橋を渡りきったときは、拍手したくなった。しないけど。

ハルヒロたちは各自顔を隠し、荷馬車のあとを追う恰好でイド村に入った。荷馬車は鍛冶屋の前で停まっていた。案の定というか、鍛冶と荷馬車の主が親しげに話している。

「あいつら、兄弟なんじゃね……!?」ランタは勝手に慌てふためいて、ハルヒロたちに向かって弁解した。「あ、あいつらってのはアレな、言葉の綾な！　オ、オレはそういうつもりじゃねーから！　言っとくけど！　彼らのことリスペクトしてっから、マジで！」

「知ったことかよ……」ハルヒロはため息をついた。「だけど、兄弟とか親戚とかっぽくはあるよな。馬車の積み荷も、鍛冶屋と関係あるのかな……？」

「下ろしはじめたっすね」とクザクが言った。

荷馬車の主だけではなくて、鍛冶も手伝うようだ。荷馬車の覆いが外された。荷馬車の主が荷台によじ登って、積み荷を鍛冶に手渡す。鍛冶はそれを鍛冶屋の軒先まで運んでいって、地べたに置いた。

「おい、おまえら」ランタが親指を立てて鍛冶屋のほうを指し示した。「手伝っちまうっつーのはどうよ？　今後、買い物とかのとき、便宜を図ってくれっかもだぞ？」

「下心くっきりやなあ……」ユメは呆れているが、ランタにしては悪くない考えだ。

「よし」ハルヒロはうなずいた。「手伝おう。とりあえず、男三人で。……下手したら怒られて叩き殺されるかもしれないし、ユメとシホルとメリイはここにいて」

懸念は危うく当たりそうになった。鍛冶は槌を振り上げてハルヒロたちを威嚇し、追い払おうとしたが、ランタが土下座して必死に許しを請いつつ説明を試みると、なんとか理解してくれたようだ。鍛冶は怪訝そうにしながらも、荷下ろしを手伝わせてくれた。

積み荷は木炭だった。鍛冶の作業には骸炭か木炭が必須だと、オルタナで聞いたことがある。骸炭は石炭を加工して作るらしいが、木炭はそのままでも高熱を発生させることができるとか。木炭は他に、水を浄化するのにも使えたりする。

どうも荷馬車の主は、ただ運んできただけではなくて、この木炭を作っているらしい。伐採用としか思えない頑丈そうな斧が荷馬車に何本か積まれていたので、木樵も兼ねているのだろう。彼は炭焼き師なのだ。

荷下ろしが終わると、炭焼き師は鍛冶を手助けしだした。炭焼き師は実に楽しそうなのだが、鍛冶はいちいち文句をつける。雰囲気からすると、鍛冶が兄で、炭焼き師が弟なのか。弟は兄を真似て鍛冶を志したものの才能がなかったので、兄を助けるために炭焼き師になったのかもしれない。まあ、あくまでハルヒロの想像というか、ほぼ妄想だが。

手伝い賃ということなのか、鍛冶はハルヒロたちの武器を見せろと要求し、弟と一緒に手入れしてくれた。これはとても嬉しかった。

それから鍛冶は一本の剣をとりだした。青光りする、見るだに美しい大剣で、剣身には複雑な紋様が刻まれ、鍔や柄にも精巧な細工が施してあった。鍛冶はそれをクザクに握らせた。クザクは持った瞬間、「おっ……」と驚いた。ずいぶん軽いらしい。構えて、一振りしただけで、クザクは身震いした。「——これ、やべぇ。絶対、やべーっすよ。ハンパないわ。俺ごときでもわかるもん。とんでもねー剣だよ……」

鍛冶はクザクから剣を取り返すと、大硬貨を一枚見せつけてから、指を五本、次いで八本、立ててみせた。大硬貨四十枚、つまり、この剣の値段は40ロウだ、と鍛冶は言いたいのだろう。それがどのくらいの価値なのか、ハルヒロには見当もつかないが、グリムガル基準でいうと金貨四十枚＝40ゴールドとか？　大硬貨は非常に貴重らしいので、それ以上かもしれない。とにかく、目玉が飛び出るほど高価な剣だということは間違いなさそうだ。鍛冶屋の商品の中では最高級品か、それに近い代物なのではないか。

その後、ハルヒロたちが食料品店で少なめの飯を食べていると、炭焼き師の荷馬車が動きだした。荷馬車の速度は徒歩と同程度だ。ハルヒロたちは荷馬車についていってみることにした。炭焼き師がいやな顔をしたら引き返すつもりだったが、どうやらまるで気にしていないようだ。

荷馬車は橋を渡ると、しばらく北に進んでから西に方向転換した。シホルは正しかった。道だ。森に道ができていた。木々が切り払われていて、地面には轍ができている。荷馬車の車輪は、その轍にぴったりと嵌まっていた。

荷馬車は順調に進んだ。道は多少蛇行しているが、おおよそまっすぐだった。鳥か何かの声が聞こえた。途中、荷馬車が奇妙な音を発していることに、ユメが気づいた。炭焼き師が座っている御者台に、鐘のような物体が吊されていた。それが低く、重い音を鳴らしているのだ。何か意味があるのかもしれない。獣避けとか？

開けている場所に出た。山小屋風の小屋がある。その隣にある屋根付きの窯は炭焼き小屋だろう。馬屋もある。おびただしい量の薪が積まれている。ここが炭焼き場らしい。

炭焼き師は荷馬車を停めて小屋に入っていった。

ハルヒロたちは炭焼き場を一巡りしてから、森に足を踏み入れてみた。このあたりはだいぶ木が伐られていてまばらなので、かなり歩きやすい。

イド村への道以外にも、もう一本、別の方向に延びている道があることも判明した。こちらにも馬車の轍がくっきりとついている。この道はどこへ繋がっているのだろう。イド村の他にも村があるのか。

炭焼き場に戻ると、炭焼き師が小屋の前の椅子に座って煙草を吸っていた。くつろいでいる様子だ。ハルヒロたちのほうを見もしない。

毛深い馬が放されて、草を食んでいる。あの脚で蹴られたら即死しそうだ。尻尾で一撃されただけでも、ただではすみそうにない。不用意に近づかないほうがいいだろう。

「……ちょっと世界が、広がった……ような？」とシホルが言った。

「そっすね」クザクが短く同意した。

「金にはなんねーけどな」ランタはしゃがんで草を抜いたり指に絡めたりしている。「あー、そういえばゾディアックん喚ぶの忘れてた。ま、いいか……」

「お金だけじゃないやんかあ」ユメはうなだれた。「……おなかはすいたけどなあ」

「……帰る?」とメリイが遠慮がちに提案した。渡りに船だった。

勢いで来てみたはいいけれど、収穫が多かったとは言いがたい。何も得るものはなかった、とも言いたくはないが、実態はそれに近いだろう。手ぶらでは帰りたくない。でも、帰る以外、どうしろと?

「戻ろう!」ハルヒロはせめて力強く宣言してみたのだが、微妙にしらけた雰囲気になってしまったので、「……かね?」と付け加えてお茶を濁しておいた。かっこわる……。

かっこわるいんだよなあ、本当に。前からかっこよくはないが、このところはとくにひどいような気がする。マナトならもっとうまく、スマートにやるだろう。トキムネなら陽気にみんなを引っぱるだろう。——ハルヒロは? 自分なりにやるしかない。その自分なりの方法って? 結局、何なんだ? どうすればいいのか?

こういうとんでもない状況に陥って、余計にボロが出ている。出まくりで、正直、ハルヒロ自身、へこんでいるし、困惑しきりだ。

誰かに頼りたい。切実に。役目を投げだすわけにはいかない。それはわかっているのだが、本気で放棄してしまいたい。ぜんぶ捨てて、逃げたい。

ハルヒロたちは森の中の道をたどってイド村を目指している。今、何をするべきか。何に気をつけて、どうしないといけないのか。ハルヒロはそれを考えるべきだ。そうなんだけど。不満とか不平とか不服とか不安とか、恐れや絶望などに頭が支配されている。

いっそ、包み隠さず言ってしまえば？　現状、これこれこういう感じなんだよね、リーダーなんだけど、リーダーらしいことできてなくてごめん、と謝ってしまえば？　そうしたら、すっきりするかもしれない。ハルヒロだけは。でも、仲間たちはどう思う？　ランタあたりは確実にキレる。知ったことか、ランタなんて。女性陣は労(いたわ)ってくれたりするかな？　労られたい。甘やかされたい。この緊張感、重圧から、解放されたい。

道は充分広いし、そこそこ歩きやすいがほぼ真っ暗なので、ユメがランタンを持っている。ハルヒロは振り返ってユメの顔を、それからその隣を歩いているシホルの、身体(からだ)のとある部分を見た。すぐ前に向きなおった。――やばい。ものすごく変なことを考えてしまった。いや、考えたわけじゃない。衝動に駆られたのだ。ハルヒロはうろたえていた。自分が気持ち悪い。

不意に性的欲求のようなものが起こって、その対象がどういうわけかシホルだった。もしくは、シホルの胸が目に入って、それで勃然(ぼつぜん)と性欲を感じたのか？　いや、前後関係はどうでもいい。とにかく、そういう気分になった。ついでに、下腹部が名状しがたいことになっている。――おいおいおいおいおいおいおいおいおいおいおいぃぃぃぃぃ……。

それは、ハルヒロにも当然、性欲くらいある。ただ、旺盛(おうせい)なほうではないような気がするし、節度は守りたい性分だ。だいたいにおいて守っているのではないか。まだ若い健康な男なんだからしょうがないでしょ、とは思いたくない。――思いたくなかった。

まだ若い健康な男なんだからしょうがないでしょ……。

今はもう、禁じていた文句で自分を慰めるしかない。慰められないけどね？　どうしちゃったんだ、ハルヒロ。おかしいぞ、ハルヒロ。壊れてるぞ、ハルヒロ。まさかの性獣化ですか？　こんなときに？　こんな場所で？　やめてくれえええええぇぇぇ……。

頭を抱えて叫びたい気持ちを懸命に抑えていたら、ユメが「――にゃっ？」と変な声を出した。「……もしかしたらなあ、なんかいるかも……？」

「なんかって、おまえ――」ランタはごくっと唾をのみこんだ。「何だよ……？」

「スス、ス、ストップ」ハルヒロは慌てて手を挙げたが、もうみんなとっくに立ち止まっていた。「……ユメ、どこ？」

「そっちのほうかなあ？」ユメは右後方を指さした。「……音？　気配かなあ？」

クザクが、ふー、と息をついて剣を抜き、盾を構えた。「俺、下がったほうが？」

「え、と――」ハルヒロは頭を振った。「そう……だな。クザク、ユメが言った方向に。ランタ、クザクの……左に。おれ、右につくから。メリイはシホルを。ユメは、後ろをカバーして」

仲間たちはまたたく間に隊形を組みかえた。自分だけワンテンポ遅れている。ハルヒロにはそう思えてならなかった。判断も、行動も、遅い。もう勃ってないよな？　とっさにそんなことを考えた自分に呆れた。アホか？　それどころじゃなくね……？

　しばらく息を殺してじっとしていた。何も起こらない。物音も聞こえない。

「……気のせいだったんじゃねーのか」とランタが小さく言った。

「かなあ？」ユメも否定はしなかった。

「一応、警戒したまま」ハルヒロは周囲に目を配った。何もいない——と思うし、回れ右をしようとした。「イド村に……」

　コオッ、というような音が立て続けにして、あちこちでキラッ、キラッと、何かが光った。接近してくる。生き物？　大きくはない？　一匹や二匹じゃない。五匹か、六匹。もっとか？　コオッ。コオッ。コオッ。この音はやつらの鳴き声？　吼え声なのか？

「来る……！」ハルヒロがそんなわかりきったことを言った直後、クザクが盾打で何かを吹っ飛ばした。

「猿かよ……!?」ランタが雷剣ドルフィンを振り回す。当たらない。——猿。

　たしかに猿っぽい。身体は黒か褐色の毛で覆われていて、尻尾がある。前足と後足で地面を蹴って左右に飛び跳ねつつ向かってくるが、あれは四足獣の走り方じゃない。前足で木をつかんだり、枝を払ったりもしている。でも、顔は猿というより犬だ。イヌザルとでも呼べばいいのか。ハルヒロは左手のサップでそのイヌザルを一匹殴り飛ばし、さらに一匹蹴っ飛ばそうとしたが、躱された。殴り飛ばしたといっても、当たりは弱い。イヌザルはまた飛びかかってくる。体勢を低くして短剣で狙ったが、よけられてしまった。

「こいつらぁっ、ちょこまかと！　射出系（リープアウト）ッ……！」ランタはぶっ放されたように突進して、雷剣ドルフィンで鋭く8の字を描いた。「――からの、死字斬（スライス）ッッッ……！」

斬（き）り裂かれたイヌザルが、コオォォッ……と断末魔の呻きを発して倒れこんだ。

ランタは雷剣ドルフィンを高々と掲げた。「どうだぁっ！　オレ、すげぇぇぇ……！」

はいはいはいはい、わかったから、そんな無駄なことやってないで引き続き戦ってくださいね――とハルヒロが嫌味を言う前に、イヌザルたちはコオッ、コオッ、コオッとさかんに吼え交わしつつ、退（ひ）きはじめた。

「逃げんのかよ、こらぁっ……！」ランタは追いかけようとして、すぐにやめた。「まっ、このオレに恐れをなしたっつーことだろ。サイキョーの暗黒騎士ランタ様にな！　ついでに、今のサイキョーはアレな、強いじゃなくて恐怖のキョーな。強いほうのキョーでも間違ってねーんだけど、暗黒騎士だけにな！　ガハハハハッ！」

「……み、みんな、無事？」ハルヒロは仲間たちを見回した。「……だよ、ね？」

「っす」クザクは剣を下ろした。

「んにゃあ」ユメの返事は意味不明だが、大丈夫、ということらしい。

「……びっくりした……」シホルは深々と息をついた。

「もう来ない？」メリイはまだショートスタッフを構えて用心している。

とりあえず、怪我（けが）をした者はいないようだ。

ランタがイヌザルの死骸に歩み寄った。いや、まだ死んではいないのか。身体のあちこちが小刻みに震えている。とはいえ、まぎれもなく虫の息だ。ランタは迷うそぶりも見せずにイヌザルの頸椎を踏み砕いて絶命させた。どうなんだよ、そういうの——と思いはするが、末期の苦しみを長引かせるより、さっさと息の根を止めてあげたほうがいいのかもしれない。ランタはしゃがんで、ひとしきりイヌザルを眺めてからハルヒロを見た。

「こいつさ、焼いたら食えねーかな？」

最恐の称号は伊達じゃないということか。自称だけど。恐ろしいことを考えるやつだ。

もちろん、仲間たちの反応は芳しいものではなかった。生き物を殺して食らう。ときに残酷に感じたとしても、それは自然の営み以外の何物でもない。でも、たとえばゴブリンをやっつけて食おうとは思えない。イヌザルは猿っぽいので、どこかそれに近い忌避感というか、禁忌感がある。しかし、腹は減るし、食べ物を買う金はない。

「——サバける、かな？」ハルヒロはある種の決意を胸に秘めて言った。

「うぬーん……」ユメはとてつもなくいやそうだ。「できないことはないかもやけどなあ。ユメ、あんまりやりたくないけど、できることはできるかなあ……」

「皮とか剝いで、内臓とって、か」ランタは馴れ馴れしくユメの肩を抱いた。「楽勝じゃねーか、なあ。ユメ、おまえならできる！　がんばれよ！」

「さわんなぼけぇっ！」ユメはランタの腕を振り払った。「やっぱり、やだ！」

「……食べるのは、ちょっと……」シホルは、うっ、とえずいて腰を屈めた。

「うん……」メリイも手で口を押さえた。

「食えって言われたら、食うけどね……」クザク、偉いぞ。

そうだ。何も人肉を食おうというわけじゃない。猿っぽいだけの獣じゃないか。たとえ味が良くなくても、餓えるよりましだ。食えるのなら食わないと。

「ユメ、おれも手伝うからさ」ハルヒロはまっすぐユメを見すえた。「やってみてくれないかな。ほんとに無理だったら、やり方だけ教えてくれれば、おれがやるから」

果たして、ユメは拒否しなかった。

ハルヒロたちはイヌザルの死骸を運んで、イド村のそばで焚き火の準備をした。火を熾してから、解体作業を開始した。腹を決めると、ユメは頼もしかった。ハルヒロは持ち上げたり、ひっくり返したり、押さえたりする程度のことしかできなかった。肝心なことはぜんぶユメがやった。ユメは白神エルリヒに獲物の一部を捧げてから、棒切れに刺したイヌザルの肉を丁寧に焼きはじめた。

焼き上がった肉に、みんなで一斉にかぶりついた。

咀嚼してのみくだすと、ランタは首をひねった。「……まあ、わりとフツーだな。そこまでまずくもなく、うまくもなくっつーか。塩くらいあれば、もっとな……」

「くむぅー……」ユメは渋い顔をしている。「おいしくはない、かもなあ……」

7. 未来志向プロジェクト

まずかろうと何だろうと、食えないことはない。

ユメは狩猟術のスキル・陥穽を習得している。罠系のスキルには他に虎鋏と括罠があって、ユメはどちらも覚えていない。そもそも、虎鋏は専用の道具が必要だ。ただ、括罠ならお師匠に見せてもらったことがあって、罠を自作できるかもしれないというので、挑戦してもらうことにした。炭焼き場への轍道付近に罠をいくつか仕掛けておけば、イヌザルを捕獲することができるかもしれない。

泥毒蛇は怖い。四ツ目獣も要注意だ。でも、今のところはカバネ湿地でしか収入をえられる見込みがない。泥毒蛇がいたらすぐ場所を変える、四ツ目獣の足音が聞こえたら即逃げる、といった約束事を作った上で、ハルヒロたちはカバネ湿地での黒硬貨探しを続けることにした。

挫けたり、くさくさしたりしてなんかいられない。そうは言っても落ちこむ種はいくらでも、無数にあるし、ふとしたときに自己嫌悪に陥ってしまう。これはもう、しょうがない。毎度のことだから、そこそこ慣れてもいる。立ちなおるコツみたいなものも、ハルヒロなりにつかんでいた。

所詮はこんなものだと諦めて、受け容れるのだ。

前提として、ハルヒロにはリーダーの適性がない。意欲もない。やるしかない、やらざるをえないから、やっている。だから当然、きついし、ストレスが溜まる。ハルヒロは聖人君子でも何でもない、ありふれた凡庸な人間なので、たまに血迷って仲間に欲情するくらいのことは起こりうる。

向上心がないわけではない。仲間たちのため、自分のためにも、今より良きリーダーになりたいと思っている。なれるものなら。そう簡単な道のりではないのだ。日進月歩どころか、一歩進んで二歩下がり、また一歩進んでも、下がってみたり、進んでみたり。いいんです、これで。そう思わないと、とてもやっていけない。

ある日はカバネ湿地に行ったら何頭もの四ツ目獣がうろうろしていて、引き返すしかなかった。

別の日は何度場所を変えても泥毒蛇がいて、あげくクザクとユメが咬まれ、大変な目に遭ったりもした。

イヌザルは罠に掛かっても破って逃げてしまうことが多い。それでも、ユメの罠作りが上達しているのか、ときどき捕らえることができるようになってきた。調理法も徐々にこなれてきた。さっさと血抜きして、香りが強い数種の草をすりつけ、塩味をつければ、けっこうおいしく食べられる。塩は食料品店で買えたが、小さな袋一つ分で1ルマもした。なかなかの高額商品なので、けちって大切に使っている。

イド村には、毎日とまではいかないまでも、ちらほら来訪者がある。種族は様々だが、皆、顔を隠しているので、入村の掟を承知しているようだ。ひょっとしたら、それはイド村だけではなくて、この世界や地域の共通ルールなのかもしれない。彼らの目的は主に取引で、売りに来る者も、買いに来る者も、売り買いしてゆく者もいる。食料品店の食材は、数人のイド村住人が集めてきたり、案山子さんのような猟師らしき来訪者が運んできたりするようだ。

石積みの建物の居住者は、いまだに姿を見かけたことがない。他の住人はだいたい把握した。五つの櫓と井戸の見張りは交替制で、ハルヒロが知る限りでは九人いる。彼らは金を払わずに食料品店で食事をとることができるらしい。あとは鍛冶でも誰でも、ちゃんと黒硬貨と引き換えに飯を食う。なお、イド村の住人はたいてい一日に一度、多くても二度しか食べない。予算上の都合などもあるので、ハルヒロたちもそうしている。

住人たちと会話らしい会話はできない。おかげで事前に断りを入れるのが難しいから、試すのは勇気が要ったが、イド村内の河原での安全な入浴は実現した。調子に乗って焚き火をしようとしたら、井戸の見張りがやって来て問答無用で消されてしまったので、これは禁止のようだ。焚き火なしで眠るのは寒くてつらい。村の外で寝るほうがましだ。

こうして、この世界で十九回目の夜を迎えるころには、持ち金が４ルマを超え、生活のパターンもできてきた。

まあ、4ルマといえば四食、たった二日分だ。たいした額ではないのだが、少しでも蓄えがあると安心できる。今はパーティの共有財産としてハルヒロがすべての黒硬貨を管理しているが、もっと貯金が増えたら仲間に分配するつもりだ。そうしたら、あれを買おう。これも欲しい。小さな夢が広がったりもする。

「——だけどなあ」ランタが寝返りを打ちながら言った。「このまんまってわけにはいかねーぞ。つーか、泥さらいに飽きてきた」

「飽きたって……」シホルは、焚き火の前でユメ、メリイと身を寄せあっている。

女性陣は今日、イド村の門が閉じる前に入浴したので、なんというか……三人とも妙にきらきらしていて、直視できない。変な話、あまり見ていると、若干興奮してくる。そんなよこしまな自分と上手に折り合いをつけるのも、お手の物だ。——うん。そうでもないかな？　そうでもないな……。

ランタとか、クザクとか、どうしているのか。クザクなどはやっぱり、隠れてこっそりメリイとアレだったりするのだろうか。でも、もしそういうことがあったりしたら、さすがにハルヒロといえども気づきそうなものだ。なさそうなんだよな。我慢、してる？　いいのに。ただでさえ、色々な面で楽じゃないんだし。楽しみはあったほうがいい。むしろ、必要だ。かといって、いい笑顔でクザクの肩を叩いて、よろしくやってもいいんですよ、オッケーよ、と言うのも、ね。なんか違う。ていうか、できないって……。

仰向けになっているクザクが洟を啜った。風邪気味らしい。「……効率、落ちてるっぽいのは感じるっすね。まぁ、感覚だけど。探し尽くしたってわけじゃないけど――そのうち泥毒蛇密集地帯か、四ツ目獣がよく出没するあたりに行かないと、みたいな……」

「今度、ちょぴっと遠出してみよかあ？」ユメはシホルの胸に頬をくっつけ、メリイを抱き寄せるような体勢をとっている。羨ましいことで……。いやいやいやいやいやいや。

「炭焼き場の先に、道が延びてるけど」メリイは少し眠そうだ。とろんとしている。

「……あれは、おれも気になってる」ハルヒロは焚き火を凝視した。炎よ、どうか我が理性を蘇らせたまえ。頼みます。「――別の村とか、あったりするのかなって。もっと大きい、町とか。あったとしてもっていうのは、あるんだけど」

「ともかく、それが第一候補だな」ランタが、タンッ、と舌を鳴らした。「あとは、カバネ湿地を越えて南進するか。ヌル川の下流を目指すっつー手もある。河原にはなんかいやがるけど、その気になりゃあ、どうにでもなるだろ」

ハルヒロは炎から目をそらさない。「けど、あてがあるわけじゃないし」

「ヴァカかパルピロ、おまえは。見知らぬ世界なんだぜ。あてなんかあるわけねーだろ」

「そうだけどさ。考えが雑すぎるんだよ」

「大胆不敵と言え。――ま、アレだ。そのへんは当面の課題だな。でも、課題っつったら、もう一つあるよな。大事なのが」

「……聞きたくない」シホルは耳をふさいだ。「……絶対、ろくなことじゃないもの」

ハルヒロはついシホルのほうを見てしまって、後悔した。ユメはシホルの胸にほとんど顔をうずめていて、メリイはユメにもたれかかり、半分目を閉じている。ぬくもりをください、とか思ってしまった迂闊な自分を、適切に処置したい。

「オレらは、ここで一生過ごすことになるかもしんねーってこと」と、ランタがまったく似合わない深刻な口調で言った。「——その覚悟は、しとかねーと……だよな?」

「まあ……」ハルヒロは答えに詰まった。「……何、言いだすんだよ。突然」

「事実じゃねーか。違わねーだろ?」

「希望、は——」

「失くすなってか? おいおーい、パルポロリンの分際で、熱血ヒーローみたいなこと言ってんじゃねーぞ。おまえはそんな前向きポジティブくんじゃねーだろ。認めろよ。オレらはこのまま帰れないかもしれねえ。そしたら、くたばるまでここで暮らすんだ」

メリイが息を吸い、止めて——ゆっくりと吐き出した。見るともなく、焚き火を見つめている。

シホルは口を開きかけたが、何も言わなかった。ユメは「……とぅー」と変な唸り声を洩らした。

「帰るってさ」クザクが身を起こした。「帰る場所なんすかね。グリムガルって」

「あん？」ランタは眉を上げてクザクを睨んだ。「それ、どういう意味だ、クザッキー」

「いや、なんとなく。俺ら、もとからグリムガルにいたわけじゃないっぽいし」

「つっても、前のことなんざ、これっぽっちも覚えてねーだろうが」

「そうなんすけどね……」

「くっだらねーことほざいてんじゃねーよ。だいたいオレが今、問題にしてんのは、そういうことじゃねーの。わかれ、そんくらい。クッソボケが……」

「そこまで言われる覚えはないんすけど」

「ああっ!? やんのかこらぁっ!? オレは受けて立つぞ!?」

「やめて」とメリイが制止した。本来それはハルヒロの役目なのだが、別のことを考えていたのだ。

『あたしたち、元の世界に戻る方法を探してるの』

シマに囁かれた。——戻る。元の世界に。あれは結局、どういうことなのか。

ハルヒロは首から下げてある受信石を衣服の上からさわった。あんなことがあったわけだし、ソウマから何か連絡があってもいい。内心、期待していた。でも、一向に受信石が震える様子はない。別の世界には、届かない……とか？

頭を振る。考えてもしょうがない。ハルヒロたちはここにいるのだ。あくまで、ここに。グリムガルとも、黄昏世界とも別の、異世界に。

ここで一生を過ごす。その可能性が頭をよぎったことは、もちろんある。

「……ランタ。おまえに言われるまでもないよ。そういうことになる……かもしれない。そんなの、わかってる。でも、だから何だっていうんだよ。覚悟したって、何かが変わるわけでもないだろ。おれたちがやることは変わらない。同じだろ」

「ヴァーカ。アホか。同じなわけねーだろ」ランタは起き上がって、右拳を左の掌に叩きつけた。「子孫繁栄！　しなきゃだろ！　つまり、子作りだよ！　コ・ヅ・ク・リ！」

「……えええええええええええええ……」シホルはユメをぎゅっと抱きしめた。

「おまっ——」ハルヒロは絶句した。

メリイは、信じられない、と言いたげに首を振った。ユメはボーっとしている。

「……ランタクンは」とクザクが呟いた。「どこまでいっても、ランタクンだな……」

「っつーことで、だっ！」ランタはビョンッと跳ねて一同を見回した。「これよりカップリングを決定する！　ちょうど男と女が三人と三人だからな！　三組で、十人ずつくらいガキをこさえれば、あっという間に合計三十六人！　どうよ!?　オレは——まっ、これはあくまでアレだからな、子孫繁栄計画の一環っつーかそういうんだから選り好みはしねーけど、そうだなあ、強いて言えばオレは……ウーン……」

「拒否」とシホルが手を挙げると、間髪を容れずメリイも「断乎として」と挙手して、ユメはあっかんべえをした。「ユメもぜぇーったい、イヤっ！」

「おーいおいおいおい」ランタは左手を腰に当て、右手の人差し指を立てて左右に振ってみせた。「イヤとか拒否とかそういうのはねーの。これはあくまで我々の未来を見据えたプロジェクトなんだからな。私情を差し挟むんじゃねーよ。男だけでも女だけでも子供は作れねーわけだし、是が非でも協力してもらうぞ。義務だ、義務」

「勝手に進めようとするなよ、プロジェクトとか……」

「だぁーまれ、パルピョロノスケ。おまえがだらしねーから、オレが音頭とってやってんだぞ。──あーわかったわかった。オレもな？　べつに自分が愛されキャラだとは思ってねーからな？　しょーがねえ。残り物で我慢してやる。んじゃ、まずクザッキー」

「……は？　俺？　何すか？」

「おまえの希望は？　三人のうちなら誰がいい？」

「え──」クザクは大きな手で後頭部を押さえこむようにして下を向いた。「あぁ……」

そんな問いかけに答える必要はない。でも、ハルヒロとしては正直、興味がないでもなかった。クザクの気持ちはわかっているが、皆の前でそれをどう表現するのか。あるいは、しないのか。ごまかそうとするのか。

「んだよ。さっさと答えろよ！」ランタが唾を飛ばしながら言った。「早く！　早くしろっつーの！　はーやーく！　はーやーく！　はぁーやぁーくっ！」

「……んー……」クザクは腕組みをして目をつぶった。悩みすぎじゃない……？

ハルヒロはさりげなくメリイの顔色をうかがった。――あれ？　ちょっと予想と違った。なんとなく、メリイは気まずそうにしているか、クザクを案じているか、どっちかだと思っていた。そうではなかった。メリイは両手で自分の膝をつかんで、今にも謝りだしそうな顔をしている。何だろう。クザク、一人で矢面に立たせてごめん、みたいな？　まあ、そんな感じなのかもしれないが、違和感がなくもない。メリイらしくないような。メ、リ、イ、らしい？　らしいとか、らしくないとか言えるほど、ハルヒロはメリイのことを知っているのか。どうだろう？　まったく知らない、というわけではないと思うけど。

「ハッキリしねーヤツだなあ！」ランタは地団駄を踏んだ。「パパッと選べよ！　チチならシホル！　顔ならメリイ！　マニアならユメ！　基準はそんなとこだろ!?」

「……埋めない？」シホルがぞっとするほど暗い声を出した。「みんなで、この人」

「賛成」メリイが表情を消して立ち上がった。

「まずは埋めやすいようにしないとなあ」ユメはにたあっと笑って剣鉈を抜いた。

「ちょおいっ!?」ランタは尻餅をついてあとずさった。「――ううう埋めるとか具体的な方法でアレするとかなりアレだからやめてっ!?　ねえ!?　やめよう!?　そういうの!?　オレもアレだからやめるから！　なっ!?　今後、気をつけるから！　もともとほら、なんつーの、単なるあの、冗談だし!?　そんな深刻に受け止められてもな!?　本意じゃねーっつーか、許してください、このとおり！　マジで、マジで……！」

　ランタの土下座でこの話題は立ち消えになって、みんなそれぞれ眠りについた。ハルヒロはやや寝つきが悪かった。いろいろなことが頭に浮かんだ。クザクとメリイはどうなのだろう。うまくいっているのか。この状況だし、なかなかそれどころでもないか。でも、どうせなら、幸せになって欲しい――と善人ぶって考えてみたら、胸が疼いた。だいたい、幸せって何なんだよ。さっぱりわかんねーよ……。

　寝て、朝を報せる巨大鶏の鳴き声で起きれば、また一日が始まる。とりあえず橋を渡ってイド村入りし、井戸で水を飲む。村内の河原で洗顔したら、楽しい朝飯だ。そうしようとしたら、食料品店に先客がいた。もちろん、客がいてもおかしくはないのだが、なんとも気になる客人だった。

「……あいつ」ランタがこっそり客人を指さした。「人間っぽすぎねーか……？」

　ちょうど今、大蟹店主から虫スープの椀を受けとった客人は、腕が二本で脚が二本、頭は一つしかないし、尻尾も生えていない。身の丈は百八十センチくらいか。ハルヒロより大きくて、クザクよりは小さい。鍔の広い帽子――というか、干し草か何かを浅い円錐形に編んで作ったらしい編み笠的なものを被って、襟巻きで顔の下半分を覆い、膝丈の外套を身にまとっている。腰に斧のような武器を下げている他に、大きな背負い袋にも刀剣だの弩だのを吊したり固定したりしていて、さながら歩く武器庫だ。

　客人は襟巻きをずらして椀に口をつけ、顔をわずかに仰向けて虫スープを啜った。

汁がなくなると、指で具を——つまり、虫を掬って口に入れ、バリバリと咀嚼して、どんどん嚥下した。やっぱり人間なんかじゃない、とハルヒロは一瞬思ったが、虫の味を好む人間がいてもべつに変ではない。客人は低い声で「ルォ・ケェ」と言って空っぽになった椀を大蟹店主に返すと、こっちを向いた。

「おっ……!?」ランタが飛びのいて、いつでも瞬時に土下座ができる土下座の準備姿勢をとった。このクズ（カス）はもう、暗黒騎士ではなくて土下座騎士を名乗るべきだ。

もっとも、客人の佇まいに迫力や威圧感のようなものがあることは事実だった。あれだけ重そうな荷物を背負っているのに、ちっとも重そうではなく、すっと立っている。重心が安定していて、前後左右、自由自在に素早く移動できそうな立ち方だ。身体のどこにも余分な力が入っていない。隙がない、というか。あの男、できる、みたいな……?

クザクが帯剣の柄に手をかけて、ゆっくりと息を吐きながら放した。

「……かっ……」とシホルが言った。かって、何……? 訊きたいが、訊けない。

空気が、やたらと重苦しい。

ユメが「ぬー……」と唸って、メリイが何か言おうとした。そのときだった。

「きさまら」と、客人がしゃがれた声を発した。「もしや、人間か」

8．人生の先輩

「──俺の名は、ウンジョー」

ハルヒロたちがグリムガルで使っていたのと同じ言葉で、男はそう名乗った。

驚くなかれ、彼、ウンジョー氏がこの世界に迷いこんでから、少なくとも「夜が何千回か訪れた」という。こっちの一日とあっちの一日は同じ長さなのか、違うのか。定かではないが、仮に同じだと仮定すると、二千日でも五年半、三千日なら八年以上の長きにわたって、ウンジョー氏はこの世界にいる。生き抜いてきたのだ。

「にわかには、信じられん」と、ウンジョー氏は掠れた声に苦笑いのような響きをまとわせて語った。「見るのは……人間を、久しぶりだ。とても、とても、久しぶりのことだ。この目が、生きている人間を、見るのは。思っていなかった。それが、できるとは」

ハルヒロたちはウンジョー氏が話す言葉を理解できた。ただ、抑揚がどうもおかしかったり、語順が奇妙だったりした。もしかすると、しばらく人間の言葉を使っていなかったせいかもしれない。

ウンジョー氏が人間で、同類らしいとわかると、途端にランタが質問攻めにした。

「先輩先輩先輩、教えてください！　先輩もやっぱりオルタナにいたんすかね!?　義勇兵だったんすか!?　つーか、どっからこの世界に!?　ぶっちゃけどうっすかこの世界!?」

「おるたな……」ウンジョー氏はそう呟いたきり、長々と黙りこんでいた。

その間もランタは「そうそうオルナタっすよオナルタ！　じゃねーやオタルナ！　じゃなくってオルタナ！　いやあ帰りてーなあオルタナ！　我が心のふるさとオルタナって感じなんすけど先輩的にはどうなんすかね!?　帰れるなら帰りたい的な!?　帰る方法とかってあるんすかね!?　あったら帰ってますかねやっぱり!?　や、でも、ほら、なんかこう手がかりとかあるなら教えてくんないかなー的な、ね!?　どうっすかそのへん!?」とまくしたてていて、さすがにいいかげんにしろよこのアホとハルヒロが制止したら案の定、ランタのクソは逆ギレをかましました。「――ああ!?　オレはおまえには話してねーんだよ、ウンジョー先輩に訊いてんだよ、おまえは口つぐんで眠ってろタコ、眠たそうな目ぇーしやがって、もはや永眠しろボケッ！　あと、ハゲて爆発しろ！」

「あの」ハルヒロはクソを無視してウンジョー氏に向かって頭を下げた。「なんか、すみません。うちのどうしようもないゴミが、ご迷惑をおかけして」

「ゴミはおまえだっ！　ハルヒロォォッ！　回転しながら地獄に落ちろ……！」

「よくしゃべる」ウンジョー氏はいきなり右手をのばしてランタの頭を引っつかんだ。

「――のぁごっ……!?」ランタは凍りついた。

クソランタは顔を隠すために兜(かぶと)を被っているが、ウンジョー氏の手はそれごとわしづかみにしている。上背はクザクほどないのに、手はクザクよりずっと大きい。

「おるたな……」ウンジョー氏はランタを上から押し縮めようとするかのように力をこめつつ、もう一度そう呟いた。「……おるたなは、忘れた。もう。どうせ、戻れん」

「あだぁぁだぁーだぁーだぁぁー……ゆ、ゆ、許して先輩、お願いしまぁーす……」

「はっ」ユメが一歩、前に出て、ごっくんと唾をのみこんだ。「放したげてっ。ランタはなあ、悪気は――あるかもしれないけどなあ、いちお、ユメたちの仲間やしなあ……」

「なかま……」ウンジョー氏は苦しげに咳払いをして、ランタを解放した。「仲間か。それは、いない。俺には、一人も」

「……くぉおっ！」ランタは転げ回ってウンジョー氏から距離をとった。「たたたた、たた、助かっ――た……のかぁ……!?　オ、オレ、死んでねーよな……!?」

「残念ながら」とメリイがそっけなく言った。

「……ここへは」シホルが杖にしがみついて震える声で尋ねた。「お、お一人で……？」

ウンジョー氏はその問いには答えないで、顔面の下半分以上を隠している襟巻きを引き上げた。「戻れない。きさまらも。ここは、墓場だ。俺の。そして、きさまらの」

「……マジか」クザクが小さく吐き捨てて、腹のあたりを掻きむしるようにさわった。

ハルヒロはうつむいてしまいそうになったが、無理やり顔を上げた。今、下を向いたら、二度と立ちなおれなくなってしまう。そんな予感に襲われたのだ。何か言わないと。ウンジョー氏に対して、というよりも、自分たちに向かって、何か言葉をぶつけないと。

「だけど、ウンジョーさん、生きてるじゃないですか」

ウンジョー氏はハルヒロに向きなおって、編み笠を少しだけ持ち上げた。ウンジョー氏の目が見えた。人間だと、あらためてハルヒロは思った。この人はれっきとした人間だ。たぶんずっと年上で、まさしく先輩なのだろうが、同じ人間なのだ。この世界で、たった一人、独りきりで生きてきた。どんなに大変だっただろう。つらかっただろう。寂しかっただろう。それでも、ウンジョー氏は生きている。ウンジョー氏にそのつもりはないだろうが、証明してくれている。

ここは墓場なんかじゃない。いつかはそうなるかもしれないが、いずれ誰(だれ)もがどこかで死ぬ。人生を終えた瞬間、そこが死に場所となる。でも、その瞬間は今じゃない。ハルヒロたちも、やりようによってはここで生きてゆけるのだ。

「お会いできて、光栄です。良ければ、またお目にかかりたいですし、いろいろ教えて欲しいです」

「教える。俺が」ウンジョー氏は一度だけ肩を上下させた。「きさまらに」

「何も、知らないもんで」

「下流に」ウンジョー氏はヌル川の下流方向を指さした。「いる。亡者どもが。街だ。廃墟(はいきょ)。死人(しびと)、ではない。だが、亡者だ」

「……そこに、何が？」

「亡者の街。廃墟だ。義勇兵たち」ウンジョー氏はハルヒロたちに背を向けた。「お似合いだ。きさまらには……」

去りゆくウンジョー氏を追いかけて、あと二つ三つは質したい。しかし、できなかった。ウンジョー氏の背中は明確にハルヒロたちを拒絶していた。放っておいてくれ。そう語っているように見えたし、そうするべきだとハルヒロには思えた。

おそらく、ウンジョー氏にとってもこの出会いは衝撃だったのだ。いや、孤独に過ごした時間の長さを考えれば、ハルヒロたち以上にショックを受けているに違いない。だとしたら、内心ではそうとう戸惑っているのではないか。

ウンジョー氏は石積みの建物に入っていった。硝子窓からはいつものように明かりが洩れているので、住人は中にいるはずだ。ウンジョー氏は石積みの建物の住人と知り合いなのかもしれない。

「亡者っ！　の街ぃっ！」ランタが急に元気になって、く、く、く……と、邪悪だが安っぽい笑い方をした。「――思いもかけず！　じゃねえ！　オレの目論見どおり！　オレたちが進むべき道が示されちまったじゃねーか、ワッホーイッ！　オレすげえ……！」

「なんでそうなるん!?」ユメがランタに肘鉄を食わせた。「ランタとかぜんぜん関係なくてなあ、ぜんっぷカンピョーさんのおかげやんかあ！」

「ウンジョーさん、ね……」ハルヒロはため息をついた。「亡者の街、か……」

「……なんだか、怖そう」シホルは首をすくめて、杖ごと自分の肩を抱きしめた。

「モージャっすか……」クザクは石積みの建物を見ている。

「死人ではないって」メリイが小首を傾げた。「……どういうこと？　亡者っていえば、普通は何かの原因で動く死体とか、幽霊とかだけど」

「そんなの行きゃーわかるっつーの！」ランタは、ガッハハハッ、と大笑いした。

ランタに言われると、無条件で却下してしまいたくなる、が――ウンジョー氏はハルヒロらのことを、義勇兵たち、と呼んだ。ウンジョー氏の経歴は不明だが、やはり彼も義勇兵だったのではないか。ウンジョー氏はハルヒロたちのことを自分の後輩と見なしてくれたのかもしれない。お似合いだ、と言っていた。義勇兵たちに、お似合いの場所。

亡者の街。

何なんだかなあ、と思わなくもない。どうしてちょっと、胸が躍っているのか。楽しいとか、ないから。ランタじゃないんだし。ただ、いくらか昂ぶっている。それは否定できない。

こんなわけのわからない世界に入りこんで、帰るあてもない、明日をも知れない身になり果てても、義勇兵なのか。すっかり板についちゃってる？　いやだ、いやだ。勘弁して欲しい――とかなんとか思いながらも、ハルヒロの腹はすでに決まっていた。

「行ってみよう」

そして、それはハルヒロだけじゃない。ランタはもちろん、ユメも、シホルも、メリイも、クザクも、結局は義勇兵暮らしが肌に染みついている。能動的だったり、受動的だったり、態度、傾向はそれぞれ違っても、考えが行きつく先はだいたい一緒なのだ。

実際、反対意見を述べる者はいなかった。泥さらいは所詮、義勇兵の本分じゃない。亡者の街。行ってやろうじゃないですか。

ハルヒロたちは朝食をとってイド村を出た。場所はヌル川の下流とのことだが、河原には下りず、川に沿って下流方向へ進むことにした。たぶん河原には、音もなく近づいてきて襲いかかってくる獰猛な生き物が棲んでいる。他にもどこに何がいるか、何がどこから出てくるか、わかったものではない。

彼方の稜線を燃やす炎のような光は、最初のころ、微弱すぎてたいした慰めにはならなかった。日ならぬ火が昇っても、夜ほど真っ暗ではないにせよ、昼間と思えるほど明るくはない。闇がほんのり薄らぐ程度でしかないのに、いつの間にやら慣れてきたのか。闇の濃度に対する感覚が鋭くなっているようだ。明るくはないが、暗くはない、と感じる。昼間の闇は、前よりも少しだけハルヒロにやさしい。

耳がちょっと良くなったような気もする。空気の動きや匂いがはっきりとわかる。見なくても、仲間たちの位置、足の運び、疲労度が、なんとなく把握できる。

やがてヌル川のほうから霧が流れてきて、あたりに立ちこめた。

（……きひ……きひひ……きひひひひひ……きひ……）と、イド村の外でランタに召喚されて以来、ほとんど口をきいていなかったゾディアックんが、不意に笑いだした。

「な、何だよ、いきなり。ゾディアックん……」ランタは明らかにビビっている。

（……いひ……なんでもない……いひひ……本当に……なんでもない……いひひひ……）

「めちゃくちゃ気になるじゃねーかっ」

（くひ……気にするな……ランタ……何も……くひひ……気にすることはないのだ……）

「いや、だからな？　ゾディアックんが気になるような言い方するもんだから気になってるわけで、微妙におっかねーからそういうのやめて？　な？　ねえ、ゾディアックん？　あれ？　なんで黙るんだよ？　答えろって。なあ？　ゾディアックん……？」

「おまえも少し黙ってろ、ランタ」ハルヒロは霧に包まれた闇の向こうに漂う気配を感じとろうしていた。「ゾディアックんが何か報(しら)せてくれてる。察しろよ」

「オレはその何かが何なのかかっつーのを聞きだそうとしてんじゃねーか」

（……きひひ……おまえごときに……教えるものか……きひひ……）

「あのな、ゾディアックん!?　主従関係でいったら、暗黒騎士のオレが主で、悪霊(ディモン)のゾディアックんが従なんだけど!?」

「ない、ない……」とシホルが、メリイは短く「逆」とだけ、ユメはしみじみ「ランタもなあ、せめてゾディアックんの五百分の一くらい、かわいかったらなあ」と言った。

「かわいいランタクン、か」クザクは呟（つぶや）いて、小さく噴きだした。

「うおぉぉぉぉぉぉぉぉい！」ランタが吼（ほ）えた。「好き勝手言いまくってんじゃねーぞ、おまえら！　いいかげんにしとかねーと、マジで焼き入れるからな！　オレは本気だぞ、マジで！　本気になったオレがマジでどれだけ恐ろしいか、これから――」

ハルヒロが足を止めて片手を挙げてみせると、ランタは即座に口を閉じた。

皆、立ち止まって息を詰めている。――さて、どうしよう？　迷いどころではある。

霧のせいで、それが何かはわからない。でも、行く手に何かがある。建物なんじゃないか、という気はする。このまま全員で行って確かめるか？　ハルヒロが先行して、偵察するか？　盗賊としては単独で行動したほうがいろいろ楽だ。楽ではあるが、怖い。

「……行ってきます」恐怖がハルヒロに敬語を使わせた。

「気をつけて」と、いち早く声をかけてくれたのはメリイだった。「無理はだめ」

ありがとうございます。なんか、がんばれそうです。あと、クザク、ごめんなさい。

いやまあ、謝ることはないんだろうけど。あくまでメリイは、仲間として気づかってくれているだけだろうし。あたりまえだ。そうに決まっていても、励みにはなる。いいじゃないですか、それくらいは。ねえ……？

ハルヒロは仲間たちから離れ、建物らしき何かに向かって忍び歩き（スニーキング）で進んだ。自分以外に、動くものは？　ない――と思う。少なくとも、現時点では。

霧の、空気の、風の流れが変わった。何らかの障害物が風を妨げ、風向きを変化させているのか。ハルヒロはそれに近づいてゆく。見えてきた。建物。――石積みの建物だ。でも、崩れかけている。もとは箱形だったのかもしれないが、残っているのは三分の二くらいだ。屋根は見当たらない。落ちてしまっているのか。廃屋だ。

廃屋はこれ一つだけではない。まだある。いや、もっとだ。あっちにも、こっちにも、そっちにも。たくさんある。

ウンジョー氏が、廃墟、と言っていた。ここか。亡者の街。ここが目的地なのか。ということは――、

いる、と考えなければならない。

正体不明の、死人（しびと）ならぬ亡者とやらが。

ハルヒロは最初の廃屋の外壁に掌（てのひら）を当てた。押してみる。びくともしない。確かめてから、外壁を背にした。一つ息をつく。まずはこの廃屋をぐるっと一周してみよう。中に入れそうなら――入ってみる？　大丈夫かな？　ともあれ、一周だ。あちこちに目を配り、耳を澄ませ、亡者を探しつつ半周ほどしたところで、開口部に行き当たった。玄関？　戸があったのか？　今はない。顔を半分だけ突っこんでみた。暗くてよく見えないが、何かの残骸（ざんがい）が散乱している。足の踏み場もない。入るのは危険そうだ。亡者らしきものは、いない――と思うし。いない、よね……？

次だ。次の廃屋に行こう。ハルヒロは一番近くの廃屋を探索することにした。さっきの廃屋より一回り大きい。屋根が半分残っている。玄関とおぼしき開口部に、戸はない。いやな感じだ。感じというか。――音だ。聞こえる。何だ、この音？　くちゃ。ぴちゃ。がふっ。ぐちゃ。はうっ。んんん。じゅるっ。ばり。ぱりっ。ごくっ。ぐしゅ。はふっ。ひょっとしてあれかな、と思い浮かぶ候補がないわけではない。当たっていたとしても喜べそうにないが、それでも確認するべきだ。

ハルヒロは、初めまして、亡者さん――と、できるだけ明るく心の中で挨拶をしながら、開口部から廃屋の中を見回した。いた。いましたよ。そう遠くない。尻尾のある人型の生き物が、うずくまって何かしている。亡者？　あれが？　存外、普通というか。ところで尻尾亡者さんは、いったい何をしてらっしゃるんですかね？

興味はある。ただ、ここはいったん退こうかな？　ハルヒロが持ち前の慎重さを発揮しようとしたら、なぜか尻尾亡者さんがこっちを振り返りやがりまして、おぉう……見つかっちゃった？

こんなとき、ギャーと悲鳴を上げて逃げだすのは下策だ。まずは出方をうかがう。相手が攻撃してきたらすぐさま対処できるように、心と身体の準備を整える。まあ、確実に敵だと決まったわけでもないしね？　友好的な生き物かもだし？　それはないか？

尻尾亡者は何か武器的なものを拾って立ち上がった。武器的というか、武器だ。

分厚い湾刀を手にして、尻尾亡者は歩きだす。来る。こっちに。ゆったりした足どりだ。尻尾亡者は鎖帷子のような防具を着て、肩当ては右肩だけだが、手甲や脚甲もつけている。兜を被っているが、顔面は隠れていない。目。何だ、あの目。白い。光っているようには見えないが、二つの目がとにかく白いのだ。大きな口は、ぬらぬらと粘っこい液体で濡れている。

ハルヒロは尻尾亡者がうずくまっていたところに横たわっている何かを一瞥した。驚きはない。動揺も、そこまでしていない。予想が当たった。それだけだ。

その何かもまた、生き物らしかった。たぶん、人に似た形をしているが、十中八九、生きてはいまい。詳しく見たわけではないし、どうせ暗さ等々の問題でちゃんと見えはしないが、べつに見たくないので、いいんじゃないでしょうか。

どうやら尻尾亡者さん、お食事中だったようですよ？　邪魔しちゃったかな？　謝って許してくれるのならそうするにやぶさかでないが、尻尾亡者はとうとう加速を開始した。これは謝罪している場合じゃない。ハルヒロは慌てず騒がず顔を引っこめ、隣の廃屋の陰まで走った。走るといっても、静かに、静かに。

「シャーッ！」と尻尾亡者が叫んだ。どこ行きやがったぁ、みたいな？

尻尾亡者の足音が聞こえる。その足音にあわせて、ハルヒロも移動する。——いっそ、引っぱるか？　みんなところまで、誘きだす？　やってみるか？

ここが亡者の街で、やつが亡者だとして、亡者がやつだけとは思えない。他にもいるだろう。でも、やつ以外の気配はない。今のところは、感じない。どのみち見つかってしまったわけだし、義勇兵であるハルヒロたちは物見遊山で亡者の街に来たわけじゃない、目的は、そう——狩りだ。義勇兵らしく、亡者を狩るために来た。尻尾亡者。腕試しにはちょうどいい。

ハルヒロは足を止めた。尻尾亡者が接近してくる。角から姿を現わした。例の白い目でハルヒロを見るなり、やつは大口を開けた。

「カァーッ……！」

駆けてくる。いいぞ。来い。ハルヒロも走った。みんなが待っているのは——大丈夫だ。方向も、おおよその距離も、覚えている。間違えたりしない。そっちへ向かって、走れ。やつはなかなか速いが、ハルヒロが全力疾走すれば、追いつかれることはない。

「ハルくん……!?」とユメの声がした。

「敵！　連れてく……！」ハルヒロは言ってから、付け足した。「一人……！」

「任せろ……！」クザクが応じた。いる。見えた。クザクが盾を構えて出てくる。

「——頼む……！」ハルヒロはクザクめがけて駆けた。

すれ違った直後、振り返ると、クザクは尻尾亡者の湾刀を盾受（ブロック）しつつ、強突（スラスト）を繰りだしていた。尻尾亡者はかまわず押しこんでくる。クザクも下がらない。ぶつかり合う。

「射出系(リーブアウト)ッッ……！」ランタが尻尾亡者の側面まで一気にすっ飛んでいって、８の字を描くようにロングソードを振り回した。「——からの、死字斬(スライス)ゥッッ……！」雷剣ドルフィンはビリビリ効果が切れて鍛冶(かじ)屋に引き取ってもらったので、ランタの愛剣は裏切りの剣(ベトレイヤー)ＭｋⅡだ。尻尾亡者は地べたに身を投げ出すようにして回避しようとしたが、ランタの剣はやつの腕かどこかにガッと当たった。斬(き)れはしない。やつは鎖帷子を着ている。

転がり起きた尻尾亡者にクザクが詰め寄って、「つぁっ……！」と長剣を叩(たた)きつける。クザクの長剣はカバネ湿地で拾い、鍛冶に手入れしてもらったものだ。尻尾亡者は兜をぶっ叩かれて「ングォッ！」と呻(うめ)いたが、怯(ひる)まない。間髪を容(い)れず湾刀を振り上げて逆襲に転じ、クザクのほうが後退させられた。「——あぁちくしょう、弱ぇ、俺……！」

「焦るな……！」ハルヒロはクザクに一声かけて、尻尾亡者の背後をうかがう。

ユメ、メリイは、シホルを守りながら待機している。敵が単体なので、適切な隊形だ。もしかしたら、増援があるかもしれないわけだし。そうしたら、ユメとシホルに即応して欲しい。メリイには、シホルの護衛を最優先してもらわないといけないし。みんな、そのへんはわかっている。

（……いひ……）ゾディアックんはそのへんでふわっふわ浮いている。（ランタ……口ほどにもないやつめ……いひひ……さっさと決めろ……いひひひ……）

「言われなくたってなあ……！」ランタが尻尾亡者に猛攻を仕掛ける。憎悪斬（ヘイトレッド）から二連撃。さらに左上から、右上から、斜めに振り下ろす。裏切りの剣（ベトレイヤー）ＭｋⅡが尻尾亡者の湾刀と噛（か）み合った瞬間、赫怒払（リジェクト）。暗黒騎士の真骨頂は相手と真っ向勝負をしない、ことだ。戦士なら鍔迫り合い（バインド）に持ちこむところでも、暗黒騎士はそうしない。瞬間的に押しのけたり、受け流したりする。今回は、巧みに押し返した。同時に、ランタはまっすぐ下がる。下がるといっても、尋常じゃない勢いだ。「――排出系（イグゾースト）ォッ……！」

尻尾亡者は少しばかりよろめいたが、踏みこたえた。ランタが地面を蹴（け）る。今度は前進だ。これもまた、ものすごい速度だった。「ぬらぁっ！　射出系（リープアウト）……！」ランタはそのまま尻尾亡者に突っこんだ。あのタイミングでは、尻尾亡者は躱（かわ）せない。裏切りの剣（ベトレイヤー）ＭｋⅡが尻尾亡者の鳩尾（みぞおち）あたりにぶちこまれた。突き刺さっ――たのか、どうか。ランタが尻尾亡者を押し倒すような恰好（かっこう）になった。でも、ランタはすぐに尻尾亡者から飛び離れた。「――っそ……！」

「ハシャア……！」尻尾亡者も跳び起きて、湾刀を振り回す。さっきより元気だ。クザクが盾で湾刀をガッツガツ弾（はじ）きながら、「うぉら……！」と尻尾亡者に体当たりした。尻尾亡者はひっくり返ったが、また起きる。「シィッ！　ヒャアァーッ……！」

「もおっ、なんなん……!?」とユメが叫んだ。ほんとに、何なんだよ。

「何が亡者だっつーの！」ランタが舌打ちをした。「生きが良すぎじゃねーか……！」

こっちの攻撃が効いていない——のか？　尻尾亡者の腹のあたりは、黒っぽく汚れている。ランタの裏切りの剣ＭｋⅡ(ベトレイヤー)は鎖帷子を貫いて、尻尾亡者の身体を傷つけたのだ。やつはクザクに長剣で頭を殴られたり、体当たりされたりもした。でも、平気そうだ。痛くないのか？　痛みを感じていない？　興奮状態で？　それとも、もともと鈍感なのか？

とりあえず、やつには痛覚がない、くらいに思っておいたほうがよさそうだ。

まずはやつの体勢を崩す。そして動かなくなるまでひたすら攻撃を加える。かつてハルヒロたちはダムロー旧市街に通い詰めて、自分たちよりも弱そうなゴブリンを狩りまくった。ゴブリンスレイヤーの面目躍如たる袋叩(ふくろだた)き戦術だ。それをやればいい。

ちょうど、ハルヒロはやつの真後ろにいる。やつはクザクとランタに気をとられていて、ハルヒロの存在を忘れているだろう。偶然そうなったのではない。ちゃんと忘れてもらえるように、ハルヒロはこっそりこっそり動いていたのだ。

背面打突(バックスタブ)？　蜘蛛殺し(スパイダー)？　いや。ハルヒロは別の手を選んだ。できるだけ足音を立てないようにして走る。やつはまだ気づかない。振り向かない。よし、とばかりにハルヒロは踏み切った。跳(と)び蹴(げ)りだ。尻尾亡者の背中を両足で思いっきり蹴ってやった。

「フンゴッ……！」やつはつんのめった。

「今だ……！」ハルヒロの掛け声よりも、ランタの動きだしは早かったかもしれない。クザクも、そう遅れないでランタに続いた。ハルヒロも加わった。

とにかく立たせない。武器を叩き落とす。抵抗を封じる。斬るとか、突くとか、高等なことは考えない。剣を刃物と思わず、殴る。そんな中でも、ランタは手慣れている。剣先を上手に使ってやつの兜を引っ剝がした。砕け。頭を。めちゃくちゃに、ぐちゃぐちゃにしてしまえ。動くな。もう暴れるなよ。まだか。まだやるのか。だったらしょうがない。徹底的にやるしかない。クザクが盾でやつを押さえつけた。「――あああぁぁ……！」

「うぅうぅうぅうぅおおおおおおぉぉぉぉぉ……！」ランタが裏切りの剣MkⅡをやつの首にぶっ刺した。そうして力任せにねじ斬ると、やっとやつはぴくりともしなくなった。

「っ……――」ハルヒロはあとずさって、周囲を見回した。ユメ、シホル、メリイが目に入った。メリイが六芒を示す仕種をして一瞬、目を閉じてから、うなずいてくれた。大丈夫だ、というように。

「しゃああああああ……！」ランタは裏切りの剣MkⅡを振りかざして勝ち鬨をあげたと思ったら、次の瞬間には尻尾亡者の死骸に飛びついていた。「おったからっ、おったから、ゲッツ、ゲッツ、ゲェエーッツ！　なっんにも持ってなかったら承知しねーぞ、このドグサレ亡者がぁっ！　マジぶっ殺ぉーす……！　もう死んでっけど……！」

「……おまえなぁ」さすがに一言もの申したいが、ランタに何か言う権利がハルヒロにあるのかというと、やっぱりないだろう。しかし、鎖帷子を脱がせる手際とか、すごすぎなんだけど。鮮やかと言ってもいいくらいだが、褒めたくはない。

「ん？」ランタが何かをつまみ上げた。「おほほほほほほほほほほほほーい……!?」

クザクは兜のバイザーを上げて、ふーっ、とため息を吐いた。「……なんか、いいものあったんすか」

「じゃじゃーん！」ランタは誇らしげにそれを見せびらかした。「あったも何も……！」

正直、胸がときめいた。恋かもしれない、とハルヒロは思った。いや違う。

ランタが手に握っているそれは、一つじゃない。複数ある。黒くて、円い――、

「ふわぁ……」ユメがぽかんと口を開けた。

「……え？」シホルはまだ半信半疑といった様子だ。

「何？」メリイが首を傾げた。

「やだなーもー黒硬貨じゃないですかぁっ！　しかもっ！」今のランタは人生最高に輝いていた。「――四っ！　枚もぉーっっっっ……！　あざぁーっす……！」

ハルヒロは笑おうとして、やめた。喜んだり安堵したりするより、もっと他にやるべきことがある。無理やりそんなふうに考えないと、気が抜けてしまいそうだった。

でも、黒硬貨四枚か。大きさからすると、中硬貨が四枚。4ルマだ。ハルヒロは皮算用しそうになる自分を戒めた。堅実だ。堅実にいこう。着実に。ぬか喜びはしたくない。変に期待して、がっかりしたくないのだ。そんな脆い自分自身となんとか付き合って、これからもやってゆくしかない――。

一口に亡者といっても、千差万別だ。

「だあっ……！」クザクが亡者の顔面に強烈な盾打(バッシュ)をお見舞いした。亡者はのけぞったが、四本の腕をのばしてクザクにしがみつこうとする。

「――らぁっ！」とランタが右から、ユメが「ちゃあ……！」と左から、亡者に突進して、両脇腹(わきばら)に裏切り(ベトレイヤー)の剣MkⅡと剣鉈(けんなた)をぶっ刺した。

「ゴボォボォウゥッ！」白い双眼を爛々(らんらん)と輝かせ、裂け目のような口から褐色の粘液を吐き出す亡者に、ハルヒロが後ろから組みついて――その喉頸(のどくび)に短剣を突き立てる。そうして一息にかっさばいてやったくらいでは、亡者は死なない。止まらない、と言うべきか。

完全に息絶えるまで止まらないのが亡者だ。

「っっっぁぁぁあああああ……！」ハルヒロは短剣を操りつつ、亡者の首をひねる。激しく左右に、前後に。折れた。というか、とれた。途端に亡者の身体(からだ)から力が抜ける。倒れる。後ろに。ハルヒロは慌てて亡者から離れ、バランスを崩して尻餅(しりもち)をついた。抱えていた亡者の生首は、投げ捨てようとして思いとどまり、地面にそっと置いた。

「っし……！　身ぐるみ剝ぐぜえ……！」ランタが勇んで亡者の亡骸(なきがら)に襲いかかった。いつものことだが、毎回、もうちょっとどうにかならないのかな、と思ってしまう。

「――ハルヒロくん……！」シホルが杖で霧の向こうを示した。メリイがさっそくシホルの隣でショートスタッフを構えている。クザクも荒い息をつきながらよっこらせと盾を持ち上げ、長剣を持っている右腕をぐるっと回した。新手か。

「待てっつーの！」ランタは間もなく、グォホッ、と下品な笑い方をした。「ランタ、どうだ!?」

ハルヒロは一つ息をつきながら立ち上がった。「――よしよし、中硬貨二枚に小硬貨一枚、しめて2ルマと1ウェン！　まあまあだな！」

「終わったんやったらなあ、準備しいやあ！」ユメがランタの背中を膝で押した。

「づぁっ、蹴るんじゃねーよ、このちっぱい！」

（……きひ……いいから、早くしろ……ゲスめ……きひひ……）

「ゾディアックん!?　よりにもよって召喚主のオレを、ゲス呼ばわりって!?」

「お似合いだよ……」ハルヒロは目を凝らす。来た。白い目。亡者だ。駆けてくる。今度の亡者は、なんと蟹に似ている。大蟹店主を思わせる見てくれだ。ちょっとやりづらいが、そんなことは言っていられない。「――手強そうだぞ、気をつけろ……！」

亡者は千差万別なのだ。でも、共通点はある。

見た目で言うと、目。亡者は皆、白い目をしている。黒目がないとか、そういうことではなくて、まるで眼窩に真っ白い物体が埋めこまれているかのように見える。それは死ぬと元に戻るので、どうやら亡者化することで来す変化らしい。

それから、亡者はやはり痛みを感じないようだ。おかげで、心臓や脳を破壊されたり、首をちょん切られたりして絶命しない限り、活動し続ける。

あとは、共食いする。

亡者はつるまない。亡者は亡者の敵というより、獲物のようだ。

ハルヒロたちが亡者の街に通うようになってから、七日。その間、亡者が食事している光景を何度も目撃した。いずれも、亡者は亡者を喰(く)らっていた。

亡者は亡者を襲い、勝った亡者が負けた亡者の肉や内臓を食べて、使える装備品は奪う。黒硬貨は我がものにする。それが亡者の典型的な行動パターンだ。というよりも、このパターンから外れる亡者はまだ見たことがない。

すべての亡者がこうだとすると、こんな陰鬱(いんうつ)でおっかない世界に来てまで義勇兵として生きるしかないハルヒロたちにとって、この亡者の街は非常においしい。

亡者はいろいろだ。戦闘能力も個体差が大きい。とんでもなく強い、ハルヒロたちではとても歯が立たないような亡者がいるかもしれないし、明日、いや、今日、そんなやつに出くわすかもしれない。

リスクはもちろんある。ただ、複数の亡者を相手にしなければならない状況は基本的に想定しなくていい。なぜなら、亡者は徒党を組まないだけでなく、お互いに狙(ねら)いあっているからだ。

驚いたことに亡者は、ハルヒロたちと亡者がいれば、亡者を選ぶ。亡者同士が争っていたら、漁夫の利を得る絶好の機会だ。ひどい話だが、もとより義勇兵稼業は高尚というより下劣で、倫理的どころか無法なのだ。善人にも、自分は善良だと信じたい者にも、この職業は決しておすすめできない。亡者がハルヒロたちなんかには目もくれず、とにかく相手の亡者を打ち負かし、喰らおうとしている。ならばハルヒロたちとしては、くんずほぐれつしている亡者たちを、よってたかって殺せばいい。こういうとき、実際に口には出さなくても、大半の義勇兵は次のように思うだろう。ごちそうさまでした、と。

ついでに、ハルヒロのような図太くない、卑怯といえば卑怯かもしれない義勇兵は、ひそかに言い訳をする。これでいいって、何の疑問も抱かずに思ってるわけじゃないんだけさ。生きていかなきゃならないから、しょうがないんだよ。そうやって、ごまかしごまかしやっているうちに、慣れてゆく。たまに我に返って吐き気を催しても、明日になればたぶん、忘れている。

亡者の街七日目の狩りが終わって、イド村に戻った。本日の稼ぎは9ルマと11ウェン。亡者の装備品類は傷みが激しいし、たいがい一個につき1ウェンにしかならないので、よっぽど良さそうな代物でなければ持ち帰らない。共有財産は20ルマを突破して、三日前から分配を開始した各自の個人財産もそれぞれ数ルマはあるはずだ。食費は相変わらず六人の一食分で1ルマ、一日二食で2ルマだから、だいぶ余裕ができてきた。

今日は先に女性陣が入浴している間にランタが食料品店で酒を飲みだした。そう。食料品店では酒も扱っている。甕(かめ)に入っている酒が何種類もあって、安い物なら一杯1ウェンだ。ハルヒロはそんなにうまいとは思えないのだが、ランタはけっこう好きらしくて、このごろよく飲んでいる。ひょっとしたら、ランタの持ち金は大半が酒で消えてしまっているのではないか。

そんなわけで、女性陣のあと、早くも泥酔しているランタは放っておいて、ハルヒロとクザクの二人でひとっ風呂(ぷろ)浴びることになった。

浴槽にしている河原の穴は、イド村の住人たちの目にふれそうにない場所に掘ってある。初めのころはどきどきしたものだが、最近では手早く裸になって、素顔もさらしてしまう。念のため、兜(かぶと)だの何だのを近くに置いておいて、誰(だれ)か来たら急いで顔を隠せばいい。今まで問題が生じたことはないので、まあ大丈夫だろう。

男同士の裸の付き合いも、今さらどうってことはない。闇(やみ)に目が慣れていても暗いことは暗いから、よくよく見ようとしなければそこまで見えないという事情もある。

まずヌル川で手や顔を洗う。食料品店でなぜか石鹸(せっけん)が売られていたので、重宝している。身体もざっと洗ってしまう。

それから、いよいよ浴槽に身を浸す。体温より低いヌル川の水はまさしくぬるい。熱い湯に入りたいと思ったりもするが、贅沢(ぜいたく)を言ったらきりがない。

「……ふぅぅぅ――……」ハルヒロはゆっくりと首を回した。自分で、自分の肩を揉む。浴槽は、底に尻をつけて座れば、ハルヒロなら水が肩甲骨に達するくらいの深さはある。脚だって伸ばせる。でも、身体が大きいクザクは少しだけ窮屈そうだ。背が高いのもいいことばかりではない。ちょびっと羨ましいけど。

「いやぁー」クザクは両手で顔をこすった。「しかし、あれっすね。何だ。まぁ……うん。今日も疲れたなぁ……」

「だな。お疲れ」

「あ、いや、ハルヒロのほうが疲れてっしょ。俺なんかより」

「身体を張ってくれてるのは、クザクだろ。おれは、ほら、後ろからこそこそ、ね」

「頭、使ってくれてるし。そういうの、大変じゃないっすか。ある意味さ。俺は、やれって言われたこと、やってるだけだし。それやってりゃ、とりあえずなんとかなるんで。なんとかなるように、お膳立て？　してもらってんだろうなぁ、みたいな」

「クザクが盾役、しっかりやってくれてるからこそ、だよ」

「マジっすか。ちゃんとできてんのかなぁ、俺」

「できてるって」

「やぁ、まだまだっすよ。俺なんか」

「わりと本気で褒めてるんだけど。こだわるね」

「ちょっと、ね……」クザクは不意に黙りこんだ。そうして次に口を開くまで、変な間があった。「……えっと、あんまり、意外と、こういう機会ってなかったりするんで――ハルヒロとサシで話す機会って意味なんだけど、いいっすか。訊いても」

「え？　あ、うん」ハルヒロは妙にうろたえてしまった。「……な、何？」

「モグゾーくんのこと、なんすけど」

「……モグゾー？」

そっちか、と思い、そっちじゃなかったらどっちだ、と考えてしまった。なんにせよ、意表を突かれた。クザクの口からモグゾーの名前が出るなんて、思いも寄らなかった。

「いい、けど。それは、もちろん。だけど、クザクは、その……直接、モグゾーと、なんていうか、接点があったわけじゃないだろ」

「まぁ、そっすね。知ってはいるけど、みたいな」

「……気に、なる？」

「てか、言わないでしょ、ハルヒロたち。たとえば、俺とモグゾーくん、比べたりしないじゃないですか。少なくとも、俺には言わないっすよね」

「言わない……ね」

「でも、やっぱさ。思っちゃうよね。比べられてないわけねーよなって。俺、モグゾーくんみたいにできてっかなって。モグゾーくんの穴、埋められてっかな、とか。ごめん」

「や……いきなり、謝られても」

「いや、穴、埋めるとか、ないなと思って。埋めらんないっすよね。埋められるわけねーよな。仲間って、そういうんじゃないよね。俺、ハルヒロたちとやってきて、感じてんだよ。かけがえのない、とか言うじゃん。仲間ってそれだよな。言い方、あれだけど、あいつがいなくなったから、代わりにこいつ入れて、とか、そんな簡単なもんじゃないよね。実際はそうしなきゃならなくても、それは違うっていうかさ。うまく言えねーけど。俺はモグゾーくんの代わりにはなれねーよなって。でも一方で、モグゾーくんとは別のやり方で、みんなのこと守りたいし。俺も聖騎士の端くれだし、守らなきゃ、みたいな」

「……おまえ――」

ああ、だめだ。

ハルヒロは手で水をすくって、顔にばしゃばしゃとかけた。――何だよ、もう。やめろよ。不意討ちっていうんだよ、そういうの。困るだろ。得意じゃないんだよ。

クザクはただ、だんだん慣れてきて、自然と盾役(タンク)として成長してきたわけではなかったのだ。常にモグゾーという目に見えない高い壁の存在を感じながら、敵と、そして己とも向かいあって、懸命に戦ってきた。しっかりと目的意識を持って、仲間たちのために、血の滲(にじ)むような、それどころか本物の血を流しつつ努力に努力を重ねて、一歩一歩自分を高めてきた。

果たして、見えていただろうか？

クザクの労苦を、奮闘を、ハルヒロは理解していたか？

充分にわかっていた、とは口が裂けても言えない。余裕がなかったのだ。ようは自分のことで手一杯だった。そんな言い訳はいい。事実として、ハルヒロはクザクを正当に評価していなかった。

──だめなリーダーで、あれもこれも足りてなくて、ごめんな。

頭を下げるのはたやすい。でも、クザクに謝罪して何になるだろう？　ハルヒロは気が楽になるかもしれないが、きっとそれだけだ。自己満足でしかない。

「モグゾー、は……」ハルヒロは鼻をつまんで、口から息を吐いた。やばい。泣きそう。いや、平気だ。我慢できる。「大事な、仲間だったよ。そうだな。代えとかはきかないと思う。忘れたりできないし、忘れないし。でもさ。……死んじゃったんだ。いないんだ。モグゾーは、もう。だからとかじゃないんだけどさ。今は──クザク、おまえがおれたちのパーティの盾役（タンク）だし、おまえしかいないと思ってる」

「……うぉ」

「え？」

「はは……」クザクは大きな手で顔を覆った。「泣けてきた。笑える……」

「笑わないけどね……」

「むしろ、笑ってくれたほうが。恥ずいわ、これ」

「そんなことないって」

「このこと、言わないでくれます？　とくに、ランタクンには」

「……言うと思う？」

「思わねーっすけど。念のため」

「言わないよ」ハルヒロはなんとなく指で水を弾いてクザクのほうに飛ばした。

「ちょっと！」クザクは水を飛ばし返してきた。「何すか！　子供みたいな！」

「そっちこそ」

「仕掛けてくるから」

「もうしないって」

「誓います？」

「誓う、誓う」と言ったそばから、ハルヒロは水をすくってクザクに浴びせた。

「来ると思ったよ！」クザクもすぐさま反撃してきた。

何やってんだろ……。

——と、馬鹿らしくなってきて、水かけ合戦が終結するまで、そうはいってもそれなりに時間がかかった。本当に、何やってるんだか。

でも、楽しかった。くだらなくて、心底から笑えた。今なら言えるような気がした。

面と向かって訊いておいたほうがいい。はっきりさせておくべきなのだ。変な話、クザクには幸せになって欲しい、と素直に思える。大袈裟だろうか？　いや、そんなことはないはずだ。ハルヒロたちは当面、ここで生きてゆくことになる。その期間がたとえば一年とか二年とか、五年、十年、それ以上になったら？　いつまでも義勇兵として狩りをして飯を食って寝て、ただ延々その繰り返し、というわけにはいかないだろう。生活してゆかなければならない。イド村の住人たちに認めてもらって、村内に家を建てるとか。先を見越して、狩り以外の仕事を見つけるとか。

もしお互いにその気持ちがあるのなら、夫婦になるのもいい。子供ができたりなんかしたら、みんなで守り育てたりして、それが張り合いになったりするかもしれない。

現時点では夢物語というか、かなりふわっとした想像にすぎないが、そんなことだって起こりうる。何があってもおかしくない。

「あのさ、クザク。おれも一つ、訊いていい……かな？」

「いいけど。なんすか？」

「わりと、立ち入ったことなんだけど」

「遠慮しないでよ。俺とハルヒロの仲でしょ。——いや、今のはちょっと、調子に乗ったな、俺。またまた恥ずいわ……」

「なんか、すげー言いづらくなった……」

「ですよねぇー。反省します。あ、けどマジ、何でも訊いてよ。隠し事とかそういうの、俺、基本ないと思うし」

「じゃ、じゃあ」ハルヒロは咳払いをした。何だろう？　耳鳴り？　のような？　それとも違う？　おかしいくらい緊張している。どうやって切りだそう？　こういう話題は苦手だ。逆に、得意分野ってある？　べつにないか。ないな。いいか。普通で。ストレートに尋ねる。それしかない。「——ど、どうなの？　メ、メ、メ……メ、メリイと」

嚙んだ。嚙みまくった。さりげなく、さらっといきたかったのに。できなかった。所詮、無理か。ハルヒロにはこれが精一杯だ。

「あぁー……」クザクは下の歯で上唇を嚙むという、唇を嚙むにしても少し器用な芸当をしてみせた。「どう——って？」

「え？　や。ほら、あの……何？　あれ？　だって、ねえ？　クザク、メリイと……なんていうか、その……」

「俺が、メリイ……さんと、何すか？」

「あ、あれ？　キ、キレて……る？」

「いや、キレてないって」

「や、だって、なんか、微妙に怒ってるような……」

「いやだから、怒ってないって」

「いやいや、完全に怒ってるよね？　めっちゃ不機嫌そうだし」

「そうじゃなくて……んあぁー」クザクは両手で自分の頭をばんばん叩いた。「ぐぉー。どう言えばいいんだぁー。違うんすよ、マジで。怒ってないってぇー。てか、俺がメリイさんと何なんすかぁー。どうだっていうんすかぁー。うぁー」

「ちょ、ちょっ、クザク、落ちつけって」

「落ちついてはねーっすよぉー」

「わかってるよ。明らかに落ちついてないよ。取り乱してるようにしか見えないんだけど、え？　な、なんで？　だって、クザク、メリイと付き合っ――」

「わかった！　順を追って話しますね」クザクはそうとう大きな身振り手振りを交えはじめた。「――まぁ、メリイ……さん、とは、いろいろあって。いや、ないんだけど。いいなぁと思ってて。ぶっちゃけ、あれっすよ。好きになって」

「……うん」

「見た目も美人ですけど、おもしろいでしょ、あの人。なんかこう、真面目なんだけど、どっか頼りないっていうか。頼りない？　違うか。何だろ。かわいいでしょ」

「……あ、そう……かな」

「だと思うんすよ。俺はね？　で、まぁ、惚れたわけですよね。俺は。二人で話すチャンスとか、あったりもしたんで、俺としてはそのへん匂わせて的な？」

「……寂し野前哨基地とかで？」

「あれ？　知ってた？　気づいてました？」

「……若干ね」

「いやぁ、何だろ。あの人たぶん、押しに弱めなとこもあったりするんですよね。危ういっていうかさ。なんで、悩み相談みたいなのしたいとかいう感じで持ってくと、話、聞いてくれたりするんすよね。あと、俺も、メリイ……さんも、あとから加入したクチだから。共通点っていうか、そういうのもあったり」

「……なるほど」

「感触は、悪くなかったんだよね。憎からず？　思ってくれてんのかな、みたいな。いい雰囲気だって、俺はね？　思ってたんすよね」

「……思ってたんだ」

「そう！　思ってたんすよ。なんで、いくじゃないっすか。そこは」

「……どこに？」

「いや、告るでしょ」

「……告るの？」

「告りますよ。だって、いつまでも曖昧に？　しておくっていうのもさ。気持ち良くないでしょ。お互いね」

「……そういうもの……なんだ？」

「人によりけりっすけど。俺はそうっすね。ここらへんかなっていうのが見えたら、いきますね」

「……連れだしたりして？」

「やっぱ、込み入った話になるしね。それこそ、寂し野ですよね」

「……一回、オルタナに戻る前？」

「うん。あれっ？　なんで知ってんすか？　あ、あのとき、ハルヒロ、天幕にいなかったな。もしかして、外で見てた？」

「……ちらっとね」

「うぁー。見られてたかぁー。恥ずいなぁー。そう、あのあとっすよ。まさしく、俺、メリイ……さんに、告ってさ。いけるかなぁーと思ってたんだけどね。速攻でしたよ」

「……速攻？」

「そういうとこはねぇー。はっきりしてんすよね、あの人。考えてみたらさ、一線、しっかり引いてたなぁ、とかね。俺が勝手に誤解してただけっていうか、ぜんぶ俺の希望的観測っていうか、いい感じって思ってただけなんだろうな」

「……つまり？」

「こうっすよ」クザクは顎（あご）を引いて、首を左右に短く振った。「『無理』」

「……それって、メリイの真似？」

「うん。似てると思うよ。我ながら。返事、一言だからね。もちろん、そのあと、説明してくれたけど。仲間としてはあれだし、友だちにはなれるけど、それ以上は、みたいな。今はそういうつもりないとか。うつつを抜かしたくない？ とか。メリイ……さん、すまなそうで、かえって俺、悪いことしたなって。で、すいません、気まずくなりたくないんで、これまでどおりでお願いします、みたいな。そうっすね、みたいな」

「……つまり……」

二人は、付き合って――いない？ ということ？ でしょうか……？

ハルヒロは自分が沈みつつあることに気づいた。水が顎まで。――口まで。――さらには、鼻まで。おいおい、溺れるって。

「ハルヒロ……？」

「ああっ」ハルヒロは慌てて身体を支えなおし、持ち上げて、溺死を免れた。「――そう、だったんだ。へえ……そっ……か。おれ、てっきり……なんていうか二人は、言わないだけで、あれなのかな……と。違っ……たんだ？」

「うまくいってたら、言うつもりだったっすよ。そういうの、黙ってんのは微妙でしょ。こそこそされるのとか、なんかやじゃない？」

「いい気は、しない……かもね。たしかに」

「大々的に発表できなくて、俺としては残念だけど」

「……まあ」

「あ、慰めようとしてる？」

「……一応？」

「いいっすよ。もう吹っ切れてるんで。そりゃあ、今だって好きは好きなんで、まったく気にならないって言ったら嘘になるけど。それどころじゃねーってのもあるし」

「うん……」

「レンアイとかはいーわ、俺。少なくとも、当分は。ランタクンに任せるよ。あの人は、そういうのとはまた違うのかもだけど」

「あいつの場合は、もっと原初的っていうか、むしろガキっぽいっていうか、ね……」

「正直なんでしょーね。好きですよ。あの人の、ああいうとこ」

「おれは、あんまり好きじゃないけど……」

　クザクは、はははっ、と笑いながら、大きな手で何回も顔を撫でた。たぶん、言うほど吹っ切れてはいないのだろう。ハルヒロにはそう思えた。だからといって、いたわりを必要としてはいない。クザクは前を向いている。

　ひるがえって、ハルヒロはどうなのか。——よくわからないが、とりあえず、ほっとしすぎじゃない？　なんでこんなに安心しちゃってるんだよ……。

10・プラスとマイナス

亡者の街はイド村どころか、おそらくオルタナよりも広い。廃墟と化す前はかなりの大都市だったようだ。当然、かつては大勢が住んでいただろう。きっと数千人ではきかない。その一桁上、何万人もの住人が暮らしていたのではないか。

街の中央には城らしき大きな建造物がある。らしき、というかまあ、城だろう。見たところ、城は主塔と、それを囲む八つの塔で構成されていたようだが、八つのうち三つは倒壊していて、二つも半分ほどしか残っていない。主塔はほとんど壊れていないが、錆びた金属製の扉を開いて中に足を踏み入れるのは、そうとう勇気が要る。だいたい、ちょっと押したり引いたりしたくらいではびくともしない扉を、どうやって開けるのか。城の外を一周してみたら、裏口が二つ見つかったが、入ってみる決心はやっぱりつかなかった。普通に怖すぎる。

城からは石畳の大通りが三本、北、南、西に向かって延びていて、それぞれの途中に一つずつ広場がある。奇妙にがらんとしているこの大通りと広場では、めったに亡者を見かけない。逆に言えば、大通りと広場は比較的安全だ。

街の北側は、半壊か、ほぼ完全に崩壊している建物が多い。また、ヌル川に近いほど、建物の傷み具合が激しいようだ。

城から南は、往時の街並みを比較的とどめている。とくに街の南西部は、亡者さえいなければ住めそうだ。もっとも、現実的には住むどころの騒ぎではなくて、それなりにしっかりした建物の中には亡者がいると思ったほうがいい。どうやら連中にも休息は必要なようで、路地裏や瓦礫の陰で寝入っている亡者をたまに見かける。ただ、亡者は些細なことで目を覚ましてしまうから、寝込みを襲うのは難しい。亡者は建物内で何をしているのか。実際のところはわからないが、眠っていたとしても、少しの物音でやつらは起きる。そして、猛然と侵入者に躍りかかる。びっくりしたくなければ、亡者の街の建物には入らないほうがいい。

街の東半分はたいていヌル川から流れてくる霧が濃くて、極端に視界が悪い。だからハルヒロたちは、街の西半分をうろついて亡者を探す。とりわけ、北西部にある市場跡、蔵のような大きな建物の残骸が並んでいる倉庫区あたりが狙い目だ。

どうも亡者にも、階級というか格というか、そういったものがあるらしい。街の北東部は弱い亡者ばかりで、北西部はその次、それから南東部、南西部の順に手強い亡者がいるようだ。亡者の数はその逆で、南西部がもっとも多く、南東部、北西部、北東部と少なくなる。共食いをする亡者たちにとって、亡者密度が高い場所では獲物にありつける可能性が高くなり、競争率も高い。弱肉強食なので、必然的に強い亡者が生き残る、ということなのかもしれない。

弱者には弱者なりのやり方があるのだ。身の程をわきまえ、勝てそうな獲物を求めて、最下層の亡者は街の北東部にたどりつく。そこには彼と同じような弱っちい亡者しかいない。弱きを殺して喰らっているうちに自信がついてくるし、獲物の少なさも不満で、彼は北西部へと向かう。ここで生きのびられたら、南東部へ。最終的には、海千山千の亡者が集い、争い、喰らいあう、南西部へ。

ハルヒロたちは、できるだけ街の南西部には行かないようにしている。洒落にならないくらい亡者がうじゃうじゃいるし、やつらの戦い方は熾烈というか、過激だ。ありとあらゆる物を飛び道具にするのが連中の常套手段で、奇襲を好む。一撃必殺を狙ってきて、しとめそこなうと逃げてしまう。南西部の強亡者たちは総じて狡猾だ。もちろん、並外れて獰猛な強亡者もいる。

一度、ある強亡者の共食い現場を遠くから見たのだが、やつは本当にやばかった。その姿は直立する獅子といったところで、身の丈はおよそ三メートルから三・五メートル。やつは自分よりもでかい熊みたいな強亡者をパンチ、キックの二連打でぶっ倒し、その巨体を軽々と持ち上げた。次の瞬間、ハルヒロは我が目を疑った。獅子の強亡者は熊の強亡者をいともたやすく真っ二つにしてしまったのだ。どれだけ力持ちなんだよ？

血の雨を浴びながら、やつは間違いなく歓喜に打ち震え、高らかに哄笑していた。恐ろしいなんてものじゃない。近づいたら絶対、瞬殺される。近づかなくても殺されそうだ。

そんなわけで、街の南西部は危険すぎる。南東部の亡者も、濃い霧に紛れて忍び寄ってきたりして、なかなか質（たち）が悪い。北東部は亡者の絶対数が少なすぎる。よって、北西部がちょうどいい、ということになる。

まったく亡者の街北西部は、ハルヒロたちにとってこれ以上ないほどちょうどいい、理想的と言ってもいいような狩り場だ。

一つ、自己の存在を消す、潜――ハイド。

二つ、存在を消したまま移動する、浮――スウィング。

三つ、感覚を総動員して他者の存在を察知する、読――センス。

盗賊作法の奥義、隠形（ステルス）を駆使して、ハルヒロは影のようにひたひたと進む。

隠形（ステルス）しているときのハルヒロは、膝（ひざ）も、肘（ひじ）も突っぱらず、常にやわらかく曲げている。腰を屈（かが）め、背を丸めて、首をこわばらせない。あらゆる衝撃を随時、吸収できる体勢を維持したまま、淀（よど）みなく足を前へ、前へと運ぶ。

一点を注視しないで、広く全体を見る。目玉をぐっと頭の後ろまで引っこめるようなイメージだ。実際には眼球運動と首振りで視野を拡張するのだが、ちゃんとできていれば見えないはずの背後まで見えてくる。

耳だけで聴くのではない。全身で音を感じとる。身体中を感覚器（センサー）にして、音のみならず、すべての刺激、あらゆる変化を受け止める。

倉庫区の蔵跡から顔を出して左右をうかがっている亡者を見つけた。全員で強襲するか。ただ、北西部の亡者は不利を悟った途端、逃げだすこともまあまある。とくにその亡者はランタくらいの体格で、兜や軽そうな鎧をつけ、短めの斧槍みたいな武器を持っているものの、どこかおどおどしていた。あまり強そうには見えない。だから弱い、とは限らないが、逃げられそうな予感がしたので、ハルヒロがやつの後背に回りこむことにした。片がついたらそれでいいし、始末できそうになければ仲間が待ち構えている場所まで追い立てる。ランタだけがこの案に反対した。ということは、実行だ。

――で、今、亡者の背中がハルヒロの目前に迫っている。

距離にして十メートルもない。八メートル。いや、こうしている間にもハルヒロは移動し続けているので、もう七メートルくらいか。六メートル。

これっぽっちも緊張していない、と言ったら嘘になる。でも、標的の背中を見ていると、妙に落ちつく。これは盗賊の性なのかもしれない。それとも、ハルヒロだけなのか。生き物の背中、後ろ姿から読みとれることは多い。冷静に観察してなんかいられない、もっと切迫した状況でも、その後ろ姿はハルヒロにたくさんの情報をもたらしてくれる。

もっともわかりやすいのは、そいつが嘘つきかどうか、だ。素直なのか、あるいはひねくれているか、と言い換えてもいい。直情径行か、策略家か。信用できるタイプか、そうじゃないか。

　この亡者は嘘つきで、素直じゃない、相手を嵌めようとする、信用してはいけないタイプだ。身体の傾き方、いびつな力の入り具合から、そう感じる。だが、底は浅い。見え見えの嘘をつく。それでも出し抜けそうな、馬鹿な獲物を探しだす嗅覚に頼っている。

　勝てないと思ったら、一も二もなくこいつは逃げるだろう。悪いが、そうはさせない。

　ハルヒロは音もなく短剣を抜いた。鞘は丹念に油をすりこんで手入れしてある。

　あと三歩、二歩、一歩。どの一歩も特別な一歩とは考えないことだ。無用な特別感を持ってしまうと、相手に気づかれやすくなる。コツはね——と、バルバラ先生が言っていた。潜むのも、盗むのも、殺すのも、ぜんぶ同じようにやることだよ。この世にもあの世にも、特別なんてものは一つもないんだ。おもしろい、と思っても、つまらない、と思ってもいけない。こだわりなんか持たないで、みぃんな同じようにやるんだよ。

　そんなの無理っすよ、バルバラ先生。——ところが、うまくいくときは、同じようにできてしまったりするから不思議だ。

　ハルヒロは亡者の背中に覆い被さるようにして近づき、左腕でその頭を抱えこんだ。逆手に持った短剣を喉頸に突き入れ、剔りぬくように動かしながら、身体全体をひねってやつの首をへし折る。ここで、ふう……とため息をついたりすると、バルバラ先生に叱られてしまう。いや、どやされるくらいではすまなくて、転ばされ、関節を極められて、悶絶する羽目になる。——同じように！　何回言ったらわかるんだよ、年寄り猫！

道は険しい。気を抜いたら、停滞するどころか転げ落ちてしまう急な坂道だ。バルバラ先生と再会できるのかどうかも定かではないが、師の教えはハルヒロの中でしっかりと息づいている。おそらく。いやいや、確実に。倦まず、弛まずに、急峻な隘路を登り続けようではないか。そう、この盗賊道を……!

「おーい。終わったよー」

仲間たちを呼び寄せながら、ちょっとあれかな、とハルヒロは思う。——調子に乗ってないかな? というか、調子がいいのだ。亡者の街北西部。この狩り場はおいしすぎる。自分なりにパーティのリーダーとしてがんばりながら、盗賊道に邁進する余裕まであるなんて。ただ同じようにやっているだけだ。そう思うこともできる。実際、同じようにやっている。だけど、なんか……ね。怖くなる。順風満帆すぎて。人生ってこういうものじゃなくない?

「こぉーのパルピロリンノスケ……!」ランタが飛んできて、倒れ伏している亡者に躍りかかった。「一人でやっちまうとは、ミジンコ野郎の分際で生意気なんだよクソが!」

(……くひ……ランタの分際で、人間の言葉をしゃべるとは……生意気だ……くひ……)

「いやゾディアックん、オレ、正真正銘、人間だからね!? 立派な大人の男だしね!?」

ランタとゾディアックんのあとから早足で歩いてきたユメ、シホル、メリイ、それからクザクが、そろって立ち止まり、一斉にあとずさりした。

「んあ？」ランタがユメたちを見た。「何だよ、おまえら？　どうした？　オレの立派すぎるスペシャリティーな大人オーラに恐れをなしたか？」

「……大人？」シホルは片腹痛しとばかりに、くっ……と笑った。「……どこが？」

「立派あ？」ユメは眉（まゆ）を寄せ、下唇を突き出して、肩をすくめてみせた。「どこがあ？」

メリイは首を左右に振った。「子供っぽいなんて言ったら、子供たちがかわいそう」

「やけに息が合ってやがんな、おまえらっ！　ぴったりだな！　トリオかっ！　どんな三人組だよ!?」ランタは罵（ののし）りながら亡者の所持品漁（あさ）りを再開した。「いーもんね！　何とでも言えっつーの！　オレには心の友、ゾディアックんがいるもんね！　あれ……？」

「今」クザクがランタの頭上あたりを指さした。「消えたっすよ」

ハルヒロもこれには驚いた。「……ゾディアックん。ランタにいやがらせするために、そんな芸当まで」

「ち、違ッ！」ランタは跳び上がって、ハルヒロに詰め寄ってきた。「お、おまえ、わかってねーな!?　ゾディアックんのは、いやがらせとかじゃ絶対ねーから！　彼なりの愛情表現だから、あれは！」

「何だよ、彼って。微妙に距離を感じる言い方だけど」

「ち、ちげーよ。きょ、きょ、距離なんか感じてねーよ。オレとゾディアックんは密接ですぅー。いつだって相思相愛なんでっすぅーっ。バーカバーカバーカ！」

「わかったわかった。わかったから、ほら、漁れ？　おまえ好きだろ」

「好きじゃねーよ！　ぜんっぜん嫌いだから！　おまえがやれ、クソボケッ！」

「あ、そう？　じゃ、おれがやるけど」

「アホッ！　オレがやるに決まってんだろ！　パルピロ、おまえなんかにやらせるか！　このオレが！　ぜぇぇーんぶ！　やるんだからな！　覚えてろ、パルパル！」

「パルパルって……」

「パァァールパルパルパルパルパルゥゥゥー。うひひひひっ」

たまにこのクソ（クズ）を本気で撲殺したくなる。しないけど。

ランタはふたたび作業にとりかかって、中硬貨二枚と、小硬貨三枚を見つけだした。亡者は左手に指輪を一つ嵌めていて、買い取ってもらえるかもしれないので、これも持ち帰ることにした。

死体はそのうち亡者がやってきて掃除してくれる——まあ、有り体に言えば食べてくれるから、放置しておけばいい。

「次、行こう」

やることをやったら、さっさと離れるに限る。仲間たちも心得たもので、ランタですらハルヒロの言うことを素直に聞き入れた。足早に立ち去って、また獲物探しからだ。火が暮れるまでにイド村に戻らないといけないので、時間を無駄にはできない。

ほとんど無駄にしていない、と思う。うまく回っているときは、本当に何もかもうまくいくものだ。一方で、好事魔多し、ともいう。ハルヒロは一日に何度も、事あるごとに、図に乗るなよ、と自分に言い聞かせる。気を引きしめろ。落とし穴はきっと、そこらじゅうにある。これはたまたまだ。今だけだ。明日にはどうなっているかわからない。いや、今日、これから、不運に見舞われるかもしれない。誰（だれ）かが、あるいは自分が、とんでもないしくじりを犯すかもしれない。

メリイと目が合った。

なぜだか、メリイは微笑（ほほえ）んでくれた。

――何もかもうまくいく、か。

いやいやいや？　何を考えているんだか。違う違う違う。何も考えていない。いや、何も考えていないということはないが、メリイについてとくにああだとかこうだとかどうだとか思ったりはしていない。思っていないつもりだ。

でも、意識してしまう。クザクのせいだ。もちろん、クザクが悪いわけじゃない。そうじゃなくて、あのクザクの打ち明け話がきっかけになった、ということだ。

ハルヒロは当然、パーティのリーダーなわけで、仲間の一人であるメリイに対して、特殊というか特別というか、そういった感情を抱くのはまずい。たぶん、良くない。――ような気がする。だよね？　でしょ……？

でも、アキラさんとミホは夫婦だよなあ、とか、てことはパーティ内恋愛だったんだよなあ、とか、ゴッホとカヨもだよなあ、とか、二人は養子まで迎えちゃってるよなあ、とか。ふと考えてしまったりして、だいたい、一緒に危ない橋を渡っていれば、そういう気持ちが芽生えたり、固い絆のようなもので結ばれたりするのは、ごくごく自然なことなのではないかと思えてきたりもする。パーティ外の誰かとそういう関係になるというのも、現実感があるようでない。というか、ない。まあ、ミモリンみたいな人もいるわけだけど、やっぱり彼女には恋愛感情を持っていないし、二度と会えないかもしれないわけだし。

だとしたら——いやいや、何が、だとしたら、だ。だとしない。

なんだか、浮ついているような？　だめだ、だめだ、だめだ。真面目に、真剣に、ひたむきに、リーダーとしての仕事に集中しないと。不器用ですから。

ほんと、器用じゃないんで。これをやりつつ、あれもやって——なんて、とうてい無理だ。何か一つに専念しないと、頭がこんがらかってしまう。

ハルヒロは倉庫区の細道で足を止めた。

盗賊のハルヒロが先頭に立って、いざとなったら前に出てもらうクザク、その後ろでユメ、メリイは適宜、シホルを守る位置どりをして、ランタが最後尾。これが亡者の街探索中の基本隊形だ。

「……ハルヒロ？」クザクはすでに長剣と盾を構えようとしている。

「ふにゃあ？」とユメが変な声を出して、あたりを見回した。

「あぁん？　何だぁ……？」ランタは振り返った。

「っ……」シホルは息を詰めて縮こまった。

　メリイがすかさずシホルを庇う体勢になって、腰を落とした。こういうときのメリイはやたらと凛々しい。それは否定しがたい事実だが、見とれている場合じゃないぞ、と。

　血の気が一気に引いた。どうして反応できたのか、ハルヒロ自身にもわからない。とにかく、ハルヒロは前方に身体を投げ出した。でんぐり返しをする前に、すぐ後ろで何か巨大な物体が地面に激突する音がして、衝撃を感じた。

「――逃げろ……！」ハルヒロはそいつの正体を確かめずに叫んだ。そいつはどこから降ってきたのか？　空から？　まあ、ここいらの建物はわりと原形を留めている。そのへんの建物の屋根の上に潜んでいて、ハルヒロたちに狙いを定めたのだろう。たちというか、ハルヒロか。来る。突っこんでくる。怖っ。ハルヒロは走る。全力疾走して角を曲がる。相手はどんなやつなのか、亡者だということ、けっこうでかいこと以外はまだよくわからないが、でかいぶん小回りは利かないんじゃないかな？　そう期待したのだ。

　案の定、やつは急には曲がれず、大回りした。おかげでちょっと距離が開いたので、ハルヒロはやつを、じっくりとはいかないまでも、見ることできた。――いやあ。獅子っぽいなあ。

なんとなくそんな感じはしていたが、獅子っぽい。直立している獅子。そう見える。ただ、あのとき目撃した獅子の強亡者よりは、一回りもしくは二回り、小さいか？　そう思いたいから、そう見えるだけだろうか？　いや、でも実際、小さいよね？

あれがあの獅子の強亡者なら、ハルヒロはとっくに死んでいる。たしかに怖い。胃が裏返りそうなほど、めちゃくちゃおっかないが、本物ならこんなものではすまないだろう。おそらく、身体がすくんで動けなくなってガブッと食べられてしまう。それくらい獅子の強亡者はやばかった。こいつはそこまでじゃない。

ハルヒロは路地に入りこんで、崩れている壁から建物の中に飛びこんだ。仲間はどうしているだろう？　ちゃんと逃げてくれたか？　みんなハルヒロを見捨てるほど薄情だとは思えない。逃げないかなあ。逃げないだろうなあ。逃げてくれないよなあ、きっと。

やつは――たぶん、強亡者ではないと思われる獅子の亡者は、律儀にハルヒロを追ってくる。ハルヒロは出入り口から建物を出た。獅子の亡者も飛び出してくる。駆けっこでは勝てない。あっちのほうが速いだろう。

「ハルヒロォォ……！」ランタの声が聞こえた。

それにしても最初、やつが飛びかかってきたの、よくよけられたよなあ、と思いながら、ハルヒロは別の大きな建物に転がりこむ。二階建てだ。階段がある。駆け上がった。木製か。脆い階段だ。崩れて、足をとられそうになった。かまわず、一段飛ばしで上がる。

　獅子の亡者は階段を上がろうとしてぶち壊し、グオウウゥゥゥウンと吼えた。ハルヒロは二階に上がりきった。窓がある。そこから外を見た。ランタがいる。クザクがいる。ユメ、シホル、メリイも。こっちに駆けてくる。皆、二階にいるハルヒロには気づいていない。ハルヒロは窓から身を乗り出した。「――逃げろ！　だから、逃げろって……！」

「んなぁ……!?」ランタがハルヒロを見上げるなり、手招きした。「おまえ、さっさとそっから飛び降りろ！　やつも中にいるんだろ……!?」

　反論できなかった。獅子の亡者はまだ二階に上がろうとしている。たとえ階段が完全に崩壊しても、そのうち上がってきそうだ。ランタは正しい。ランタのくせに。

　ハルヒロは窓から身を躍らせ――はしなかった。そんな勇ましいことはしない。窓枠をまたぎ、しっかりと手を掛けて、ぶら下がった。その状態で、えいっと手を放す。着地の衝撃はさほどではなくて、足がちょっと痺れた程度だった。

「おら、ずらかるぞ、ボンクラども……！」ランタはもう走りはじめていた。

「誰がぼーふらやあ！」ユメが駆けながら怒鳴った。

「んなこと言ってねーよ、妖怪ちっぱい……！　おい、女ども、その妖怪のそばにいたら、おまえらまでチチがしぼんで残念なちっぱいになっちまうぞ……！」

「……妖怪最低最悪男」シホルがユメについてゆきつつ呟いた。

「最低も最悪も一番っつーことだよな！　ハラショー、ハラショー！　ガハハハッ！」

「尊敬するわ……」クザクも鎧をがしゃがしゃさせて走っている。

「つーか、崇めろ！　御利益あんぞ！　今の千倍エロくなれる！　グへへへへッ！」

「御利益どころか、取り返しがつかないマイナス効果だろ……」ハルヒロも少し痺れている脚を必死に動かして、仲間を追いかけた。

「ハル！」とメリイに呼びかけられた。

「――はいっ⁉」

「今のは！」

「い、今の⁉」

メリイは、溜めた。いや、溜めたわけじゃないのかもしれないが、なかなか次の言葉を口に出さなかった。そうこうしているうちに二階の窓から獅子の亡者が顔を出して、ゴオオオォォォンと吼えた。ハルヒロは慌てて足を速め、メリイに追いついて角を曲がった。

それとほぼ同時に肩をびしっと叩かれたので、びっくりした。

「減点、一！」

「――えっ……⁉」

どういう意味なのだろう。わかるような、わからないような。メリイは目を合わせてくれない。怒っているのか。それとも、恥ずかしがっているのか。両方かもしれない。

11. 発展形の

死線はどこにでも、そこらじゅうに引かれている。一歩間違っていたら大惨事だった。

そんなことは数限りなくある。日常茶飯事と言ってもいいくらいだ。

ハルヒロは横になって焚き火を眺めていた。腕付きひしゃげ卵店主の服と鞄屋で買った謎素材の織物にくるまって、背負い袋を枕にしていると、なかなか快適だ。眠くて、うとうとしているのだが、完全に寝入るまでには至っていない。こういう中途半端な状態がまた、悪くない。贅沢な楽しみだ。安全が確保されていないと味わえない。

仲間はみんなもう、眠っている。それぞれの寝息や鼾を聞きながら、今日もなんとか無事に終わったなあ、とぼんやり考えた。良かったなあ。何はともあれ、明日があるって、ほんと最高。

ユメとメリイが絡み合うようにして寝ている。ユメはどうも、眠るとき誰かがそばにいると、抱きつく癖があるようだ。人肌が恋しい、みたいな？　メリイも嫌がっている様子はない。今夜は、でも、シホルは二人からちょっと離れている。

不意にシホルが起き上がった。「……ハルヒロくん？　起きて……る？」

「……ぅえ？」ハルヒロは肘を支えにして、少し身を起こした。「あ、うん」

「ちょっと……話したい……んだけど、いい？」

「……話？　いいけど。うん。もちろん」

ここでは何だから、イド村の堀沿いに少し歩いて、二人並んでしゃがんだ。

「何？　話って。——ていうか、ちょっと変だね。この体勢……」

「……うん。そう、かも。あの……二つ、あって。一つは、昼間の……」シホルは言いづらそうに口ごもった。「……あたしが、言うようなことじゃないかもしれないけど……でも、なんか、どうしても……気になって……」

「……はい。聞きます。言ってください」

「ハルヒロくんは……自分を、軽く考えてると、思う」

「そう……かい？　や、かいって何って感じだけど——そう？　え？　そう見える？」

「見える。……いざとなると、自分を犠牲にしようと……するでしょ？」

「かな？　うーん。そんなつもりはないんだけど……ね？」

「そういうの、やめて欲しい」シホルはうつむいて、肩を震わせはじめた。「……ごめんなさい、言っていいのかどうか……わからないけど、マナトくんを思いだしちゃって。あたし、ハルヒロくんには……いなくなってもらいたくないの」

「……うん」ハルヒロは額をこすった。「……いや、おれも、いなくなりたいとか思ってないし。ほんとに」

「だったら……もっと、自分自身を大切にして、ください」

「……大切じゃない、わけじゃないんだけど——」目頭を押さえる。そうとうきつく押さえないといけない。そんな気がする。「……おれ、たぶん、みんなのほうが大事なんだよ。だって、みんながいなきゃ、おれ、何もできないし。生きるモチベーション？　とかも、持てないと思うんだよね。だからたとえば、シホルとおれ、どっちかってなったら、やっぱり、シホルを生かすことを選んじゃうんだよ。考えてそうするっていうか、本能っていうかさ。瞬間的な判断で」

「……あたしは、ハルヒロくんと自分だったら……ハルヒロくんに、生きて欲しい」

「ジレンマだなあ」

「ランタくんと、ハルヒロくん自身と……どっちかだったら？」

「ランタだよ」ハルヒロは一切躊躇せずに答えて、うろたえた。「……うっわ。マジか。ランタなんだ。けっこうこれ、やだなあ……」

「……良かった」

「え？　な、何が？」

「ハルヒロくんが……リーダーで。仲間で。……友だちで」

「……なんか、堀に飛びこみたくなってきたんだけど」

シホルは笑ってくれて、ハルヒロも笑うことができた。シホルが仲間で、友だちで、良かった。心の底からそう思った。

「――で、もう一つの話って？」

「二つ目は……」シホルは目をつぶって胸元に手を当て、深呼吸をした。何をしようというのか。シホルは何かしようとしている。それだけはわかった。空気が張りつめている。ハルヒロは息を凝らして待った。

シホルは目を開けた。「……エレメンタル……来て……」

「わっ……」ハルヒロは思わず尻餅をついた。

シホルの顔のすぐ前で、何かが渦巻きだした。それは、小さい。豆粒とは言わないが、足の親指くらいの大きさだ。姿形と呼べるようなものはない。渦巻いているから、何かがそこにある、とわかる。シホルが右手をのばす。掌の上に、それを載せる。

「浮いて……」シホルが命じると、それは浮き上がる。「……下がって」と言うと、それはシホルの掌まで降下する。シホルはその上下動を何度か繰り返してから、傍から見ても異様な集中力でそれを凝視した。鬼気迫る、と言っても大袈裟じゃない。シホルは歯を食いしばっている。まばたきもしない。髪の毛がざわざわと揺れた。隣で見ているハルヒロは鳥肌が立っていた。

「……解放」と、シホルは絞り出すように言った。途端にそれが、くしゃあ、ずしょお、と音を発しながら変化しはじめる。内側から、押し開くように――出てきた。暗い紫色の、光とも靄ともつかないものが、現れる。いや、現れようとして、もがいている。

生まれ出でようとしている。――そんなふうにも見えた。なぜなら、あくまで見ように よっては、だが、それは星みたいな、もっと言えば人間に似た形をしていて、身をよじりながら両腕と両脚をじたばたさせているかのようだったからだ。

でも、彼は突然、力尽きてしまい……――すっと、消え失せた。

「……だめ」シホルはがっくりと肩を落とした。「……何回か、試してみてるけど……うまくいかないの」

「うまく、って――」ハルヒロは喉をさすった。唾をのみこもうとしたが、口の中が乾いている。「……何、やったの？　シホル……魔法？　や、だけど、呪文……エレメンタル文字も、たしか……」

「ゴッホさんが、話したこと……覚えてる？『エレメンタルを解放して、異なる力を発揮させる。こういう魔法は、ギルドじゃ教えてくれない』って……」

「ああ。……なんとなく、だけど」

「……あたし、そのことについて、ずっと考えてて……ギルドでは、エレメンタルっていう、普通、目には見えない魔法生物が、この世界にはいて……言ってみたら、そのエレメンタルを飼い慣らして、従わせることで、魔法を使う方法を習ったんだけど……」

「正直、ちゃんとは理解できてないと思うけど、気にしないで続けて？」

「……一つ、前から、疑問があって」

「えーと、どんな？」

「たとえば、炎天下でも、氷結のエレメンタルを呼びだして、氷結魔法（カノンマジック）を使うことができる。真っ昼間でも、影魔法（ダーシュマジック）は、何の影響もなく使えるし……」

「エレメンタルはあくまでエレメンタルで、現実の——物質世界？　の、熱運動？　とか、光とか、影ができるとか、そういうのとは直接、関係ない……みたいな？　話？」

「……でも、実際に、魔法で凍らせたり、爆発を起こしたり、できる。無関係っていうことは、ない……のかなって。おかしいって、思ってたの」

「ご、ごめんね？　おれ、シホルの話についていける自信はないんだけど——それで、さっきやったのは、いわゆる魔法とは違う……ってこと？」

「……エレメンタルは、エレメンタルでしかないって、仮定してみたの。炎熱（アルヴ）とか、氷結（カノン）とか、電磁（ファルツ）とか、影（ダーシュ）とか……それは、人間が勝手に決めてるだけで、エレメンタルの、本当の姿じゃないんじゃないかって。……そのほうが、あたしの実感に近かったし」

「ギルドが教えてくれない、魔法、か……」

「……あたし、もっと魔法をうまく使えるように、なりたくて。……みんなにいつも、守ってもらってるぶん、力になりたいし」

「や、力にはなってるよ？」

「……足りない、と思う。けど、ここには、ギルドがないでしょ……？」

「ない……ね。見事に」

「教えてもらわないと、新しい魔法……新しい力をえられないとしたら……このまま、変われない。だったら……自分で、どうにかしないと」

すっげーよ。——言えるとしたら、それだけだ。本当にすごいよ、シホル。ハルヒロは感動してさえいた。

バルバラ先生がいないなら、自力で何か編みだしてやれ。果たして、そんなふうに考えたことが一度でもあっただろうか？　なかった。頭をよぎったことすらない。

「……ただ」シホルはうつむいて、顔をしかめた。「……心配なことが、あって。不安っていうか。これは、今までやってきた魔法を、ある意味……否定することになるから。ギルドで教えてもらって、使ってる魔法にも、影響が出るんじゃないかって」

「うーんと……だから、このまま進めてもいいものかどうか、迷ってる……ってこと？」

「……そう」

「大丈夫だよ」

いや、わかりませんけどね……？

ハルヒロは魔法使いじゃない。よしんば魔法使いでも、確たることが言えるかどうか。簡単に請け合うのは無責任かもしれない。それでも、後押ししたいよね？　がんばっているシホルを応援したい。するべきだと思うし、手助けだって、できなくはない。

「もし、万が一、不都合とか生じてもさ。そのときは、おれ、フォローするし。みんな、いるしさ。大丈夫だよ。なんか、一つ目標があると、励みになるっていうか。そういう面もあったりしそうだし。シホルの、オリジナル魔法？　おれは見てみたいし——うん、パーティにとっても、いいことだと思う」

「……ありがとう」

「いやいやいや。こっちのほうこそ。元気、出た。魔法のことはわからないけど、これからもさ、何かあったら話して？　おれなんかで良ければ、聞くし」

「うん。……そう、する」

「そっかあ。ギルドで教えてくれない魔法なあ。魔法に限らないよね、そういうのって、きっと。おれも考えてみよっと」

「いいリーダー」

「へっ？」

「ハルヒロくんは」シホルは、彼女にはめずらしく、にっこりと笑った。「……あたしたちにとっては、最高のリーダー……なんだよ？」

「……へへっ」ハルヒロはつい、にやけてしまい、手で顔の下半分を覆った。「……や、やめてよ、そういうの。勘違いしちゃうって」

「しない……でしょ？　ハルヒロくんは」

「かなあ？　いやあ……しないようにしてるっていうかね。気をつけてるだけなんだよ、ほんとに。やっぱり、調子に乗ったりとか、あるし。怖いからさ」

「そういう人だから、信頼できる」

「……ほ、褒め殺し？　みたいだよ？　くすぐったいんだけど……」

「ごめんなさい」シホルは堀のほうに目をやって、そっと息をついた。「……ただ、思ってること……ちゃんと、言っておきたかったの。伝えられるときに、伝えておかないと。あたし、もう……後悔したくない」

ハルヒロはとっさに何も言えなかった。でも、同意しておきたくて、うなずいた。

堀の縁に肩を並べて、しばらくの間、黙ってしゃがんでいた。

ちょっと不思議だ。沈黙がちっとも気まずくない。一緒にいる相手がシホルだからか。

メリイだったらこうはいかないかもしれない、と思った。そのときだった。

「ハルヒロくん。……メリイのこと、好き？」

「はぁっ……!?」

つんのめって、堀に落ちそうになった。

そのあともちろん、ハルヒロは必死に疑惑を否定した。シホルもさしたる根拠があって言ったわけではないようで、一応、納得してくれたが、誤解を招かないように今後、気をつけないと。——誤解？　そもそも、誤解なのか？　どうなんだろ……？

12. キヌコ様

「死ぬ！　苦しむ……！」とランタが叫びながら射出系でやつの側面に出た。「――さすがに四十九日目は鬼門だな、おい……！」

やつはランタに向きなおろうとする。でも、クザクがタイミングよく、最近、新しく手に入れた盾を前面に出して押しこみ、そうはさせない。「――っせえらあぁっ……！」

「フンッ……！」ランタが鍛冶屋で買った黒刃の剣をやつの左脇腹にぶちこんだ。「もちろん、おまえにとっての鬼門っつーことだけどよ……！」

やつは――獅子の亡者は、ゴォフッ、と恐ろしい口から血を吐きながら左腕でランタを抱えこむ。右腕は、クザクが邪魔しているので、思うように動かせない。クザクはやつの動作を妨げるだけじゃなくて、その土手っ腹に「かぁっ……！」と長剣を突き刺した。

ユメが引き絞った弓弦から指を離す。矢が放たれる。やつの眉間に命中した。ナイス、と言いたいところだが、ユメは「んにゃあ！」と悔しそうな声を発した。目を狙ったのに、外れたのだろう。だけど大外れでは決してない。

ハルヒロは平常心でやつの背中にしがみついて、首筋に短剣をぶっ刺した。厚くて強い鬣が邪魔だ。抜いた短剣で、もう一発――いや。感じる。やつの身体に尋常じゃない力が漲っている。ハルヒロはやつから飛び離れた。「――いったん離れろ……！」

「っす……！」「――くっそ……！」クザクもランタも、ただちにハルヒロの指示に従って後退した。その瞬間、獅子の亡者が、まさしく心胆を寒からしめる咆吼を轟かせた。それは聞く者の内臓をわしづかみにしてグチャグチャにするような大音声だった。これは、心の準備をしていても、きつい。思わず耳をふさいで、やめてくれ、と絶叫したくなる。実際、ハルヒロも、クザクも、ランタも、ユメも、ついでに、そのへんで浮いているゾディアックんも、全身がすくんだ。メリイも同じだったが、その隣で精神を集中させ、研ぎ澄ませていたシホルだけは違う。

「ダーク……！」シホルに名を呼ばれると、それは見えざる世界から扉を開けて出てくるように現れた。黒い、長い糸が螺旋状に絡み合って、ある形をとっている。人みたいな。大きさは人間の手に乗るくらいだ。手乗りダーク。それはエレメンタルだ。シホルが試行錯誤を重ねて、今のところはこの形状に落ちついている。シホルに言わせればあくまでも発展途上で、彼にはもっと相応しい、真の姿があるはずだという。

いずれにしても、ダークはシホルに懐いている。ハルヒロにはそう見える。だって、ダークはシホルの顔の横に現れて、彼女の肩に座った。それだけじゃない。

「行って……！」シホルが指令を出すと、ダークは素直に従った。シホルの肩から飛び立って、ンショオオオオオオオオオオオオオ……と、不思議な声？　音を立てつつ、獅子の亡者めがけて突っこんでゆく。

ダークは獅子の亡者の胸に体当たりした。衝突――はしない。体内に吸いこまれる。そうして何が起こったのか。ダークは何を引き起こしたのか。しかとはわからない。でもとにかく、獅子の亡者は「グボッ……」と鳩尾(みぞおち)あたりにいいパンチを一発もらったかのように身体を折って、膝(ひざ)までつきかけた。効いている。

「今だ……！」とハルヒロが言うより早く、ランタが射出系(リーブアウト)で突撃した。8の字を描くように黒刃の剣を――いや。

「無限(ムゲン)ッ……！」ランタは黒刃に8という∞の字を描かせた。「黒煉舞(コクレンブ)ッ……！」∞の次は8。8に続いて∞。∞から8。繋(つな)ぐ。繋ぐ。繋ぐ。獅子の亡者は鎧(よろい)こそ着ていないが、その身は硬く密生している獣毛と、緩衝材となる脂肪、そして分厚い筋肉によって守られている。おかげで斬撃(ざんげき)はほとんど通用しない。それなのに、ランタは斬(き)る。懲りずに斬って、斬りつけまくる。あげく、息切れしてよろめき、あとずさった。

「何がぁ！」クザクが獅子の亡者の腹に――さっき自ら一突きしたちょうどその場所に、ふたたび長剣をねじこんだ。「無限だよ……！」

「ングウウウウゥゥ……！」獅子の亡者は血を吐きながら身悶(みもだ)えた。

「ランタやからなあ！」ユメが立て続けに矢を放つ。連射(つらなれ)。三連射だ。一射目は外れてしまったが、二射目は獅子の亡者の右目を見事にとらえ、三射目はクザクの兜(かぶと)をカツンッと擦(かす)った。「――おぉっ……!?」

「にゃっ!? ご、ごめんなあ!」

「——ぶっはっ!」ランタがすかさず言い返した。「所詮、ユメだからな……!」

「うっさいわあ、バカランタ!」

(……いひ……たしかに、やかましい……黙れ、ランタ、永久に……いひひ……)

「ゾディアックん!? それ、オレに死ねって言ってる……!?」

「アァグッ……!」獅子の亡者がクザクを突き放そうとする。クザクは「っ……!」と踏んばって、食らいつく。長剣をさらに押しこんで、ねじる。「——っらああ……!」

ハルヒロは後ろから獅子の亡者に飛びついて、背中に短剣を突き入れた。獣毛と皮膚、脂肪の層は突破した。刃は肋骨の間を通って——でも、だめか。内臓までは達しない。

「ハル……!」とメリイに声をかけられたので、しがない盗賊のハルヒロは獅子の亡者から離れることにした。このくらいの相手だと、しがない盗賊のハルヒロごときが致命傷を負わせることはまずできない。そう考えるべきだ。例の線でも見えれば別だが、あれは見ようと思って見えるものじゃない。

「グロオオォォォン……!」獅子の亡者は両手両脚を駆使してクザクを押しのけようとしている。クザクはこらえているが、力比べでは分が悪いか。

「——ったばれやあぁぁ……!」ランタが黒刃の剣で獅子の亡者の側頭部をガガンッと強打したが、やっぱり斬れはしない。

　とうとうクザクが獅子の亡者に蹴りのけられ、体勢を崩した。「――っぐっ……！」

　獅子の亡者は即座に反転して、駆ける。

「逃げんのかよ……!?」ランタが怒鳴って、追いかけようとした。いや、ふりだ。ランタは二歩、三歩進んだだけで足を止め、舌打ちをした。「――しとめ損なっちまったか！　おまえらがてんで不甲斐ないせいだな！　オレがもう一人いたら、やれてたぞ！」

「……言ってろよ」ハルヒロは周囲を見回して他の亡者がいないか注意しながら、一つ息をついた。

（きひひ……ランタが二人いたら……この世は悪夢だ……きひ……きひひひ……）

「どういう意味だぁーっ!?」

「……そのままの意味じゃ」とシホルが呟いた。

「ゾディアックんってやさしい」メリイは冷笑した。「むしろ手ぬるい？」

「おまえらなあああああ。オレがおまえらに何したっつーんだあああああああああ」

「いろいろ、いーっぱいしてるやんかあ」ユメはほっぺたをぷくーっと膨らませて弓弦をぴんぴん弾いた。「にゅおぅ。もうちょっとやった……んかなあ？」

「難しいとこっすね」クザクは兜のバイザーを上げ、首を曲げた。「押しこめそうで、押しこめねーっつか。いまいち決め手に欠ける？　的な？」

「でも、シホルの魔法は効いてたよ」ハルヒロはシホルに親指を立ててみせた。

「……そう、かな」シホルは恥ずかしそうに首を縮めた。「……だと、いいんだけど」

「すごい」メリイがシホルの背中を撫(な)でた。「自己流で、魔法を編みだしちゃうなんて。わたしも、見習わないと」

「……えへ」

「オレのおかげだな！」ランタが胸を張った。「オレが常にフリーダムなマインドを見せつけまくってっからよ！　その影響だよな！　明らかに！」

（……くひ……）

「な、何だよ、ゾディアックん。言いたいことがあるなら言えよ。オレとおまえの仲だろ。今さら遠慮とかするんじゃねーよ。――って、消えんの!?　そこで!?　ちょっとゾディアックん、戻ってきて!?　今の感じで去られると次、微妙に召喚しづらいんだけど!?」

　獅子の亡者は、亡者の街北西部にときおり出没する厄介な相手だ。少し前までは襲われたらすたこらさっさと逃げるしかなかったが、こうして互角に戦えるようになった。何度もやりあっているから、慣れもある。ただ、経験込みで、ハルヒロたちの戦闘力が上がっている、と考えても罰は当たらないだろう。

　実は装備も良くなった。クザクが反りのある台形の盾――イド村の鍛冶(かじ)曰(いわ)く、グシュタト、という名らしい――と、軽量で頑丈な手甲、脚甲を手に入れ、ランタは鎧を軽くてより禍々(まがまが)しい外見の物に買い換えた。本人は、死の鎧(デスアーマー)、と呼んでいる。真性のアホだ。

ハルヒロも、外套やらなめし革の胸当てやら胴当てやら手袋やらズボンやら何やらが、総じて繕いようがないほどボロボロになったので、イド村の服と鞄屋で暗色系の良さげな物を買った。胸当てなどは、よく見ると蛇革っぽい風合いの革製品で揃えてみた。なかなか気に入っている。手袋は七本指の物を五本指に直してもらったのだが、不思議なほど手指に馴染んで使いやすい。

ユメは弓を扱う際、妨げにならない程度に、防御力を高めることにしたようだ。あちこちにプロテクターみたいな防具をつけている。そのプロテクター、たぶん素材は何かの骨で、樹脂的な物でコーティングされているのだが、本当に軽くて頑丈だ。

シホルも、帽子とローブがだいぶ傷んでいたから、服と鞄屋でそれっぽい物を女性陣みんなで見繕って買った――のだが、胸だけちょっと窮屈そうだ。もっとも、これまでのローブがゆったりしすぎていただけかもしれない。ランタがめずらしくシホルには聞こえないようにこっそりハルヒロとクザクにだけ、「……隠れ巨乳どころか普通に爆乳だな、あれ。つーかあいつ、思ってたよりスタイルいいじゃねーか……」と囁いた。正直、ハルヒロも同感ではあったが、なんだか殺意が湧いた。

メリイは神官として迷いながらも、損傷が激しい神官服を処分した。白いコートを探したが見つからず、紺色の物を選んだ。それがまた、体型にフィットしていて、すばらしく似合っている。殴られたら痛そうなヘッド付きの杖は、買ったのではなくて戦利品だ。

ついでに、お面屋で各自、仮面やら覆面やらを買い求めて、イド村で素顔を隠して過ごす時間がいくぶん快適になった。生活用品も必要に応じて揃えている。暮らしの上で不便を感じることはめっきり少なくなった。

あとは、何と言ってもシホルの新魔法だ。ダークと名づけたエレメンタルを実体化させて、これを使役する。ダークにどこか影のエレメンタルの面影があるのは、やはりシホルが影魔法（ダーシュマジック）を得意としているせいらしい。魔法生物エレメンタルは、魔法使いの魔力を摂取して姿を現（あら）わし、力を及ぼす。そのため、魔法使いとエレメンタルは直接的に影響を及ぼしあうのだという。盗賊のハルヒロにはよくわからないが、暗黒騎士の悪霊（ディモン）と似たところがあるのかもしれない。

ともかく、シホルの新魔法〝ダーク〟は編みだされたばかりで発展途上だし、いろいろな可能性を秘めていそうだ。

シホルは支援や妨害に長（た）けた影魔法（ダーシュマジック）の道を選択したが、破壊力を求めて電磁魔法（ファルツマジック）に浮気したり、氷結魔法（カノンマジック）を学んでみたりと、多少の紆余（うよ）曲折（きょくせつ）があった。でも、ふらふらとあっちに行ったりこっちに行ったりするのは、たぶんシホルの本意ではない。もともと一途（いちず）で、ある一つのことをとことんまで追究したいタイプだと思う。

ダークは、シホルにとってその「一つのこと」になりうるのではないか。そうであって欲しいとハルヒロは願っている。

　この世界での四十九日目が終わって、五十日目。

　顔を洗って朝食をとるべくイド村入りしたハルヒロたちは、食料品店で彼と再会した。

「おほっ！」ランタは飛び跳ねた。「ウンジョーさんじゃねーっすか……！」

　編み笠を被って、腰や大きな背負い袋に斧だの刀剣だの弩だのを吊したり固定したりしている歩く武器庫のような男が、椀に口をつけて虫スープを啜っている。これが二度目だが、見間違えようがない。ウンジョー氏だ。

　ウンジョー氏は汁を飲み尽くしてから、指で具の虫をかっこんだ。そうして空っぽにした椀を「ルォ・ケェ」と言って大蟹店主に返すと、ようやくハルヒロたちのほうに顔を向けた。「きさまらか。義勇兵たち。生きていたか」

「おかげさまで！」ランタは進み出てガッツポーズをしてみせた。「いやいやいやぁーアレっすよ、あの亡者の街！　ウンジョーさんに教えてもらって大助かりっすよ、あれからオレらのクオリティーオブライフ上がりまくりっすよ！　最高っす、ウンジョーさん！　いよっ、大統領！　大統領……？　国王のほうがいいか？　ま、何だっていいか。うへへへへへっ。いいっすよね、ウンジョー閣下!?　いや、むしろ!?　ここでぇー!?　陛下が来るぅー!?　来ちゃうー!?　来てしまうーっ……!?」

「おまえ、ほんっと、うっさい……」ハルヒロは激しい頭痛をこらえながらランタを押しのけて頭を下げた。「——すみません。うちのバカが、クソで、クズで……」

ウンジョー氏は編み笠の端をつまんで引き下げた。うんともすんとも言わない。何だろう。もしかして、怒ってます……？　ランタがゴクッと唾をのみこんで、ハルヒロの脇腹を小突いた。「ヴァ、ヴァカッ。お、おまえのせいだぞ！　何もかもぜんぶ！」

「なんでだよ……」

「リーダーだろうが！　ゆえに、すべての責任はチ●カス野郎のおまえにあるっ！」

腹を立てる気力もなくなるほど呆れ果てているハルヒロを尻目に、ウンジョー氏が歩きだした。どこへ行くのか。食料品店の隣にある、雑貨屋？　まあ、雑貨屋といっても、店先に並んでいる代物の大半はガラクタだ。しかも、ごくたまに暗灰色の衣で全身を覆ったひょろ長い店主が外に出ているとき以外は、営業していない——のではないかと思う。

今、店主の姿はない。建物の戸は閉ざされたままだ。

以前、ランタが肝試しとか何とかふざけたことをほざいて、あの戸を叩いた。反応はなかった。

雑貨屋はイド村の中でももっとも謎めいている店だ。そもそも、ハルヒロたちが勝手に雑貨屋と呼んでいるだけだから、店ですらないのかもしれない。

ウンジョー氏はその雑貨屋の戸を、叩かなかった。いきなり開けた。引き戸だ。ウンジョー氏は無言で中に入ってゆく。——って、え？　いいの……？

「ど、どうする……？」ランタはいつの間にかハルヒロの後ろに隠れていた。

「……どうって。とりあえず、おれから離れろよ」

「オレだって、べつに好きでおまえにくっついてるわけじゃねーよ。勘違いすんなボケ」

「んー」クザクが首を押さえて曲げた。「興味はある、よね。実際」

「そやなあ」とユメがふわっとした調子で言った。「行ってみよかあ」

イド村内だし、まさか殺されるようなことはないだろう。たぶん。

雑貨屋の戸は開いたままだった。ハルヒロはまず、そこから中をのぞいてみた。軽く驚いた。窓が一つもなく、ランプで仄(ほの)かに照らされた壁を埋め尽くす――石板、だろうか。あるいは、粘土板？　とにかくおびただしい数の大小様々な四角い板に刻まれている記号や絵に、ハルヒロは圧倒された。記号は文字なのか。彩色された絵も中にはある。

ひょろ長店主は、奥の椅子(いす)に腰かけていてもやたらと細長く見えた。ウンジョー氏は例の大きな背負い袋を床に下ろしている。背負い袋から、何か取り出しそうとしているようだ。どうやら、石板らしい。

「ほえぇー……」ユメは戸口にしゃがみこんだ。「何なん、これえ？　すっごいなあ」

ランタは兜(かぶと)のバイザーを上げて目をぎょろぎょろさせた。「――お宝、か……？」

「……それしかないの？」シホルは室内を見回し、ため息をついた。「……でも、ある意味、宝物なのかも……」

「雑貨屋なんかじゃ、ないのかも」とメリイが呟いた。「……史料、みたいな？」

「なんか、古そうだもんな」クザクはふらっと中に入って、石板に手をのばしかけ、引っこめた。「さわったらやばいか」

ひょろ長店主はウンジョー氏から石板を受けとると、それを机に置いて両手をかざした。ハルヒロはびくっとした。ちょっと怖いものを見てしまったのだ。ひょろ長店主の手。指は五本だが、掌に——ハルヒロの見間違いでなければ、目があった。ひょろ長店主は、その目で石板をしげしげと眺めているようだ。

ウンジョー氏が振り返った。「……ここに、本、ない。紙の本は。記録は残っている。石板、粘土板。タブレットに。目の手の賢者オウブは、研究家だ。タブレットを蒐集している。タブレット、価値があれば、買い取ってくれる」

目の手の賢者オウブとは、ひょろ長店主のことだろう。賢者オウブは石板から両手を遠ざけると、机の抽斗を引き開け、黒硬貨を出した。大きい。小硬貨でも、中硬貨でもない。大硬貨だ。一枚じゃない。二枚も。大硬貨二枚＝2ロウといえば、店によってというか人によって違うが、30から50ルマに相当する。大金だ。

賢者オウブから手渡された二枚の大硬貨を、ウンジョー氏は無造作に背負い袋の中に突っこんだ。「ルォ・ケェ」

「アヴルゥ・セハ……」賢者オウブはそう返すと、また机の上の石板に両手を近づけた。その目の手で、新たに手に入った石板をじっくりと観察するのだろう。

「ルミアリスと、スカルヘル」ウンジョー氏が急に意外な名を口にして、一枚の石板を指さした。「神と、神の戦いが、描かれている」

「おおっ……」ランタが駆け寄って、その石板に顔を接近させた。「マジだ……！　この右側にいるやつの顔、スカルヘルのシンボルにそっくりじゃねーか……！」

「ルミアリスは六芒で示されるだけで、図像はされないけど――」メリイも気になるようで、目を凝らして石板を見ている。「左側の女の人が、ルミアリス……？」

その石板は横長の長方形で、右側に髑髏のような顔をした男が、そして、左側には長い髪の女が描かれている。男は右手に大きな鎌を、左手には剣を持ち、脚が一本しかない。女は裸身で、右手に大きな球を、左手には小さな球を握り、虹を背負っている。右半分の背景は夜で、左半分は昼間のようだ。下のほうに小さな生き物がたくさんいる。彼らは男か女に属していて、互いに争っているらしい。剣で貫きあっていたり、矢が飛び交ったりしているし、倒れている生き物も多数見受けられる。血で血を洗う戦いを繰り広げているのだ。

「ここで、あったことだ」ウンジョー氏が低く言った。「ルミアリスと、スカルヘルは、ここにいた。この、ダルングガルに」

「……だるん、ぐがる？」ハルヒロは他の石板や粘土板に目をやりながら訊いた。

「ここの者たちは、そう呼ぶ」

「光明神ルミアリスと、暗黒神スカルヘルが、このダルングガルで戦った……」シホルが慎重に言った。「……かつて、ダルングガルの住人たちは、ルミアリスかスカルヘル、どちらかの神に与して、相争った……とか？」

「どっちが勝った……んすかね？」クザクは自分の鎧に刻まれている六芒を撫でた。

「そりゃーおまえ」ランタが、へっ、と鼻を鳴らした。「ここはこんだけ暗いんだからよ。我が愛しの暗黒絶対神スカルヘル様が勝利を収められたに決まってんだろ？」

「でも、光魔法が使える」メリイがすかさず反論した。「ルミアリスが負けたのなら、今もその力が及んでるのは変じゃない？」

「それ言ったら、暗黒魔法だって使えるぜ？　ま、光魔法も暗黒魔法も、効果は半減以下って感じだけどよ」

「そしたらなあ」ユメは別の石板を見物している。「ひきわけやったんちゃうかなあ？」

「――で、二人とも今は、グリムガルに？」ハルヒロは首をひねった。「……二人っていうのは違うか。何だっけ。神様って。柱？　二柱でいいのかな……？」

「戦いの帰趨は、不明だ」ウンジョー氏は背負い袋を背負った。「目の手の賢者オウブも、知らんと言っていた。それを、調べている。とにかく、ルミアリスも、スカルヘルも、ダルングガルを去った。ダルングガルは、神のいない世界になった」

「去った……」ハルヒロは後頭部の髪をぎゅっとつかんだ。「――って、どこ、どこから？」

シホルは息をのんだ。「……どこかに、道……が？　ダルングガルから、グリムガルに通じる道がないと、去ることも……できない？」

「つーことは！」ランタが叫んだ。「帰れるってことじゃねーのか、それ!?」

クザクがちらっとウンジョー氏を見た。「帰れるんだったら、帰ってるんじゃ……」

「そっかぁ」ユメは、ぴゅううぅぅ……と息を吐いた。「コンジョーさんがここにいるってことは、やっぱりそういうことやんなあ……」

「ウンジョーさん、ね……」ハルヒロは訂正して、気をとりなおした。

というか、ショックはない。帰りたいなあ、帰れるといいなあ、と思ってはいるが、帰れなくてもそれはそれで、と最近では考えはじめている。もし、帰還の糸口すら見つからないまま、百日、二百日と経過したら、本格的にここで生きてゆくことを思考の基本に置かざるをえないだろう。このダルングガルに根を張るのだ。たとえば、家族を築いたりして？　もちろんそういうことも、自然と視野に入ってくるだろう。おそらく、重要なことではある。ハルヒロだって、リーダーだから、とか言っていられない。逆に、リーダーだからこそ率先して、という考え方もある。

思いきって告白したりとか、そういう展開にならないとも限らない。

いや、ならないかな？　無理か？　というか、何だよ、告白って？　いったい何を告白するというのか？　誰に？　意味がわかりません。

――とかなんとか不毛な自問自答をしていると、ウンジョー氏が雑貨屋ならぬ賢者オウブの研究所から出ていった。何か一言あってもよさそうなものだが、ウンジョー氏なのでしかたない。のか？　ハルヒロたちもなんとなく研究所をあとにして、見ると、ウンジョー氏は別の建物へと向かっていた。

それはイド村で一番大きな、石積みで、硝子窓のある建物だ。ハルヒロが知る範囲では、硝子窓からいつも明かりが洩れている。誰か住んでいるのだろう。――と思うのだが、住人の姿を見たことは一度もない。前にウンジョー氏がその建物に入っていった。それは覚えている。他に出入りを確認したことはない。

ウンジョー氏は建物の扉を開けて、ハルヒロたちを一瞥した。ついて来い、ということか。そう解釈し、ウンジョー氏に続いて、ハルヒロたちもその建物に足を踏み入れた。鳥肌が立った。とても奇妙な心地がした。ここはどこだろう、とハルヒロは思った。ダルングガルと呼ばれる世界。イド村。違うような気がした。ここは違う。

イド村の他の建物とは違って、ちゃんと床が張られ、絨毯が敷かれている。棚がある。テーブルが一台ある。椅子が五脚ある。奥に別の部屋もあるようだ。硝子窓の両脇には窓掛けがまとめられている。あちこちに燭台が置いてある。どの蠟燭にも火が灯っている。四脚の椅子はテーブルを囲むように配置されている。一脚だけ、部屋の中央にある。

その真ん中の椅子に彼女が腰かけていた。

人間だ。赤いドレスを着ている。白い靴下に、黒い靴を履き、赤いリボンをつけて、金髪で、瞳は青い。色白の、年端もいかない女の子らしい。

最初はそう思った。すぐに違うとわかった。

「……人形？」ハルヒロはまばたきをして見なおした。

なぜ人間だなんて思ったのか。よくできてはいるが、いかにも古びていて、肌のところどころにはひび割れが生じている。目は開きっぱなしだ。ただ、髪は梳られているようで、衣類もやや色褪せてはいるものの、破れたりほつれたりはしていない。

「つーか……」ランタが絶句した。

その人形や家具だけではない。この部屋には実に様々なものが溢れている。棚にも、テーブルの上にも、床にも。しかも、そのすべてとは言わないが――あれも、これも、それも、どれも、これも、見覚えがある。

壁に立てかけてある、あの大きな額縁みたいなものも。テーブルの、あの丸っこいものも。厚みのある四角いものも。円形の物体二つが帯みたいなもので繋がっている、あれも。手にすっぽりと収まりそうな、薄い長方形の物体も。たくさんのボタンがついている板のようなものも。表面に硝子が嵌めこまれた、角が丸い長四角の物体も。――見たことがある。たぶん。おそらく。――ある、はずだ。それなのに、どんどん確信が揺らぐ。みるみるうちに薄らいでゆく。見たことがある？　本当に？　なぜそう言いきれるのか？

わからないのに。その名称も、いつ、どこで見たのかも、思いだせない。覚えていないのに——見たことがある？　どうしてそう言える？　その根拠は？

ただ、それが何か、はっきりと認識できるものも中にはあった。眼鏡がいくつかある。黒縁のものと、メタルフレームのもの。それから、鼈甲の眼鏡。レンズは割れていたり、失われていたりするが、どう見ても眼鏡だ。棚には本も並んでいる。しかし、グリムガルで見かけた本とは違う。もっと薄くて、小振りな本が多い。他には缶とか、透明な容器とか。でも、透明なのだが、硝子ではなさそうだ。

ウンジョー氏はまた背負い袋を床に下ろして、中から何かを取り出した。それは白い、小さなボールのようだった。ウンジョー氏がそれをテーブルに置くと、硬い音がした。ボールは転がらなかった。どうやら、表面がでこぼこしているらしい。

「……なん——なんすか、それ……？」クザクが訊いた。「……知ってる——ような、感じもするんすけど、なんか……」

「さあな」ウンジョー氏はゆっくりと部屋の中を見回している。蠟燭の減り具合を確かめているのかもしれない。「わからん。俺にも。……だが、違う、ということだけは、わかる。この部屋にあるものが、違う、ということは」

「……違う」シホルは頭を振った。「……あたしも、そう思う。違うって……」

メリイが胸を押さえた。「——これ、ぜんぶ、あなたが……？」

「いいや」ウンジョー氏は即答した。「俺が来たときから、この部屋はあった」

「うにぅ……」ユメがテーブルの上から薄い長方形の物体を手に取った。指でこすると表面の埃が拭われて、やたらとつるつるしている。ユメは首を傾げた。「……ぬぉー？」

「村の住人が集めはじめたっつーことか……」ランタは気味悪そうに女の子の人形を眺めている。「……この家、誰も住んでねーの？　この子以外……」

ウンジョー氏が顎をしゃくって人形を示した。「キヌコには、さわるな」

「きぬ、こ……って、この人形のこと？」

「皆、そう呼ぶ」

「へぇ。キヌコって感じの子じゃねーけども。どっちかっつーと、ナンシーとか」

「……ナンシーっぽくはない」シホルが否定した。「絶対に」

「じゃあ、何っぽいんだよ!?　言ってみやがれ、爆乳！」

「ばっ……」シホルは腕で胸を隠した。「……ア、アリスとか。たとえば……」

「アリスかぁー。んー」ランタは腕組みをした。「どっちにしても、キヌコはねーな」

「神は、ダルングガルから去った」ウンジョー氏は背負い袋を持ち上げた。「その、代わりだ。この村では、キヌコを崇めている。異界から来た、モノ……だという」

「たしかに……」ハルヒロはうなずいた。「この世界のものとは、違う……ような。だからって、グリムガルのものかっていうと——」

「きっと、ちゃうなあ」ユメはまだ薄い長方形の物体をいじっている。「そやけどなあ、ユメ、不思議なんやけどな、懐かしい感じがするねやんかあ。これが何か、さっぱりわからないのに知ってる気がするなんてなあ。変やなあ……」

「異物も、崇拝の対象だ」とウンジョー氏は言った。「どこかで、何か、それらしいものが見つかったら、ここに持ってくる。……キヌコに、捧げる」

「それは、そのぉー……」ランタは所詮、品性下劣だ。「無償で?」

ウンジョー氏は低く鼻を鳴らしただけで、その問いには答えなかった。

ハルヒロは軽く頭を下げた。「……なんか、すみません。マジで」

「は? 何、謝ってんだ、パルピロゥ? ヴァカなのか? あー、ヴァカか」ランタはまったく悪びれていない。「ま、でも、アレだよな。金にはならなくたって、キヌコが神様だっつーなら、御利益とかは期待でききっかもだよな? それならやる価値アリだよな。うん。うん。オレらもなんか発見したら、持ってこよーぜ」

「……けど、さ」クザクは大きな額縁のようなものの前にしゃがんでいる。「なんでこんなモンがあるんすかね。——なんで? で、いいのかな。何だろ。うまく言えないけど、妙じゃないっすか?」

クザクの言いたいことは、ハルヒロにもわかる。わかるのだが、うまく言えない。うまく言えないのがもどかしいし、まったく妙だと思う。

『あたしたち、元の世界に戻る方法を探してるの』

シマの言葉が蘇った。戻る。元の世界に。

頭が痛い。こめかみのあたりが、いや、その奥のほうが、重く、それでいて鋭く痛む。そこに何かがある。そんなふうに思えてしょうがない。でも、この手はそこに届かないのだ。だって、頭の中だし。指を突っこんで探るわけにもいかない。ああ、いっそのこと、そうできたらどんなにいいか！

「……ウンジョーさん」

「何だ」

「ウンジョーさんは——元の世界に戻りたいとか、考えたことあったりします？」

「元の、世界」ウンジョー氏は鸚鵡返しに言ったきり、黙りこんだ。

「それって」メリイが仮面越しにハルヒロを見据えた。「——元の世界って、グリムガルのことじゃなく……？」

「……え？」シホルは口を押さえた。「……グリムガルじゃない、元の……」

ユメは天井を仰いだ。「……ふぉぬぁ？」

「元——」クザクは考えこんでいるようだ。「元、の……」

「おいおいおーい。元とかっつってておまえ」ランタは笑おうとして、やめた。「……何だよ。アレか。オレらはどっか、別の世界からグリムガルに……ってことか？」

「そうじゃなきゃ、何なの？」メリイは自分に言い聞かせるように言った。「前のことは覚えてないけど――どこかにいたことは、間違いないし。いきなりこの姿で生まれるわけがないんだから」

「……だいたい、あたしたち、どこから来たの？」シホルの声は少し震えている。「どこからっていうのは、つまり……あたしの記憶にあるのは、たしか――ハルヒロくんに、ここがどこなのか、訊いて……」

『……あの』と、すぐ後ろにいる女の子がおずおずと尋ねてきた。『……ここって、どこなんでしょうか』

ハルヒロは『や、おれに訊かれても』と答えた――ような気がする。

『……そう、なんですね。あの、だ、誰か……知りませんか？　ここが、どこか……』

シホル。そうだ。あれはシホルだった。――でも、どこだったっけ？

「お月さん、見たなあ」ユメが、ぱん、と手を拍った。「真っ赤やったん。それで、びっくりしてなあ」

『あぁ』と、お下げの女の子が目をぱちぱちさせて、ほわっと笑った。『お月さん、赤いやん。めっちゃきれい』

ユメだ。あれはユメだった。思いだせる。そう。あのとき、月を見た。ルビーみたいに赤い、三日月と半月の中間くらいの月を。

なんで赤いんだ、と思った。月が赤いなんて、おかしい、と。

あれはどこだった？

「……丘か」

オルタナの隣にある丘の上だ。墓がたくさん並んでいて、マナトやモグゾーも葬られている。それから――チョコも。チョコ。チョコ……？　クザクの仲間だ。盗賊の。後輩義勇兵。デッドヘッド監視砦(とりで)攻略戦で、命を落とした。――それだけか？　わからない。何か引っかかる。何かを忘れているような……？　大きな目。少し隈(くま)ができている。拗(す)ねたような唇。ボブカットの女の子。――チョコ。クザクの仲間で……死んでしまった。二度と会えない。

「あの丘に、いたんだよな。おれたち」ハルヒロは仲間たちを見回した。「……それは、間違いないよな？　少なくとも、シホルとユメ、ランタ――マナトも、モグゾーもいた。キッカワ。レンジ。ロン。サッサ。アダチ。チビちゃんも。いたんだ。あの丘に。赤い月を見た。――クザクと、メリイは……？」

「丘……」メリイは呆然(ぼうぜん)と呟(つぶや)くように言った。「……覚えてる。おぼろげだけど。たぶん、最初の記憶は、オルタナの隣の丘」

「俺も、かな」クザクも首肯した。「なんか……うん、いたなぁーって。あいつらと。何、話したとか、そこまでは……だけど」

「奇遇だ」ウンジョー氏まで、微かに笑いながら応じた。「俺も、あの丘で見た赤い月を、覚えている。月が赤い、と思った。気味が悪い……と」

「……おかしくないか?」ハルヒロはテーブルを囲む椅子のうちの一脚を引いて、腰を下ろした。「あの丘に――現れたって。なんていうか……変だよ。そんなの。グリムガルに来る前、おれたちがどこにいたとしても、普通に考えたら、こう――通路みたいなさ。そういうの、通ってきたはずじゃない? 丘に……現れるって」

「塔があった」ウンジョー氏はふと編み笠を外した。短く刈りこまれた髪は半分ほど白くなっている。顔の下半分は襟巻きで隠れているものの、目から上はあらわになった。額の秀でた、四十代か五十代の男という印象だ。編み笠をテーブルに置いて、ウンジョー氏も椅子に座った。「俺の記憶が確かなら、あの丘には〝開かずの塔〟が」

「出入り口がない、塔……」シホルは今や、全身を小刻みに震わせている。「……何のためにあるのかも、わからない……変だと思ってた。ずっと……」

「ひょっとして――」ランタは床に座りこんだ。「オレたち、あの塔から出てきたんじゃねーのか?」

「出入り口がないのに?」メリイが訝しそうに尋ねた。

「んー……」ランタは自分の頭を叩いた。「そこだよなあ。問題は。でもよ、出入りできねーなんておっかしーだろ。意味ねーし。どっかに隠し扉でもあるんじゃねーの?」

「ひよむーやったら、知ってるのとちゃうかなあ？」とユメが言いだした。「ひよむーがなあ、丘からオルタナのブリちゃんのとこまで、案内してくれたやんかあ」

「わたしのときも、そうだった」メリイがうなずいた。

「あぁー」クザクは軽く挙手した。「俺のときも」

「俺は——」ウンジョー氏は眉間を押さえた。「男だった、気がする。……サー、と呼べ、と言われた。ぶりちゃん、とは……？」

「えっと」ハルヒロが答えた。「オルタナ辺境軍義勇兵団レッドムーン事務所の、所長さんです。ブリトニーっていう」

「ブ、リ、ト、ニー」ウンジョー氏は目を瞠った。「……それは、女のような男か。水色の目を、している」

「……お知り合い、なんですか？」

「知っては、いる。本名は、シブトリ」

「シブトリィッ!?」ランタがすっとんきょうな声を出した。「ブリちゃんって、シブトりっつー名前なのかよ!?」

「シブトリは、下の世代だ。俺よりは。……やつが、義勇兵団事務所の、所長なのか」

「あの、ウンジョーさん」ハルヒロはおそるおそる訊いた。「——ダルングガルに来てから、どれくらいでしたっけ？」

「五千六百、七十六」ウンジョー氏は遠い目をした。「数えはじめてから、だが。訪れた暗い夜が明け、仄暗い朝を迎えた」

「……五千六百――」

ダルングガルの一日と、グリムガルの一日の長さは等しいのか。違うのか。定かではないが、もし同じだとしたら――ウンジョー氏は十五年と二百一日も、このダルングガルで過ごしてきたのだ。

「今まで、おれたちみたいな、その……人間を、見かけたことは？」

「ない。初めて、だ。きさまらが」

「マジか……」さすがにランタも沈痛な声で言った。「それって――それって……マジで、なんつーか、大変なことだよな。マジで……」

「もう、慣れた」ウンジョー氏はテーブルに目を落とした。「……慣れて、いた。どうせ、帰れん。とうに諦めた。ここの暮らしも、悪くはない。……住めば都。奇妙だったことも、あたりまえになる。言葉も覚える。知己もできた。きさまらの言葉、まるで異国語のようだ。半分忘れていた。話しているうちに、思いだす。こうやって。だが、どのみち、帰ることはできない。きさまらも、腹をくくれ。あの丘。開かずの塔。どうでもいいことだ。隠し扉。あったとしても、探せない。確認できない。ここで生きる。それしかない。死ぬまで、生きる。どこでも同じだ。俺たちは、ただ、それだけだ」

「……あたしたちだけじゃ、ないんです」シホルは絞り出すように言った。「……ララと、ノノっていう……あたしたちよりずっと経験豊富で、凄腕の二人組が、このダルングガルに。それに、あたしたち、グリムガルから直接、ここに来たわけじゃなくて」

「どこだ」ウンジョー氏はテーブルに右手の人差し指を突き立てた。「きさまらは、どこからダルングガルに入った」

　はっきりと、正確に記憶しているとは言いがたい。移動距離や方角も曖昧だ。それでもハルヒロは、できるだけ詳細に、それでいて煩雑にならないように、黄昏世界からダルングガルへ、そしてイド村に辿りつくまでの経緯をウンジョー氏に説明した。

「川の上流……」ウンジョー氏は呆れたように短く笑った。「きさまらは運がいい。無事だったのは、奇跡だ」

　なんでも、イド村から見て北の森には、イェグヨルン――ウンジョー氏曰く、霞蛾、という意味らしい――と呼ばれる毒蛾の棲息地が点在している。この蛾の毒はきわめて強力で、たいていの生き物は一瞬で悶絶してしまう。ただ、ゲタグナとかいうイタチのような動物だけは別だ。この動物はイェグヨルンの毒に耐性があるのか、そもそも襲われない。イェグヨルンが獲物に群がって昏倒させると、ゲタグナたちが駆け寄ってきて主にその内臓を貪り食らう。イェグヨルンは獲物の血を吸い、肉に卵を産みつける。しばらくすると卵が孵って、腐肉を養分にして成長し、やがて羽化して飛び立つのだとか。

イェグヨルンは小さくて、小指の先ほどしかない。基本的に暗いダルングガルの森ではまず避けようがなく、気がついたらもう咬まれている。実は一匹あたりの毒の効果はさほどでもないともいうが、一匹いたらそのへんに何百匹もいるので、連続で何度も咬まれる羽目になってしまう。

イェグヨルンは北の河原にもいる。また、川沿いには、トバチ――質が悪い、との意だとか――という不意討ちを得意とする連中がそこらじゅうに潜んでいるから、よくよく注意しなければいけない。トバチは種類が多くて、川沿いにいる肉食の獰猛な生き物全般の呼び名なのだという。もちろん、トバチがイェグヨルンとゲタグナの餌食になることもある。他には、ガウガイという犬面猿的な動物――これはたぶん、イヌザルのことだと思われる――も広く分布していて、やつらは雑食だが、好物はゲタグナなのだとか。

いずれにせよ、蛾がいる森、の意で、アドゥンイェグ、と呼ばれているイド村の北の森はきわめて危険で、分別のある者は立ち入らない。

ウンジョー氏に言わせれば、アドゥンイェグを通って黄昏世界に戻りたければ、死ぬ覚悟をするべきだ。三日だろうと、二日だろうと、一日だろうと、アドゥンイェグでイェグヨルンに出くわさずにいられるとは、ウンジョー氏には思えないという。そして、出くわしてしまったら、一巻の終わりだ。たまにイェグヨルンが一匹か二匹、イド村に迷いこんでくることがあって、それでも大騒ぎになるのだとか。

「……い、行ってみなくてよかったよな……」ランタはごくっと喉を鳴らした。「ま、今さら黄昏世界に戻ってもっつー話ではあるし。あっちはあっちでクソやべーしな。しっかし、ララとノノは無事じゃねーだろ、おそらく。あいつらがオレほどの強運の持ち主だとは思えねーし。確実にどっかでくたばってんぞ。オレらを利用するだけ利用して置き去りにしやがったわけだから、ざまー見ろだけどな……」

「とりあえずあの二人、この村には来てないんすよね……」クザクがぽつりと言った。

「たぶんな」ウンジョー氏は話し方がずいぶん流暢になってきた。「もっとも、ここ以外にも村はある。村というより、町か」

それは当然、あってもおかしくはない。ルミアリスとスカルヘルの戦いが終わったあと、残された人里はここだけ、というほうが不思議で、不自然だ。――でも、仰天した。

「えっ……――」ハルヒロは言葉を失って、仲間たちと顔を見あわせた。

「むぉう」ユメは両方のほっぺたを手で押さえた。「あるんやなあ、町……」

「ど、どこにあるんだよ!?」ランタは言いなおした。「――あ、あるでござるか!?」

「……ござる?」シホルの声音には嫌悪がにじんでいた。

「きさまらに、教えてやってもいい」ウンジョー氏は編み笠を被った。「グリムガルに帰れない理由を。ついでに、ヘルベシトの町にも連れていってやる。あくまで、きさまらがそれを望むなら、だが」

13・明かされる

旅立つにあたって、ハルヒロたちはウンジョー氏の助言、というか指導の下、入念に準備をした。

ヘルベシトの町はイド村の西にあって、徒歩で三日はかかるとのことだ。途中、森で野宿することになる。西の森には例の毒蛾イェグヨルンはめったにいないらしいが、ガウガイ（イヌザル）が群棲している。他にも獰猛な肉食、雑食動物が何種類もいて、また、ドゥルゾイ——古い者、という意味だとか——と呼ばれる人間に似た、しかし四本腕の種族がうろついていたりもするようだ。

ウンジョー氏曰く、ドゥルゾイは誇り高い狩人で、たいていバァグルという大型の肉食獣を単独で狙っている。獲物を横取りされると憤慨して、執念深い厄介な敵になるが、利害が対立しなければとくに問題ないという。でも、そのバァグルや、シッダ、ウェボングといった獣、それからガウガイには注意しなければならない。獣たちはそれぞれ違った戦略で、巧みにこちらの隙を突いてくる。

唯一、ほとんどの獣を回避しうる方法があって、それがあの炭焼き師の荷馬車にも吊してあった鐘だ。獣避けの鐘は鍛冶屋で買うことができた。——安くはなかった。20ルマもしたが、森越えには必須らしいので、それだけの価値はあると考えるべきだろう。

西の森では、基本的に獣避けの鐘を鳴らし続けていないといけない。ウンジョー氏も当然、鐘を所持しているが、一人で森を抜けるのは大変なようだ。仲間がいれば、その点はずっと楽になる。横になって一休みする際は、代わりばんこに誰かが鐘を鳴らしていればいい。

それから、イェグヨルンほどではないにしても、森には毒を持つ虫やら蛇やらがいるので、寝るときは肌を一切露出しないほうがいい。ハルヒロたちは服と鞄屋で厚手の布を購入し、天幕を張る用意をした。肌触りのいい布で下着などもいくつか自作した。食料品店では保存食の他、蠟燭を調達した。植物から精製したらしい油も買った。ハルヒロたちは賢者オウブの研究所を雑貨屋扱いしていたが、実のところイド村で真の雑貨屋といったら、大蟹店主の食料品店なのだ。

こうしてハルヒロたちは、ウンジョー氏に連れられてイド村を発った。

まずは轍の道を通って炭焼き場を目指す。道はそこでは終わらない。かつてハルヒロたちも考えたものだ。そのまま進んでいったら、いったいどこにたどりつくのか。ウンジョー氏が言うには、道はやがて三叉路にぶち当たるらしい。

獣避けの鐘を背負い袋に吊したウンジョー氏が先導してくれるので、とりあえずハルヒロたちはついてゆけばいい。ウンジョー氏の鐘があれば、自分たちの鐘は要らないんじゃないか。そうも思ったが、それは他人任せにも程があるというものだろう。

炭焼き場では、イド村の鍛冶とそっくりの炭焼き師が、炭焼き小屋で何やら作業をしていた。ウンジョー氏も炭焼き師と知り合いのようで、わりと楽しそうに談笑してから、ここで休むようハルヒロたちに命じた。

「ここほど安全な場所は、この森にはない。彼ほど気のいい男は、この先にはいない。わかったら、存分に眠っておけ」

ウンジョー氏の口ぶりからすると、ヘルベシトの町の住人は必ずしも友好的ではないのかもしれない。ハルヒロとしては不安が九割九分、期待は一分といったところだが、引き下がる気はなかった。ハルヒロたちは知る必要がある。それも、ただ耳で聞くのではなくて、身をもって知らないといけない。百聞は一見にしかず。この目で見て、全身で感じなければわからないことがある。伝聞にもとづく情報で判断を下すわけにはいかない。それが自分たちの前途に直結することなら、なおさらだ。

一眠りすると、ウンジョー氏は出発をうながした。炭焼き場から先はハルヒロたちにとって未知の世界だ。緊張したが、ウンジョー氏はすいすい歩を進めていったし、何も起こらなかった。獣避けの鐘の効果は絶大のようだ。

森の中では彼方(かなた)の稜線(りょうせん)が見えない。それでも空が微(かす)かに明るくなるので、昼夜の区別はつく。一行はその日のうちに三叉路に到着した。ウンジョー氏は南西の道を選択した。北西の道を行くと、険しい山に突き当たるのだという。遙(はる)か遠くにその山容が見えた。

轍の道はあの炭焼き師が切り開いたのではなく、ずっと前から存在するらしい。炭焼き場もそうで、現在の炭焼き師の前にも別の炭焼き師がいた。

粘土板や石板――タブレットが伝えるところによれば、ルミアリスとスカルヘルが去ってからも、ダルングガルでは長く戦いが続いた。光の女神側か、暗黒の男神側か。言い換えれば、光側か、暗黒側か。はっきりと二分されていたダルングガルは、統率者がいなくなったからといって、一つにまとまりはしなかったのだ。

その悲惨な争いはなんと、今に至っても尾を引いている。たとえば、亡者はスカルヘルの信奉者たちの末裔で、互いに殺し、喰らいあい、最後にはすべてが滅びることを願っているのだという。イド村にはルミアリスを信じた者たちの子孫が集まっていて、いつか女神が再臨し、暗きダルングガルに光が満ち溢れると語り継いでいる。一方で、それは単なる言い伝えにすぎず、世界は暗いまま閉じようとしている、とも考えられているようだ。キヌコ人形や異物の崇拝は、そのあたりの屈折した思いの表れなのかもしれない。

ウンジョー氏曰く、タブレットを読み解くと、ある種族が中心になって王国が築かれたり、光側と暗黒側の一部が和解して地域共同体を形成したり、といった出来事も過去にはあったようだ。でも、一つの村や町より大きな共同体は、必ず内から、あるいは外からの圧力で崩壊した。強力な指導力を発揮して王国を打ち建てた王が死ぬか、殺されるかすると、国土はたちまち戦乱の巷と化し、荒廃してしまった。

ダルングガルとは、絶望の土地、といったような意味らしい。もっとも、この世界がずっとその名で呼ばれていたわけではない。もともとは、エノス（一つの神）が治めるファナンガル（楽園）だった。エノスがルミアリスとスカルヘルに分かれて争うようになり、ジドガル（戦いの野）となった。二柱の神に見捨てられ、天も地も絶望に包まれた。

深い森の中を貫く轍の道を、ひたすら進んだ。依然として獣は一匹も近づいてこない。獣避けの鐘に大感謝だ。暮れ方にハルヒロは何ものかの視線を感じた。ウンジョー氏にその旨を伝えると、ドゥルゾイだという答えが返ってきた。

「この森では、ままあることだ。探そうとは思うな。どうせ見つからん。敵視されたら、付け狙われる。いいことはない」

ウンジョー氏の言に従って、気にしなければいいのだろう。でも正直、気になる。夜が深まってきたので道に天幕を張り、獣避けの鐘を交替で鳴らしながら寝ることにした。天幕の中では感じないが、外で鐘番をしていると、ときどき妙に落ちつかなくなる。物音がすることもあった。きっと、わざとだ。ドゥルゾイの狩人はあえて音を立てて、こちらの出方をうかがっている。もしハルヒロが敵対的な行動をとったら、即座に矢が飛んでくるのではないか。ドゥルゾイは思いがけないほど近くにいるのかもしれない。振り向いたらすぐそこにいて、次の瞬間には息の根を止められている。ありえないとは言いきれない。もしくは、こちらを脅し、警戒させて、おもしろがっているのかもしれない……。

ハルヒロはろくに眠れなかったが、朝になるとドゥルゾイの気配を感じなくなった。いなくなってくれたのか。いや、そうとは限らない。油断は禁物だ。考えすぎだろうか。「あんまり心配ばっかりしてっと、そのうちハゲんぞ？」とランタに嗤われた。むかついたが、相手にするとつけあがるので「はいはい……」と受け流したら、ランタのクソはハルヒロの耳許に口を寄せて「ハ・ゲ・ん・ぞ？」と言ってきた。ドゥルゾイよりもランタが消えてくれれば良かったのに。むしろ、ランタの代わりにドゥルゾイをパーティに加えたい。そんなことを考えているうちに、ドゥルゾイに対する恐怖感や不気味さが薄れてきた。クズもたまには役に立つ。

その日も空が暗くなってきたころに事件が起きた。行く手の道いっぱいを何かが埋め尽くしている。しかも、その何かは動いていた。蠢いている、と言うべきか。細長い生き物だ。数は多い。とてつもなく多い。見た目の印象は——内臓だ。腸、とか？　もう少し穏当な類似物を挙げるとするなら、蚯蚓だ。手首ほどの太さの腸。じゃなくて蚯蚓、その大群が、轍の道を横断している。

「……何すか、あれ」クザクが掠れた声で尋ねた。

すると驚いたことに、ウンジョー氏は首を左右に振った。「さあな」

「……いぃぃ……」シホルが変な声を洩らしながらあとずさりした。気持ちはわかる。

「だ、だいじょぶやからなあ」ユメはハルヒロを見た。「……だいじょぶかなあ？」

おれに訊かれても——と言いたかったが、ぐっとこらえた。「……ど、どうだろ」

「パルピロッ」ランタがハルヒロの背中をドンッと叩いた。「行けっ。飛びこめっ。そうすりゃ安全かどうかハッキリすんだろ。やれっ。リーダーなんだからよっ。ほらっ」

「ほら、じゃないでしょ？」こういうときのメリイは怖い。「むしろ、あなたが飛びこんだら？　ハルに何かあったら、みんな困るし」

「オレはどうなってもいいっつーのかよ！　いなくなってから後悔したって手遅れなんだからな！　そのへんよく考えてからモノ言ってんだろうな!?　オレの偉大さとかオレの特異性とかオレの貢献度とかオレの将来性とか、ちゃんとわかってんのか!?」

「あぁー。特異っすよね、ランタクンはたしかに」

「クザッキー！　よしよしよし！　おまえなら絶対わかってくれると思ってた！　ただの独活の大木じゃねーな！　独活の大木レベル2くらいだな！　いや、3かもな!?」

「それ、べつに褒めてないっすよね……」

「ベタ褒めしてんじゃねーか。そんなこともわかんねーのかよ、ヴァッカだな。まったく、タッパあるだけで頭ん中は空っぽかよ。だから独活の大木か！　アハハ！　だよな！」

「おい」と、だしぬけにウンジョー氏がランタの襟首をつかんで引きずりはじめた。

「——うぇっ!?　な、何!?　何なの、これ!?　ちょっ、ウンジョーさん!?　つーか、ウンジョー様!?　何、何!?　や、やめて!?　うおっ、そっちはオレ、おぎゃっ——」

ウンジョー氏は力持ちだ。右腕一本で軽々とランタを引っぱっていって、太蚯蚓ないし動く腸の群れの中にひょいと放りこんだ。

「のぉぉぉぉぉぉぉぉぉぉぉぉぉぉぉぉぉ……！」ランタは無数の太蚯蚓ないし動く腸たちの真っ只中に尻から突っこんだ。「ぐわあああぁぁぁぁぁぁぁぁぁぁぁぁぁ……」

またたく間だった。ランタは太蚯蚓ないし動く腸たちにのみこまれて、見えなくなった。ゾディアックんを召喚していたら、どういうコメントが飛びだしただろう。いや、そんなことに思いを巡らしている場合ではない――かもしれない？　のかな……？

「ラ、ランタ……？」ハルヒロはこわごわと声をかけてみた。

「――ずぼぉあああぁぁあああぁぁぁ……!?」ランタが太蚯蚓ないし動く腸たちの中から飛び出てきた。――が、まだ太蚯蚓ないし動く腸たちはランタの首だの腕だの脚だの胴だのに絡みついて、引きこもうとしている。ランタはもがいた。「じ、じぬ……！　オデをだずげろぉ……！　じぬっで……！　だ、だずげでぇぇぇぇぇぇぇぇぇ……！」

「しょーがねーな……」クザクが呟いて長い腕をのばし、ランタを救助しにかかった。男らしい行動だ。感心する。でも、危なくない？　ハルヒロが懸念したとおり、ランタもろともクザクまで太蚯蚓ないし動く腸たちに襲われた。「――ぉあっ！　やべっ……」

「……ダーク！」シホルがエレメンタル・ダークを喚びだして、太蚯蚓ないし動く腸たちに突っこませた。それで何匹か、何十匹か追い払ったが、焼け石に水だった。

ランタだけなら見捨ててもいいが、クザクが巻きこまれているので、助けないわけにはいかない。結局、ランタとクザクを捕らえている太蚯蚓ないし動く腸を丁寧に一匹ずつ、ウンジョー氏を除くみんなで振りほどいていくしかなかった。それからいったんその場を離れて、太蚯蚓ないし動く腸たちが轍の道を横断し終えるのを待つことにした。朝が来るころには、彼らはすっかり姿を消していた。いったいぜんたい何だったのか……。考えたところで答えが出るはずもない。こんなこともあるのだと心に留めて四半日ほど歩くと、唐突に森が途切れた。

轍の道はまだ続いていて、緩やかに下っている。その向こうに町が広がっていた。半ば崩れてはいるものの、防壁に囲まれている。ざっと見た感じでは、一キロ四方——いや、もっとあるか。一・五キロ四方はありそうだ。明るい。町の灯というやつだ。間違いなく、あの町では数百人、もしかしたら数千人が暮らしている。目抜き通りを行き交う複数の人影らしきものがはっきりと見えた。石造りの建物が多いようだ。平屋、二階建て、三階建て以上の高い建物もある。塔がいくつかそびえていた。

不意に風が吹いて、森がざわめいた。少し遅れて鐘の音が聞こえてきた。ウンジョー氏やハルヒロたちが持っている獣避けの鐘とは違う。もっと大きくて重苦しい、どこか悲しげな音だ。たぶん町に鐘楼があって、その鐘が風に揺られて鳴っているのだろう。塔の一つが鐘楼なのかもしれない。

「ヘルベシトの町だ」先頭のウンジョー氏が編み笠をとった。「ヘルベシトでは顔を隠すな。ただし、誰とも目を合わせるな。挑戦と受けとられる。挑発されても無視しろ。あの町の住人は私闘を好む。争いたくないなら、ひたすら下を向いておとなしくしていろ。殺し合いをしたいなら別だ。勝手にするがいい」

ハルヒロたちは震え上がった。——どれだけ物騒な町なんだよ……？

果たして、とんでもなく物騒な町だった。轍の道を通って町の中に足を踏み入れると、さっそく猫背にも程があるのに頭の位置がクザクより高い人型生物の二人組が寄ってきて、何か因縁をつけてきた。何を言っているのかはわからないが、言いがかりをつけていることだけは間違いない。二人のうち一人はウンジョー氏の前を飛び跳ねながら何度も横切って、ヤイシッ、ヤイシッ、と叫びながら手を叩いた。もう一人はさかんにシホルに顔を近づけて、ヒハッ、ヒハッ、ヒハッ、と甲高い声を浴びせた。

シホルは半泣きだ。助けてやりたいが、相手を睨んで、やめろよ、とでも言ったら、その瞬間、喧嘩がおっぱじまってしまうだろう。ここはなんとかシホルに耐えてもらって、ハルヒロたちも堪えるしかない。

やがて二人組が去ったと思ったら、ユメが「ほちゃっ」と妙な悲鳴をあげた。見れば、側頭部をさすっている。何者かが小石か何か投げつけてきて、それが当たったらしい。

「ユメ!? 平気か!?」ランタはあたりを見回した。「——くっそ、誰の仕業だ!?」

「だめ！」メリイがすかさずヘッドスタッフでランタの肩を叩いた。「見えすいた挑発でしょ。簡単に乗らないで」

「……メリイ、おまえこそオレを挑発してねーか？　けっこう痛かったぞ、今の……」

「ああそう」メリイは軽くあしらった。「――ユメ。痛いだろうけど、我慢して。わたしがあとで治すから」

「んにゃあ。ありがとお。ちっさいのがぴゅーんって来て、こーんってなって、びっくりしただけやからなあ。血ぃーもな、ちぴっとしか出てないし、だいじょぶやあ」

「ちぴっとは出てんのかよ！」ランタはうつむいたまま、舌打ちをした。「……舐めやがって、チクショーが。ケチョンケチョンにしてやんぞ、マジで……」

「懲りねぇー人っすね……」クザクが微かに苦笑した。

シホルは冷笑した。「……ランタくんだから……」

「オレだから何だっつーんだよ、ああ!?　この爆乳！　揉むぞ！　つーか揉ませろ！」

「おまえなあ……」ハルヒロは何か言うのも馬鹿らしくなって口をつぐんだ。

その後も住人たちの挑発行為は頻発した。つきまとって侮辱する、ものをぶつけてくる、通せんぼうをする、といったあたりはかわいいものだ。突然、足払いをかけてくる者もいれば、体当たりしてくる者までいる。いくら黙殺し、躱して、避けても、次から次へとそんな輩が現れるのだ。心身ともに疲弊する。

ウンジョー氏がいなければ、町に入って一分以内に逃げ帰るか、さもなければ喧嘩になっていただろう。ハルヒロたちは余所者だから絡まれるのか。必ずしもそういうわけではないようだ。げんに、町のあちこちで一対一、多対一、多対多の斬った張ったが繰り広げられていて、ときおり断末魔の叫びらしき恐ろしい声まで耳にした。信じられないというか信じたくないが、怪我人どころか死人さえ出ているらしい。何なの、この町……。目抜き通りでは乱闘が行われていて、それを見物している野次馬たちの間でも小競り合いが多発しているという混沌な状況だった。ウンジョー氏は目抜き通りを離れ、裏道へとハルヒロたちを導いた。この裏道はちょっとましだった。幅二メートルくらいのやや狭い通りの両側に、様々な種族の者たちがうずくまっていて、哀れっぽい声で何か言ってきたり、手を差しのべてきたりする。気を抜くと、外套の裾をつかまれる。見たところ、傷を負っている者が多い。物乞いのようだ。うっとうしいし、気が滅入るし、うんざりだが、喧嘩上等、死者続出の表通りよりはいい。でも、この人たち、これで生きてゆけるのだろうか。あからさまに瀕死の者や、ぴくりともしない者もいるし、腐臭のような悪臭も漂っている。やはり生きてはゆけなくて、すでに生きていない人もいるみたいだ……。

「この町のものには、みだりにふれるな。何者にも、ふれられるな」ウンジョー氏が物乞いの手をよけながら言った。「悪疾に罹りたくはなかろう。死病すら稀とは言えん」

「ひえぇぇぇぇ……」疫病神のランタも病気は怖いらしい。

もちろん、ハルヒロも病気は恐ろしい。メリイは浄化の光という解毒の光魔法を習得していて、これは一部の病気にも効果がある。ただ、あくまで一部だ。たとえば、風邪なども魔法では治らない。病に冒されたら、手に入る限りの薬と、自分の体力、精神力に頼るしかないのだ。ハルヒロはとくに身体が丈夫なわけでも、気持ちが強いわけでもないと自認している。最善の病気対策は予防だ。

裏通りの物乞いたちを縫うように歩いてゆくと、高さ五メートルくらいのさして高くない塔に突き当たった。ウンジョー氏は塔の扉についている金具を叩いた。ややあって、扉が内側から開いた。肌が透けるように白い、茶色いローブを着た女が出てきた。撫でつけられた髪の毛は灰色だ。人間なのか。いや、違う。人間によく似ているが、彼女の目には白目がない。まるで眼窩に青い硝子玉を嵌めこんでいるかのようだ。それに、両頬に三つずつ切れこみがあって、わずかに開いたり閉じたりしている。まるで鰓のようだ。

「ウンジョー」女はそう言ってから、硝子玉の瞳でハルヒロたちを見た。「アクァバ？」

「モァ・ウォルテ」ウンジョー氏は、入れろ、というふうに顎をしゃくった。女はウンジョー氏だけではなくて、ハルヒロたちも塔の中に入れてくれた。

天井が高かった。もしかして、上まで吹き抜けになっているのか。壁はほぼ全面が棚だ。棚に並んでいるのは石板や粘土板、武具や、何かの道具、異物らしきもの、それから植物の鉢、等々。あちこちにランプが置いてあって、梯子や脚立が何台もある。

「彼女はルビシヤ」とウンジョー氏に紹介されると、女は胸の前で両手を合わせて首を傾げた。ここでの挨拶の方法なのかもしれない。

「ど、どうも」ハルヒロも一応、ルビシヤの真似をしてみた。「ハルヒロ、です」

「オレはランタ」ランタはふんぞり返って腕組みをした。「またの名をランタ様だっ！」

「クザクっす」クザクは軽く頭を下げた。

「ユぅ・メっ！」ユメは大きな声ではっきりと言って、にっこり笑った。「にひひー」

「……シホル、です」シホルはハルヒロと同じくルビシヤのやり方に倣った。

「わたしはメリイ」メリイはきっちりお辞儀をした。「よろしく、ルビシヤさん」

ルビシヤはゆっくりとうなずいて、ウンジョー氏と二言、三言、言葉を交わすと、壁際の階段を下りていった。地下にも部屋があるようだ。

「ここは安全だ」ウンジョー氏は背負い袋を床に下ろした。「休みたいなら休め。今、ルビシヤが水を持ってくる。腐っていない、汚染されてもいない水だ。安心しろ」

「うぃーっす！」ランタはさっそく床に腰を下ろした。「なーんだ、こんなセーフハウス的なのがあるんだったら言ってくださいよーウンジョーさーん、やだなー。ところで、ルビシヤさんってアレっすか？　ウンジョーさんのコレ？　や、まさかねぇー……」

「ああ」ウンジョー氏はさらっと答えた。「ルビシヤは俺の妻だ」

ハルヒロは思わず呟いた。「——わぁーお……」

愛って深い。――のかもしれない。いや、未熟なハルヒロにはよくわからないが。生まれとか育ちとか種族とか、そういうのも関係なかったりする……のか？　まあ、ウンジョー氏とルビシヤが本当に愛し合っている夫婦なのか、という問題はある。ウンジョー氏は異境での孤独に耐えきれず、たまたま出会った女性に癒しを求めただけなのかもしれない。女性は同情心やら何やらで、それに応えてあげているだけなのかもしれない。ハルヒロにはわからないが、そういうこともあったりする……かな？　だとしても、それはそれで一つの愛？　とも言える？　のか？　うーん？　どうなんだろ……？

ウンジョー氏とルビシヤがとくに親しげな振る舞いを見せないのも、引っかかると言えば引っかかる。ハルヒロたちがいるからだろうか？　恥ずかしいから？　二人きりのときはいちゃいちゃしたりするのか？　それとも、ダルングガルではこんなものだとか？　このヘルベシトの町で、ハルヒロがなんとなく思い描くような夫婦生活が営まれているというのも、考えづらくはある。殺し合わないだけでも、かなり良好な関係だとか？　でも、ルビシヤは知的で物静かな人――ではないにせよ、かなり人に近いので、もう人だと思ってしまいたい――に見えるから、そもそもヘルベシトの町には似つかわしくない。それとも、この町にも穏健な平和主義者が多少は隠れ住んでいたりするのか……？

ルビシヤの塔を拠点として、一日、二日とヘルベシトの町をウンジョー氏に案内してもらう間に、わかってきたこともあった。

ヘルベシトの町の大部分では、挑発と暴力と強奪の応酬が絶えず繰り返されている。人気(ひとけ)のない通りも、追い剝ぎ(おいはぎ)集団の縄張りだったりするので、要注意だ。町のほぼ中央にある〝鐘の塔〟は、ガファラン——鋭い爪(つめ)、という意味らしい——一党が支配していて、その一帯はとりわけ危険らしい。鐘の塔にはウンジョー氏も決して近づかないという。

ヘルベシトの町には、他(ほか)にも、ジャグマ（大いなる嵐(あらし)）、スカルヘルグ（スカルヘルの子供）といったギャングみたいな組織があり、当然、激しく抗争している。大雑把に言えば、ヘルベシトの中部はガファラン、西部はジャグマ、東部はスカルヘルグの勢力圏で、この三つに楯突(たてつ)くと大変なことになるようだ。

ただし、ヘルベシトは古い町で、今はほとんど機能していないが、地下に上下水路、それから墓地がある。この地下を牛耳っているゼラン（学者）たちだけは例外的に争いを好まない。もっとも、争いを制するための実力行使は否定していないので、地下で揉め事を起こした者には、ゼランによる制裁が待っている。複雑な地下のすべてを知り尽くし、まとまった数の兵力を保有しているゼランは、決して弱くない。それどころか、地下ではめっぽう強い、と言ってもいいくらいだ。ガファラン、ジャグマ、スカルヘルグのヘルベシト三大ギャングも、地下にはまず手を出さない。

それなら、ヘルベシトの地下は楽園で、弱者はそこで暮らせばいいかというと、そうもいかない事情がある。ゼランは客を拒むほど狭量ではないが、一種の選民思想を持っていて、余所者が地下に住みつくことまでは許さない。また、地下にはゼランしか入れない閉鎖された地区もある。ゼランになるには、ゼランの教義を理解して、試練を通過しないといけないとか。

ちなみに、ルビシヤは元ゼランで、以前は地下で暮らしていたが、わけあって地上に移り住んだ。今も地下と繋(つな)がりはあるものの、基本的には余所者と同じ扱いらしい。

――で、ハルヒロたちもその地下に行ってみた。そこには市があって、黒硬貨で買い物ができた。鍛冶(かじ)屋や、食品店、衣料品店など、店の種類も、数も、品揃(しなぞろ)えも、イド村より遥(はる)かに充実しているが、物価はだいたい倍から三倍と、かなり高い。皆が十進法を使っているという違いもあった。

あと、ゼランが余所者を見下しているような雰囲気も、そこはかとなく感じた。というか、ウンジョー氏が言うには、地下の市で余所者が何か買う場合、ゼランの倍額は要求されるらしい。そんなの不公平だ、と文句をつけたところで、じゃあとっとと帰れ、二度と来るな、と申し渡されて終わりだろう。地上にも市はいくつかあるが、どれも三大ギャングが絡んでいて、ゆっくり品物を選ぶこともできないような環境だとか。面倒を避けたければ、地下の市を利用するしかない。

なお、ルビシヤの塔の地下室には、屋上までのびる煙突付きの竈、炊事場、ものすごく深そうな井戸や、下水道に繋がっている排水口、といった生活設備が揃っている。それから、初めは気づかなかったが、小さな中二階が二つあって、ウンジョー氏とルビシヤ夫妻の寝床はそこにあった。夫婦なのに、寝室も別なんです……？　そんなことは訊きたくても訊けない。愛の巣に厄介になった上、余計なことに首を突っこむのもどうかと思う。

ヘルベシトのことがちょっとわかってきて、気持ちにゆとりが芽生えはじめた三日目には、町を出るとウンジョー氏が言いだした。

「きさまらに出口を見せてやる。正確には、出口の入口だがな。――俺は、そこを通ってこのダルングガルにやって来た。仲間は全員、死んだ。俺だけが生き残った。帰るつもりは、俺にはもうない。帰る道はある。方法はあるが、俺は命が惜しい。生きること。それだけがただ一つの望みだと、俺は知ったからだ」

出発前に、ルビシヤがウンジョー氏の右手を包むように両手で握って、しばらくの間、自分の頬に当てていた。それは何かの儀式のように静かなふれあいだった。ウンジョー氏は帰るつもりがないという。原因はやはりルビシヤなのだろうか。彼女と出会い、ここで生きる理由がウンジョー氏にはできたのかもしれない。

ルビシヤの塔を出て、ヘルベシトの町をあとにすると、ウンジョー氏は日ならぬ火が昇る彼方の稜線とは逆方向、西へと進路をとった。

ヘルベシトの西側は丘陵で、大小の農場が柵に囲われてひしめいていた。農場では、やけに小柄な、子供みたいな体格の生き物たちが、土を掘り返したり暗灰色の雑草らしき茎のようなものを取り除いたりして働いている。柵の内側をうろつく首輪を嵌められたガウガイ（イヌザル）に、何度も吠えられた。

「柵の中には決して立ち入るな」とウンジョー氏は厳命した。「厄介なことになる」

言われるまでもなく、入る気にはなれなかった。奴隷のような小柄な労働者たちや、ガウガイだけじゃない。農場の中には、直立する獅子や、雄牛のような頭を持つ筋骨隆々とした人型生物の姿もあった。彼らは武装している。労働者たちの働きぶりに目を光らせ、また、農場に侵入する不届き者がいないか警戒しているようだ。たとえ彼らに直接見つからなくても、ガウガイが吠えまくって彼らに報せるだろう。

農場地帯を抜けると、緩やかに起伏する大地を白っぽいものが覆っていた。拾って確かめるまでもない。それは骨だった。

骨ヶ原ゼテシドナ。ウンジョー氏曰く、そこはかつて、ルミアリス側とスカルヘル側との間で激戦が繰り広げられた古戦場で、何か巨大な力によって数万、それ以上の死者が出た。死者たちは朽ち果て、武具や持ち物は奪い去られ、もはや骨しか残っていない。その骨も、砕いて農地に撒かれ、肥料として有効活用されているという。ゼテシドナには、それでもなくならないほど大量の骨が堆積しているのだ。

骨が深い場所に足を踏み入れると、填まりこんで埋まってしまいかねない。よく見ると、ところどころ、骨の合間から土がのぞいている。そういうところは平気だ。

骨ヶ原では常に足場を確かめながら進まないといけない。でも、下ばかり見ていると危険だ。ここにはスカルドという鳥がいる。死喰い鳥スカルドは、大きな鴉といった見た目なのだが、あまり飛べない。身体が重いからだ。そのぶん脚力が発達していて、遠くから狙いを定め、一直線に突っこんでくるスカルドの体当たりは恐ろしい。まともに食らって吹っ飛ばされ、骨が深い場所に落ちでもしたら、最悪だ。どうやらそれが、スカルドの狩りの手法らしい。獲物を骨が深い場所に陥れて動けなくし、上からついばむ。やつらは凶暴な猛禽なのだ。

赤茶けた川デンドロに行きつくころには夜になっていた。デンドロは対岸まで十メートルほどと大きな川ではないが、流れが速いし、浅くもないようだ。歩いたり泳いだりして渡ることはできない。上流に橋があるらしいが、かなり距離があるということで、川原で野宿をした。

火が暮れると、骨ヶ原の死喰い鳥たちが、グゲェーゴ、グゲェーゴと不穏な声で鳴きだした。川原にいてもその鳴き声が聞こえて、たいそう寝苦しかった。

スカルドたちが鳴きやむと、彼方の稜線が燃えはじめた。ハルヒロは結局、ろくすっぽ眠れなかったが、まあよくあることだ。これくらい、どうってことない。

川沿いをひたすら歩いて、四半日くらいで橋が見えてきた。嫌な予感がした。近づくに従って、橋の状態が明らかになっていった。橋脚はぜんぶ残っているし、橋桁もほぼ無事だが、橋板は完全に失われていて、これでは一本橋と大差ない。盗賊のハルヒロはともかく、重装備のクザクや魔法使いのシホルに渡れと言うのはちょっと酷だ。しかしながら、ウンジョー氏曰く、「橋はこれだけだ」とのこと。――行くか、戻るか。

シホルはずいぶん時間がかかったし、クザクは何回も川に落ちそうになったが、なんとか渡りきった。ウンジョー氏はもちろん、ハルヒロをふくめて他の仲間はそれほど苦労しなかった。

橋の先には廃墟があった。廃墟といっても、亡者の街ほど形を留めてはいない。廃墟の跡、と言ったほうがより適切だろう。ただ、この廃墟の跡はめちゃくちゃ広大だった。

「ここにはアルウジャという都があった」とウンジョー氏が教えてくれた。「探せば、タブレットがたまに見つかる」

「――うひっ!?」ランタが飛びのいて、遠くを指さした。「お、おおおおぅおいっ、あっ、あそこになんかいやがるぞ……!?」

「柱か何かだろ……」ハルヒロは一応、短剣の柄に手をかけながら目を凝らした。果たして、ランタが指し示したなんかとやらは動かない。人影に見えなくもないが、十中八九、建物の残骸だろう。――いや……?

ハルヒロは腰を落として短剣を抜いた。「……動いた、かも？　あれ、今……」

「ほらなあ！」ランタは黒刃の剣を構えてウンジョー氏の後ろに隠れた。「——や、やっちゃってください、ウンジョーさん！　オレ、掩護するんで！　バッチリっす！」

「何がバッチリなんすか……」クザクが長剣と盾をいつでも使えるように用意して、前に出た。「……なんか、いるんすよね？　やっぱり、ここ」

「ロゴク。——木人、と呼ばれている」ウンジョー氏も腰から斧を外した。

　建物の残骸のようにも見えたモノが、ゆらゆらと歩いてくる。徐々に速度が上がった。来る。駆けてくる。ロゴク。木人。たしかに、樹木みたいだ。幹のような胴体から腕や脚みたいな枝が生えている——じゃなくて、枝みたいな腕や脚か？　とにかく、その動作はぎこちないが、とろくはない。

　クザクが迎え撃とうとしたら、ウンジョー氏が斧を投げた。斧は回転しつつ飛んでいって、ロゴクの片脚を斬り飛ばした。ロゴクは体勢を崩して転んだ。

「ロゴクは死なん」ウンジョー氏は平然と言った。「壊して、動けないようにしろ」

「ガッテン承知の助……！」ランタがロゴクに躍りかかって、黒刃の剣で腕や脚をガスガスぶった斬った。「——うぉほほほほ！　楽勝、楽勝……！　がはははははは！」

「おまえさあ……」ハルヒロは呆れすぎて胸糞が悪くなってきた。

「うにゃっ」ユメが奇声を発した。「まだいてるやんかあ！」

そんなことだろうと思っていた。——わけでもないが、そういうことがあってもおかしくはない。見れば、あちこちに人影のようなモノが湧いている。湧いたのか？　違うか。なんにせよ、ロゴクだろう。五、六体はいる。もっとか。

「手強くはない」ウンジョー氏は背負い袋から別の武器を外しながら言った。「ただ数が多くて、煩わしいだけだ」

「シホルは、わたしが！」メリイがヘッドスタッフを持ってシホルを背に庇った。

メリイがいるから心配しないで、と言うようにシホルがうなずいてみせる。

——数が多くて、煩わしい。実際、多かった。具体的にどれくらいかというと、一段落するまで、四十体は解体しただろうか。五十体近くかもしれない。

「……ぜぁ……はぁ……ぐへっ……ふほっ……ひぃー……うぉほっ……ひー……」ランタは息が上がり、疲れきって、四つん這いになっている。「……こ、これ、もしっ、もしかして、ず、ずっと、こいつら、この先も、い、いんのかよっ……」

「いや。これを使う」ウンジョー氏がロゴクの腕か脚だったとおぼしき枯れ枝のような物体を一本、拾い上げた。それに火を点けると、白い煙が上がると共に、妙に甘酸っぱい臭いが広がった。耐えられないほどではないにせよ、良い匂いとはとても言えない。

「……その——臭いが、ロゴク避けに？」ハルヒロは鼻で息をしないようにしつつ訊いた。

「そうだ」ウンジョー氏はそこらに目をやった。「念のため、持てるだけ持っておけ」

「うっへぇ。くっせぇーし、きっついなあ。——おだっ!?」ぶつくさ言いながらロゴクの破片を足蹴にしていたランタが、ウンジョー氏に尻を蹴られた。「——ご、ごめんなさい、い、いい匂いっすね!? スウィートっすよね!? さーてキビキビ拾うぞぉ……!」

まあ、ウンジョー氏もランタ以外はさすがに蹴ったりしないと思うが、ハルヒロとしても行く先々でロゴクに群がられたくはない。みんなでロゴクの破片拾いに精を出し、ふたたび歩きだしてから、どれくらい経っただろうか。

ハルヒロは振り向いた。気のせいか? 前を向いて、歩く。……うん? やっぱり何か変だ。ハルヒロは手を挙げて、全員をいったん止まらせた。

「あの、ウンジョーさん?」

「何だ」

「つけられてない……ですかね? おれたち」

「ありうる」ウンジョー氏は事もなげに言った。「ロゴクの臭いは、ロゴクを遠ざける。だが、代わりに、ニィヴルを引き寄せてしまう」

「にっぷる?」ユメが首を傾げた。「て、何なん?」

ウンジョー氏は編み笠の端をつまんで引き下げた。「……ニィヴル、だ」

「ヴァーカ」ランタが自分の胸に人差し指を突き立てた。「ニップルっつったらおまえ、乳首じゃねーか。なんでここで乳首が出てくんだよ。乳首女かユメ、おまえは」

「……その、ニィヴルというのは？」

シホルがランタを無視して訊いた。

蜥蜴だ」ウンジョー氏は即答した。

「体長四メートルほどの
「よんっ――」クザクが短く、へぁっ、と変な笑い方をした。「……て、でかくね？」

「小さくは……」メリイはあたりを見回した。「ない、ような」

ウンジョー氏は腰から斧を抜いた。「蜥蜴というより、小さな竜か」

「いやあ……」ハルヒロは前屈みになった。胃が痛い。「……竜とか、個人的には会いたくなかったなあ……こんなとこでは……や、どこでも同じか……」

「オ、オオオオオオオオオオオレはむしろああああああああああ会いたいけどなっ！」

「そんなことゆうてなあ、ランタ、声が震えてるやんかあ」

「ユユユユメ！　おまえはなんでヘーゼンとしてんだよ!?　竜だぞ、ドラゴンだぞ!?」

「かわいいんかなあ？　どらんごって」

「どらんごじゃなくてドラゴンだっつーの、ボケ！」

「ユメはボケちゃうもんっ！」

「――きききききききききき、来たっ……」ハルヒロは、ふぅーっ、と強く息を吐いた。

後方約五メートル。壁の残骸の陰から、それは顔を出した。体高は一メートルもなさそうだ。でも、四つ足で這うように歩く動物としては大きい。そうとう、大きい。深緑色の蜥蜴――というよりは、鰐？　いや、そうじゃなくて、竜？　肉冠がある。

「逃げ……ます?」ハルヒロはおずおずとウンジョー氏にお伺いを立てた。

「あれはしつこい。何日でも追ってくる。始末するしかない。毒がある。嚙まれたら事だ。用心しろ」

「はーい……」と思わず子供みたいな返事をしてしまった。いけない。気を引きしめないと。たぶん、ウンジョー氏が一緒なものだから、少し緩んでいる。リーダーだぞリーダーだぞリーダー、とハルヒロは自分に言い聞かせた。頼り甲斐がある人がそばにいると、つい依存してしまう。弱い人間だ。毎度のことだが嫌になる。そう。弱い。本当にどうしようもなく弱いのだから、せめてしっかりしよう。

　ニィヴルがひたひたと歩み寄ってくる。足音がまったくと言ってもいいほど聞こえない。よくもさっき、気づいたものだ。気づいていなければ、そのうち奇襲されていたかもしれない。全速力で逃げて、振りきったと思っても、やつは後ろに忍び寄っているかもしれない。ウンジョー氏の言うとおりだ。ここで片をつけるしかない。

「クザク、頼む。頭を押さえろ。ユメとランタは、側面から。メリイはシホルを。シホル、ダークで掩護して。自分のタイミングで。――ウンジョーさんは、いざとなったらお願いします」

「いいだろう」と応じたウンジョー氏の声音は、心なしかやわらかかった。

ハルヒロは今、ずいぶん眠そうな目をしているはずだ。「……よし。やろう」

15. そこに理由がある

アルウジャは途方もない巨大都市だったらしい。一説によると、ルミアリスとスカルヘルが覇権を争うようになる前から、繁栄していたのだとか。

大いなるアルウジャの廃墟跡を横断するのに、なんと一日以上かかってしまった。

その間、何度か休んで、短い仮眠をとれる者はとったが、ロゴクはともかく、ニィヴルが怖い。やつらの主食はロゴクらしいが、どうも人間のほうが食欲をそそるみたいだ。一度人間を視覚か聴覚か何かで捉えると、やつらは本当にどこまでも追ってくる。ただ闇雲に襲ってくるのではなく、隙をうかがって攻めてくるあたりもいやらしい。ウンジョー氏は体長四メートルと言ったが個体差があり、三メートルほどから、大きいものだと五メートル近くある。雄は肉冠があって、雌にはない。肉冠が大きくて派手な雄ほど好戦的だが、たいてい堂々と勝負を挑んでくるので、まだしもやりやすかったりする。意外と、しゅっとした体格の雌のほうが厄介だ。雌は策略家で、しかも素早い。恐ろしい敵だ。

ハルヒロたちは廃墟跡で七頭のニィヴルをしとめた。雄が四頭で、雌が三頭。いずれも死闘だった。幸いなのは、ニィヴルが集団で狩りをしないことだ。あんなのが何頭もいっぺんに来たら、とても敵わない。ニィヴルの皮は高く売れるらしいが、かさばるので持ち帰る気にはなれなかった。肉は焼いて食うとまずくはなかった。

　廃墟跡が途絶えると、下り坂になった。勾配はさして急でもないが、果ての果てまでずっと下っている。このまま地の底まで下ってゆくのではないか。昼間でも暗いから先が見えないこともあって、そう思ってしまうほどの下り具合だ。ウンジョー氏の案内がなければ、まず下りていったりしない。なんか、おっかないし。

「えっと、この先に何が……？」ハルヒロは勇気を出して訊いてみた。

「オークがいる」ウンジョー氏は相変わらずさらっと答えた。

「うぉーく？」ユメ、それ違う。歩いてどうする。まあ歩いてるけど。

「——って」メリイが確認した。「あのオーク……？」

「少なくとも、似てはいる」ウンジョー氏は斜面を一歩一歩、下りながら言った。「それに、ダルングガルでの呼び名もオークだ」

「うおっ……」ランタがぶるるっと身震いした。「やべえ。鳥肌立った。なんつーか、アレだよな。オークはオレら人間にとっちゃー敵だけどよ。こんなとこにいると思うと、親近感湧くっつーか……いや、親近感とは違うかもだけどよ……」

　ウンジョー氏が鼻で笑った。「ここでも連中は敵だ」

「……そのオークたちは」シホルが蚊の鳴くような声で言った。「……もしかして、グリムガルから……？」

「出口の、入口……」とクザクが呟いた。

ウンジョー氏はそっけなく「さあな」と返事をしたきり黙りこんだ。ずいぶんしてから、思いだしたように口を開いた。「――あるいは、ここが連中の故郷なのかもしれん」

斜面はごつごつした岩地だが、表面に砂のようなごく細かい石が積もっている。そのせいで、注意しないと足が滑ってしまう。

ニィヴルはこの斜面にはいないようだ。おそらく主食のロゴクがアルウジャに生息しているからだろう。

あちこちに直径一メートルくらいの穴があいている。ウンジョー氏はそれらの穴を避けた。理由を尋ねてみたら、「グヴジがいる」とのことだった。グヴジは穴熊(あなぐま)とも猿ともつかない生き物で、臆病(おくびょう)だが、巣穴を守るためには死力を尽くして戦う。巣穴をちょっとつついただけで、ときには十頭以上のグヴジが飛び出してきて、大変な騒ぎになるのだとか。捕まえて食うこともできるが、筋張った肉は焼いても非常に硬い。とろとろになるまで煮込めば、いい出汁(だし)がとれてなかなか美味らしい。捕まえないし、煮込みませんけど。

やがて赤い光があちこちに灯(とも)りはじめた。気温が上がっている。少し暑いほどだ。そこかしこから湯気が立っている。火口、という言葉がハルヒロの脳裏に浮かんだ。赤い光はひょっとして、溶岩……とか？

そのうちの一つのそばを通った。ぐつぐつ沸騰して、水蒸気が立ち上っていた。冗談抜きで溶岩らしい。間違って落ちたりしたら、火傷(やけど)するだけではすまないだろう。

川にも出くわした。膝までもない浅い川で、流れている水はぬるいどころかちょっと熱い。もっとも、熱すぎはしない。

「――温泉……？」とメリイが言った。

「混浴っ！」ランタがはしゃいだ。

「するかあ！」ユメがランタの後頭部を叩いた。

「飲むこともできる」ウンジョー氏が顎をしゃくって温泉の川を示した。「妙な味ではあるが、腹は下らん。ここで休んでいく」

混浴は当然しなかったが、川沿いに穴を掘って浴槽を作り、女組と男組が交代で入浴することにした。ウンジョー氏はありがたいことに、見張りを買って出てくれた。

「なんてーかさ……」クザクは肩まで湯に浸かって、しみじみと言った。「生きててよかったとか、思わないっすか。俺だけ？　これだけでもう、いつ死んでもいい的な。いや、死にたくはないんすけど。気持ちいいよなあ……」

「わかる……」ハルヒロは手で湯をすくって、ゆっくりと顔をこすった。「いいわ、これ。やばい。最高……」

「どーこがだっ」ランタは腕組みをしている。「おまえらにはがっかりだよ！　混浴いけそうな流れだったのによ。おまえらが賛成してれば、まあ今回はしょうがねーかみたいな感じでいけたんだよ。それなのに、アホかっ。どんだけクソなんだよ、タコっ」

「……いったいどういう理由でおまえがいけそうだと思ったのか、微妙に知りたいわ」

「あーん？　気分だよ、気分。旅の恥はかき捨てっつーじゃねーか。みんながそう言うなら混浴くらいしちゃおっかなーとか思うだろ。女どもだってバカじゃねーんだから」

「ユメもシホルもメリイもおまえほどバカじゃないから、そんなこと思わないよ……」

「うっせーんだよ！　オレは混浴がしたかったの！　混浴してーよぉぉぉ混浴ぅぅぅぅ」

「とんだ混浴魔神っすね……」クザクは大きなため息をついた。「うぁ気持ちいぃ……」

ひとっ風呂浴びたせいか、寝不足か、よく眠れた。ユメに揺り起こされるまで目が覚めなくて、申し訳ない気分になった。

かつてウンジョー氏は、この温泉川を水場にしてなんとか生きのびたのだという。グヴジを食べたのもそのときらしい。

温泉川を渡って進むと、地面は平坦になった。そうかと思えば、壁のような断崖が行く手に立ちはだかった。行き止まりではない。断崖には切れ目がある。

切れ目は細くなったり太くなったりうねったりしながら続いた。数メートル先も見えないので、たまらなく不安になる。ウンジョー氏はたった一人でこんな道を見つけだして、通り抜けたのか。たとえば、ハルヒロがウンジョー氏と同じ立場に置かれたら。——できない。考えるまでもなく、無理だ。そんな能力はないし、たぶんそこまで生に執着できないような気がする。

仲間のためなら、ハルヒロはそれなりにがんばれる。でも、自分自身のためとなると、てんでだめだ。痛みにも、苦しさにも、望みのなさにも、耐えられない。良きにつけ悪しきにつけ、ハルヒロはそういう人間なのだろう。

仲間たちはどうか？　クザクも、ユメも、シホルも、メリイも、わりあいハルヒロに近そうだ。自分のために踏んばることができるのは、ランタくらいかもしれない。

　これはきっと、パーティの長所でも、短所でもある。約一名除いて仲良くやれるし、協力しあえるが、厳しい見方をすれば、全体的に依存心が強くて、いざというときは脆い。誰か一人でも欠けたら、まともに戦えなくなるだろう。考えたくない事態だが、リーダーとしては想定しておかないといけない。何しろ、ここはもう敵地なのだ。

「うっほおおおぉぉぉぉぉ……」とランタが間抜け声を洩らした。まあでも実際、壮観というか、何というか。

　曲がりくねった切れ目の道を延々進んだ先に、それは壮大な偉容を現わした。

　幾百、もしかしたら幾千の真っ赤な溶岩の流れが、その高低や広がりをはっきりと浮かび上がらせている。丘があった。山があった。岩窟がある。大小の建物がある。そう。多くは岩を削って造られたものだろうが、間違いなく建物だ。鉄骨のような建材で補強されたり装飾されたりした、宮殿のような、神殿のような建造物もある。塔がある。高層とまではいかないが、中層程度の建築物がそこかしこにある。

二本の細い溶岩の流れに挟まれた、あの道——そう、まさしくあれは道だ。道が、街路が、縦横に延びている。大きな街路には大きな建物が面していて、小さな街路の両側にはこぢんまりとした建物が軒を連ねている。

空はもう暗い。夜だ。でも、溶岩のおかげで、街は不夜城の様相を呈している。

街。

あれは街だ。それとも、都市と言うべきだろうか。

「……嘘だろ」クザクの声は掠れていた。

「あ——」ハルヒロは二の句が継げなかった。

「……オーク……」シホルが消え入りそうな声で訊いた。「……の、街、なんですか？ あれが、ぜんぶ……？」

「くほぉー。都会やなあ」と、ユメはのんきだ。いくらなんでも、のんきすぎる。

「あれが」メリイがハルヒロの言いたかったことを代弁してくれた。「出口の、入口？」

「そうだ」ウンジョー氏はなぜか声音に微かな笑みをふくませて答えた。「あれが出口の入口。俺はあの街、ワルァンディンを通り抜けてきた」

「……敵、なんすよね」クザクは腰をさすった。「オークって……」

「明確に」とウンジョー氏は断言した。「オークは、オーク以外を見逃しはしない。家畜は別だが」

「か、飼われちまうか……？　いっそのこと――」ランタは皆を見回してから、コホンと咳払いをした。「じょ、冗談だろーが。本気なわけねーだろ、ヴァヴァヴァーカッ」

「悪くない手だ」ウンジョー氏は顎を撫でた。「走り抜けるよりはまだ実現性がある」

「で、で、でしょお？　ですよねえ？　ゲッへへへへへへへへへ……」

「皮肉だろ……」ハルヒロはため息をついた。「気づけよ、それくらい……」

「うっせッ！　わかってらあ！　チラッとボケてみただけだろーが、アーホアーホ！」

「それでなあ」ユメが片方の頰を膨らませて、ワルァンディンの街を指さした。「どないするん？　せっかくここまで来たしなあ。近くに行ってみたいけどなあ」

「ユメサン、度胸あんね……」クザクはドン引きしている。

「やあ、危なくないんやったら、やけどなあ？　危ないんやったらな、やめといて帰ったほうがいいとユメも思うねやんかあ」

「危ねーに決まってんだろ！」ランタは地団駄を踏んだ。「わかれよ、そんくらい！」

「ちょぴっとだけやったら、だいじょぶかもしれないやんかあ！」

「……大丈夫では、ないんじゃ……」シホルは今にもへたりこんでしまいそうだ。

「ど、どこをっ……」ハルヒロは喉を押さえた。しゃんとしないと。ショックはショックだが、ある程度は覚悟していたことだ。まあ、ある程度は。「――どこを、通ってきたんですか。ウンジョーさんは。どのへんっていうか……」

「覚えていない。必死だった」ウンジョー氏はおもむろに背負い袋を下ろして、それに腰かけた。「確かなことは、俺はワルァンディンで仲間を二人、亡くした。イエハタと、アキナ。二人はオークに殺され、俺は逃げのびた。俺だけが」

　それからウンジョー氏が言葉少なに語ったところによると、ウンジョー氏は旧ナナンカ王国領と旧イシュマル王国領の境目あたりで遭難して、この異界に迷いこんだらしい。旧ナナンカ王国領には現在、オークがはびこっていて、旧イシュマル王国領は不死族(アンデッド)の版図だ。当時まだ若くて血気盛んだったウンジョー氏たちは、大胆にも敵の本拠地に乗りこんでオークや不死族(アンデッド)の猛者らと渡り合った。ところがある日、奇襲されて仲間の盗賊カツミが死んだ。敵地を逃げ回るうちに、霧深い場所に入りこんで迷子になった。洞窟(どうくつ)を通り抜け、溶岩の川が流れる暗い山中に出たときは、助かった、と思ったという。もっとも、その川で悠々と泳ぐ蜥蜴(とかげ)のような生き物の姿を目にして、何かおかしいと感じた。

　幸い、火蜥蜴(サラマンダー)とでも呼ぶべきその蜥蜴たちは攻撃してこなかったが、そいつらをとって食う恐ろしい竜がいた。ウンジョー氏たちは、その赤黒い竜——火竜に追いかけられた。ウンジョー氏の仲間二人、聖騎士のウキタと魔法使いのマツローは、火竜に捕食されてしまったらしい。彼らが食われている間に、狩人(かりゅうど)のウンジョー氏と戦士イエハタ、神官のアキナは全速力で逃げた。そして、ワルァンディンに辿(たど)りついた。そこで待っていたのは、数千、数万のオークたちだった——。

ハルヒロは整理してみた。

ダルングガルから出る方法は、今のところ二つある。

一つは、来た道を戻る。イド村に帰って北の森を抜け、懐かしきグレムリンの巣を通って黄昏世界(ダスクレルム)へ。ただし、北の森には霞蛾(かすみが)イェグヨルンがいる。まあ、来たときは平気だったので、戻ることもできるだろう。——と考えられるほど、ハルヒロは楽天家ではない。イェグヨルンに出くわすことなくイド村に到着できたのは奇跡だ。奇跡が二度、起こるとは思えない。奇跡に期待して黄昏世界(ダスクレルム)を目指すとしたら、大きな賭(かけ)になる。その賭に勝ったとしても、黄昏世界(ダスクレルム)に希望があるのか？　ない、とは言いきれないが、教団員たちや白巨人たち、ヒュドラに追いかけ回されながら、希望の種を探して見つけないといけない。簡単ではなさそうだ。非常に、ひどく困難だろう。

二つ目は、あのワルァンディンの向こうにあるという火竜の山をどうにか突破して、なんとか霧深い場所とやらに至る。そこは恐ろしい敵の領土なわけだが、そのあたりはとりあえず措(お)くとしても、ワルァンディンが問題だ。オークがひしめているというワルァンディンを通らないで、火竜の山に行くことはできないのか？

何か良い方法があったとしても、その先には火竜がいる。

——ない、な。

可能性があるとは思えない。ゼロだ。それかまあ、限りなくゼロに近い。

だとしたら?

いよいよ本格的に腹を据える時期が来たのかもしれない。

グリムガルのことはひとまず忘れて、ここで生きてゆくのだ。このダルングガルで。何か特別な事態が発生しなければ、ここで一生を終えることになるのだろう。そのために、どうしたらいいか。みんなで知恵を出しあい、力を合わせて、生活の基盤を固める。一歩一歩だ。焦らずに進んでゆけばいい。

これだけ環境が違う世界で、何の問題もなく生きてゆけるのか。そこはウンジョー氏という生きた実例がいる。日に当たらないせいか、ウンジョー氏はやたらと色白だが、健康そうだ。十年や二十年は生きられるということだろう。

現実を突きつけられて、やっと実感が湧(わ)いてきた。

いいんじゃない? これはこれで。もともと、グリムガルだって故郷ではない——と思う。気がついたら、グリムガルにいた。グリムガルで生きることを余儀なくされた。それだけだ。

この世界は、暗い。暗すぎて、正直、陰鬱(いんうつ)な気分になる。言葉もよくわからない。そもそも、人間がほぼいない。危険が一杯だ。憂慮すべき点は多々あれど、乗り越えることはできるだろう。そのうち慣れるだろう。それに、ウンジョー氏と違って、ハルヒロには仲間がいる。孤独ではないのだ。ウンジョー氏ほど条件は厳しくない。

あえて——似合わないと我ながら思うが、わざと明るく、前向きに考えてみた。

グリムガルでの生活は、ハルヒロたちの第一章だった。ダルングガルで第二章が始まったのだ。この先も、第三章、第四章と続いてゆくことだろう。どうか続いて欲しいものだ。その舞台はこのダルングガルかもしれないし、そうではないかもしれない。これまでも予想なんかつかなかった。同じだ。まったくの未知なのだ。良いことばかりではないだろうが、悪いことばかりでもないはずだ。苦難があれば、喜びもある。暗いダルングガルにも、闇（やみ）ばかりではない、光だってあるのだ。

「さて」ウンジョー氏は立ち上がって背負い袋をしょった。「もうわかっただろう。グリムガルには帰れん。その理由が。俺はヘルベシトに戻る。きさまらは好きにしろ」

ハルヒロは目をつぶってうなずいた。置いていかれてはたまらない。ハルヒロたちも引き返すのだ。あまり厚意に甘えるのもどうかと思うが、ウンジョー氏との関係は大事にしなければならない。何しろ同じ人間で、義勇兵同士——いや、元義勇兵同士だ。ウンジョー氏はハルヒロたちの大先輩にあたる。今後とも、ご指導ご鞭撻（べんたつ）のほど、何とぞお願いしたい。当面は、できるだけ迷惑をかけないように、嫌がられないように気をつけつつ、ウンジョー氏についてゆこう。そうしよう。

「おれたちも——」ハルヒロは言いかけて、目を瞠（みは）った。「……マジか」

襟ぐりに手を突っこんで、それを取り出した。——こんなときに、本当に、マジか。

それは黒くて平べったい石のような物体だ。でも、石なんかじゃない。振動して、下端の部分が緑色に光っている。

「受信石……」とシホルが呟いた。

「何だ、それは」ウンジョー氏は編み笠の端を押し上げて目を光らせた。「異物か?」

『ハルヒロ』と、受信石が音声を発した。

「……ソウマさん」ハルヒロの手も、声も、受信石よりずっと震えていた。

仲間たちが次々と、食らいつくように集まってきた。

『聞いているか。ハルヒロ。こうして呼びかけるのは何度目だろうな。俺たちはグリムガルにいる。アキラさんたちやトキムネたちも無事だ』

「おぉ……」ランタは半泣きだ。「そりゃそうだよな……そりゃそうだ。無事に決まってっけどよ。なんか……良かったよな。うん。オレらはこんなだけど、良かったよ……」

『ハルヒロ。ランタ。ユメ。シホル。メリイ。クザク。——おまえたちも、どこかでこの声を聞いているだろう。俺はそう信じている』

「……やべえ」クザクが頭を押さえた。「ソウマサンが俺の名前呼んでくれた……」

「何回——」メリイはうつむいた。あれからいったい何回、呼びかけてくれたのか。メリイはそう言いたかったのだろう。

『またおまえたちに会える日が楽しみだ。俺だけじゃない。みんなそう言っている』

「ふにゃあ……」ユメはぺたんとその場にへたりこんだ。

『ケムリ――』

『んー。元気かー？』

『シマ』

『ええ。……ハルヒロ。あたしが言ったこと、覚えてる？　今度、話しましょう』

『ん？　何の話だ？』

『あら。気になるの、ソウマ？』

『そうだな。気になる。まあいいか。ほら、リーリヤ』

『……未熟者たちに言うべきことなどありません。せいぜい……気をつけなさい。自分自身と、仲間を信じることです。常に見るべきものに視線を注ぎ、聞くべきものに耳を傾け、暗闇よりも光の源に心を向けなさい。歩みを止めなければ、道はそこにあり続けるのです。いいですか。諦めたりしたら絶対に承知しません。い、以上ですっ！』

「……言うことねーって、めっちゃ喋ってんじゃん！」ランタは洟を啜った。「ぐおぉぉぉ、リーリヤさんかわえぇー。またお会いしてぇ……」

『――ピンゴ？』

『くたばれ。……うっくくっ……冗談だ。おい、ソウマ……ゼンマイに話させようとしても、無駄だ。……馬鹿め……うっううっ……』

『そうか。――俺たちだけじゃない。アキラさん、ミホさん、ゴッホさん、カヨさん、ブランケン、タロウも、おまえたちのことを気にかけている。それから、ロック、カジタ、モユギ、クロウ、サカナミ、ツガ。イオ、カタズ、タスケテ、ジャム、トンベエ、ゴミ。おまえたちはまだ会ったことがないな。あいつらにも、おまえたちのことを話した。皆、興味を持っている』

「ロックスと、イオ様隊かぁ！」ランタは身悶(みもだ)えた。「つーか、タスケテとかゴミって。それはそれとして、イオ様、すっげー美人だっつーからなぁ。拝みてぇぇ……」

「……そればっかり」シホルが冷たく言い捨てた。「……でも――」

『ハルヒロ』ソウマはもう一度、刻みつけるように一人一人の名を呼んだ。『ランタ。ユメ。シホル。メリイ。クザク。――待っている。またな』

受信石(レシーバー)の振動が止まって、下端部の光も消えた。

ハルヒロは受信石(レシーバー)を握り締めたまま、呼吸もろくにできないでいた。

「アキラ、だと？」ウンジョー氏が突然、低く笑いだした。「……ゴッホだと？　馬鹿な。ありえん。嘘(うそ)だ……」

「……お知り合い、なんすか？」クザクがこわごわと尋ねた。

「俺が、知っている――」ウンジョー氏は口ごもって、ため息をついた。「……同一人物とは限らん。同名の、別人だ。おそらくは……」

アキラさんとゴッホは同年輩で、義勇兵歴はたしか二十数年。正確な年齢は知らないが、たぶん四十代だ。ウンジョー氏もそれくらいだろう。知り合いでもおかしくない。

　ハルヒロは深呼吸をした。まだ頭の芯(しん)が痺(しび)れている。「――きっと、そのアキラさんと、ゴッホさんだと思います」

「何度目やろって、ソウマん、ゆうてたなあ」ユメは半分夢を見ているようなふわふわした声で言った。「それなのに、なんで今まで聞こえなかったんやろなあ」

「ソウマんって――」ハルヒロはツッコもうとしてやめた。そこはいいか。いや、良くもないか？　どうなのだろう。よくわからなくなってきた。

「もしかすると」メリイはワルァンディンの向こうに目をやった。「近い、からじゃ？」

「ソレだっ！」ランタがメリイを指さした。「メリイおまえ、あったまいーな！　ま、オレは気づいてたし、ちょうど今、言おうと思ってたとこなんだけどな！」

「おまえ？　は？　何？　二度と治療しなくていいってこと？」

「……あっ、ごめんなさい、ちょ、調子に乗りました、訂正します、あなた様でした、すみません。いや、マジで、マジで。もうしません。だから、許してっ。オネガイッ」

「そのオネガイ、むかつく……」シホルが呟いた。同感だ。――それはそれとして。

「……近い、か」ハルヒロは受信石(レシーバー)を見つめた。「……そっか。近いんだ。ここは、グリムガルに」

「かえりたい」とユメは、胸の真ん中に手を押しつけて言った。「……ユメなあ、やっぱりな、かえりたいなあ。お師匠にも、会いたいしなあ。二度と会えないとかなあ、そんなん、イヤやんかあ」

「あぁー……」クザクは暗い空を仰いだ。「……そっすね」

——やめろよ。

頼むから、やめてくれよ。そんな本当のこと、言うな。

たとえそれが本心でも、無理なんだからさ。帰りたいか、帰りたくないかで言ったら、そりゃあ帰りたいけど。ここでずっとなんて冗談じゃないけど。しょうがないだろ？ 帰ろうとしたら、間違いなく命懸けになる。命を懸けても、うまくいく保証がないどころか、うまくいくとはとうてい思えない。そんな冒険はできないんだよ。させられない。誰も失いたくない。死なせない。生きるんだ。全員で。それが最優先なんだ。

諦めたりしたら絶対に承知しません、とリーリヤが言っていた。あれはどういう意味だろう。諦めずに、あがいて、生き続けろってこと？ それとも——、

待っている、とソウマは言ってくれた。

またな、と。

「リスクは、冒せない」ハルヒロはきっぱりと言いきった。「過大なリスクは、絶対に。でも、焦らないで安全を確保しつつ、時間をかけて、方法を探っていくことはできる」

「あん？」ランタは腕組みをして首を直角に曲げた。「つまり、どういうことだ？」

「……え。アホっすか？」

「クザッキーッ！　超先輩を愚弄するんじゃねえっ！　ウ●コつけんぞォォラ！」

「きったないなあ、もおっ！」ユメは顔をしかめた。「つまり、あれやんかあ。ようするに、あれやろ？　そやからなあ……あれやんかあ？　あるぇ……？」

「おまえもサッパリわかってねーんじゃねーかぁっ！」

「……なるべく、危ない橋を渡らないように、気をつけながら……」シホルが念を押すように言った。「……継続的に調査を進めて、いつかもし、目処がついたら――」

「帰る」メリイはきゅっと唇を噛んだ。「――グリムガルに」

「つーこったろ？」ランタは偉そうに胸を張った。「わかってるっつーの、ヴァーカ」

ウンジョー氏は背負い袋を背負うと、踵を返した。「好きにしろ」

たとえ帰ることができても、ウンジョー氏は帰らない。ルビシヤがいるから、というような単純な理由ではないかもしれないが、ダルングガルに留まるだろう。そんな気がする。人それぞれだ。ハルヒロは深々と頭を下げた。「――あのっ。……ありがとうございました、ウンジョーさん。いろいろ、本当に……！」

ウンジョー氏は足を止めた。振り返りはしなかった。「……死ぬなよ、後輩ども」

考えなければならないことも、やらなければならないことも、山積みだ。

とりあえず、ワルァンディンにどれくらい接近できるものなのか、実際に確かめてみることにした。これについては仲間の助けは要らない。というか、ハルヒロ一人のほうがいい。むしろ、単独でなければまずい。ハルヒロはバルバラ先生仕込みの隠形(ステルス)を駆使して、単身ワルァンディンを目指した。

ワルァンディンは火竜の山の裾野(すその)に築かれているようだ。山裾の先は盆地になっている。ハルヒロはこの盆地を突っ切ってワルァンディンに近づこうとしているのだが、無人の野というわけではない。盆地には集落が点在していた。

集落はかまくらみたいな形の建物十棟から数十棟で構成されていて、そこらじゅうで温泉が湧(わ)いている。遠目からだが、住民の姿も見た。人型で、緑色の肌。潰(つぶ)れた鼻。大きな口からは牙(きば)がはみ出している。幅も、厚みもある身体(からだ)つきで、背も高い。どこからどう見てもオークだ。オーク以外の何物でもない。短いズボンを穿(は)いているだけで、上半身は裸だ。暖かい、というより少々暑いくらいなので、必要ないのだろう。全体につるっとしている。剃(そ)っているのか、体毛が生えないのか。ちなみに女性のオークもいて、彼女らは胸と、それから頭にも布を巻きつけていた。

集落のオークたちは土いじりをしたり、大きな棚のところで何か作業をしたりしていた。巨大な芋虫のような生き物を囲って飼育している様子も観察できた。巨大芋虫はサイリン鉱山でコボルドが飼っている豚蚯蚓に少し似ていた。食用だろうか。地面に穴が掘られていて、その中で何かやっているらしいことも見てとれた。集落は農村で、ワルァンディンに食糧を供給しているのかもしれない。

　農民らしいオークたちの体格がやたらと立派すぎて、不安になった。いや、農民だからこそ、日々の肉体労働で鍛えられて、いい身体をしているのだとも考えられる。そう思いたい。――だけど、男女ともにどのオークも、デッドヘッド監視砦でやりあったオークたちよりでかくない？　気のせいだろうか？　そうだといいな……。

　集落のオークたちは皆、忙しそうに仕事をしていて、ハルヒロには気づかなかった。これが一人ではなくて、仲間たちが一緒だったらどうか？　難しいところだが、細心の注意を払って行動すれば、なんとかなるかもしれない。それに、オークたちも日がな一日働いているわけではないだろう。溶岩のせいで空の明るさがいまいちわかりづらいが、たぶんまあ、夜には家に帰って眠るのではないか。

　いずれにせよ、ハルヒロは難なく集落地帯を抜けることができた。もちろん、時間はそれなりにかかった。あてになるかどうか不明な体感時間でいうと、三時間くらいだろうか。道順が頭に入っていれば、その半分ほどでいけるだろう。

問題はそこから先だ。

集落地帯の向こうには溶岩の川が流れている。川を渡れば、そこはもうワルァンディン市街だ。この川は幅が一メートルもなくて、橋がたくさん架かっているし、何なら跳び越えたっていい。どうやら単なる境界線のようだ。

市街の外縁には四角い似たような建物が並んでいる。窓の並びからすると、どれも二階建てらしいが、それにしては低い。一階は半地下になっているようだ。建物の出入り口は川の反対側にあるのだろう。戸がない窓のところに腰かけ、足をぶらぶらさせているオークが何人も目についた。オークにしてはほっそりしていて、小さい。子供だ。

子供オークに見つからずに川を越え、市街地に入ることができるか？　やってみないことには何とも言えないが、これはちょっとした度胸試しだ。ハルヒロは臆病なので、あまり気が進まない。正面からワルァンディンに侵入するのは自殺行為だろう。

ハルヒロは溶岩の川に沿って左へ、左へと進んでみた。やがて耳慣れた音が聞こえてきた。これは鎚音だ。柱を立てて、屋根だけ葺いてある広い工場で、筋骨逞しすぎるオークたちが鎚を振るっている。

ワルァンディンの鍛冶場では溶岩が有効活用されていた。いちいち火を熾さなくても、高温の溶岩を引いて炉にしてしまえばいい。鍛冶に限らずワルァンディンでは燃料要らずだろう。一歩間違えれば大変危険だが、便利だ。

工場街はずいぶん続いた。ワルァンディンのオークたちは金属を加工して、かなりいろいろな物を大量に製造しているようだ。ということは当然、原料が必要になる。工場街が果てると溶岩の川も途切れて、岩壁が現れた。とても登れそうにないその岩壁には穴が穿たれている。大きな穴だ。オークたちが出入りしている。手押し車を押して何か運んでいるようだ。鉱石に違いない。鉱石の集積場もある。鉱山だろう。現場監督的な役割のオークもいるらしい。そのオークは鈍い光を放つ肩当てや胸当て、腰当てを身につけ、長い金棒を持っていて、偉そうだった。ひときわ巨体でもある。

あくまでハルヒロの目測ではあるが、集落の農民オークは二メートル二、三十センチくらいだろうか？　鍛冶場オークは背より肩幅や胸の厚さがすさまじかった。鉱山オークは農民オークと同じくらい？　現場監督オークは、あれだと——三メートルあってもおかしくない。

それと、もう一つ。

ハルヒロは最初、でかオークは現場監督的な存在だろうと思った。でも、違うようだ。でかオークは一人ではなかった。何人もいた。といっても、鉱山オークの数と比べれば、十分の一以下だ。あるいは、役割というよりも、身分や階級が違うのかもしれない。何にせよ、あれだけガタイが良くて、武装してもいるので、きっと武闘派だろう。鉱山はやばそうだ。

ワルァンディンの中央から左側をざっと調べ終えると、ハルヒロは仲間たちの許にいったん戻った。ランタが「どーよ？　どーだったよ？　あん？　あん？　あん？」とうるさかったので、美味とは言いがたい保存食を胃に流しこみつつ、見たことを軽く説明した。少々、いや、とても疲れていたので、横になったら気絶するように寝入ってしまった。目が覚めると、ハルヒロが寝ている間に交代で集落を観察していた仲間たちが様子を報告してくれた。

「夜はなあ、やっぱりおーくんたちも、おねむみたいやなあ」ユメにかかるとオークもおーくん呼ばわりされて、なごみ系種族のように思えてくるが、むろん錯覚だ。

「……だけど、ワルァンディンは、そんなに変化はなかった……ような？」シホルはいささか自信なさげだった。「……集落のほうは、たしかにさっきまで、寝静まってたけど」

「オレはぐっすり寝てて、なぁーんも見てねーけどな？」

「どうしていばってるの？」メリイが心底不思議そうに言った。「頭が変だから？　人格が腐ってるから？　ねえ、どうして？　教えてくれない？」

「……アノォー。このごろ、オレに対するツッコミ厳しくね？　もうちょいやさしくしてくれても、罰は当たんなくね？」

「それはどうっすかね……」

「やい、クザッキー！　てンめえ、オレの手下の分際でっ……！」

今日は全員で集落地帯を通り抜けてみることにした。ランタだけは置いてゆきたいところだが、さすがにそういうわけにもいかない。

昨日の単独偵察である程度の手応えを摑んではいたものの、困難も予想された。実際やってみると、六人でぞろぞろ歩いているだけでも異様に目立つ。一人なら潜伏できる場所でも、六人ではきつかったりもする。基本的には昨日と同じルートを辿ってみたのだが、何度も農民オークに見つかりかけた。ちょっと進むのにもやたらと時間と手間が掛かるので、たびたび心が折れそうになって引き返したくなった。

ランタを除く仲間たちは協力的で、従順と言ってもいいほどハルヒロの指示どおりに動いてくれる。でも、ほとんどそれだけだ。ハルヒロが考え、判断し、ああしろこうしろと指図しないと、誰も動かない。動きようがなくて、動けないのだろう。やむをえない。わかってはいても、苛立ってしまう。かっとしそうになることもある。そんなときは深呼吸だ。感情が起こるのはしょうがない。それに振り回されなければいいのだ。というか、いちいち振り回されていたら疲弊するし、ミスにも繫がる。

体感時間だが、ワルァンディンまで四時間か、五時間。これはたぶん、何回繰り返しても、そこまで極端に短縮することはできない。ハルヒロ一人なら、おそらく一時間半。六人だとその三倍くらいはかかる、ということだ。行って帰ってくるだけで一日の三分の一以上が潰れてしまう。

ワルァンディンの手前にある溶岩の川付近に身を潜めるのも、六人ではきつそうだ。ハルヒロは盗賊なので、遮蔽物がなくても場合によっては伏せたりうずくまったりして隠形できるが、仲間たちには無理だろう。留まっていたら見つかる。移動するしかない。

左に行くと鍛冶場があって、その先は鉱山だ。ハルヒロたちは右方向に進んだ。溶岩の川の向こうに並ぶ四角い二階建ての窓には、たまに子供オークが腰かけている。けっこうきょろきょろしていることもあったりするから、注意しないといけない。

「おーくんも、ちっこいときはかわいいんやなあ」ユメがひっそりと呟いた。

「……どこがだよ」ランタは、ケッ、と吐き捨てた。「ちっこいっつっても、やつら、おまえとかオレより図体でけーぞ、たぶん……」

「大きさとかはべつに関係ないやんかあ」

「あるっつーの。見るからに凶暴そうなツラしてやがるしよ……」

「退屈そうに、ぽわーっとしてるだけやん。ランタがなあ、ビビってるからそう見えるだけなんちゃう?」

「ビビってねーよ。勝負したら余裕で勝てるしな。嘘だと思うんなら、やってみせたっていいんだぜ。何しろ、オレはビビってなんかねーからな。マジでビビってねーしな」

このバカ（クソ）のせいでいつか子供オークに発見されてしまうんじゃないかとひやひやしたが、幸いそういうことは起こらなかった。でも、行き詰まった。

四角い二階建ての連なりが終わると、その向こうは開けていた。といっても、空き地ではない。すごい数のオークが行き交っている。騒々しい。話し声はまるで怒鳴りあっているかのようだ。地べたに雑多な物を並べて、あれは売っているのか。露店なのだろうか。屋台らしき店もある。立ったまま、あるいは地面に座って飲み食いしているオークの姿も目に入った。市場と盛り場を一緒くたにしたような場所なのかもしれない。かなり猥雑な地域のようだ。溶岩の川をぴょんぴょん跳び越えて、何が楽しいのか、野太い笑い声を発しているオークなんかもいたりする。

近づくのは危険だ。絶対、見つかる。あの地域を避けるために大回りするという手もあるが、そうすると集落地帯に入りこまないといけない。

諸般の事情を考慮して、引き返すことにした。——とりあえず、ヘルベシトまで。

ワルァンディンの調査は慎重に慎重を期して進めるべきだ。たぶん一日二日ではどうにもならない。それ相応の準備が必要だ。食糧にしても、そこらへんで調達するというわけにはいかない。結局、街に帰るしかないのだ。

来た道を戻るだけとはいえ、ウンジョー氏の案内なしだと痛切に心細かった。例の温泉川で一休みしたあとはとくに気が抜けなくなり、アルウジャの廃墟跡では肉冠陸鰐ニィヴルに出くわすたびに心が磨り減って、負傷者も出た。橋を渡って赤茶けた川デンドロを越え、骨ヶ原ゼテシドナでは何度も死喰い鳥スカルドに体当たりされた。

ヘルベシト西の農場地帯が見えてきたとき、ハルヒロは不覚にも緊張が緩んで涙ぐんでしまった。またワルァンディンに行く気になるだろうか。ならないかもしれない。ゼテシドナもアルウジャも二度とごめんだ。オークも見たくない。このままダルングガルで暮らすってことで、もうよくない？　だめ……？

まあ、ヘルベシトも充分危ない町なわけで、気合いを入れ直して地下まではどうにか辿りついたが、そこで買い物を終えたら途方に暮れた。ウンジョー氏と一緒ではないから、ルビシヤの塔を訪ねるのもどうかと思う。ハルヒロたちはゼランではないので、地下に滞在することはできない。地上のヘルベシト民たちはうざいし、怖い。どうしたらいいのか。どうするべきなのか。

「地上にだって、ウンジョーさんのワイフみたいないい人もいるんだしよ」とランタは主張した。「金さえ払えば泊まれるような、宿屋的なのとか？　探せば、どっかにあるんじゃねーの？　つーか、あるだろ。クザッキー。おまえ、パーッと行って探してこいよ。オレらは地下で待っててっからよ。待っててやっからよ。な？」

「なんで恩着せがましいんすか？　つか、なんで俺が……？」

「おまえが一番下っ端だからに決まってんだろ？　つーか、クザッキーはオレのパシリだろ？　パシリなんだから、オレの言うこと聞かなきゃだろ？」

「ちょっとあんたの言ってること、よくわかんないっすね」

「お？　反抗期かぁ？　やんのかコラ？　いいぞオレは？　いくらでも受けて立つぞ？　ぶちのめしちゃうけどな？　いいんだよな、ああ？」

「……ランタクンの天パ燃やしたいと思ったのは、初めてだわ」

「何だぁ？　天パっつったか、おまえ今？　天パっつったよな!?　天パって……！」

「天パでしょ？」とメリイが冷たく言い放った。

「……天パ」シホルも言った。

「天パやんなあ」とユメも。

「――おっ、まっ、えっ、らぁぁぁぁぁぁ……！　天パ天パ天パ天パ言いやがって！　人のこと天パ呼ばわりするやつこそが真の天パなんだぞ！　知らねーのか……!?」

「天パに罪はないんだから、天パを貶めるなよ、天パ……」ハルヒロはため息をつきながらあたりを見回した。ヘルベシトの地下は元上下水路と墓地で、今は一部にしか水が流れておらず、大半は単なる地下道だ。空気は湿っぽいが、なぜか清涼感のある匂いが漂っている。点々と灯されているランプの燃料に、薄荷油みたいなものでも混ぜてあるのかもしれない。その香りのせいもあってか、買い物客が行き来する市場も落ちついた雰囲気で、わりと静かだ。こんなふうに騒いでいると、地下道の両側に店を出しているゼランたちがあからさまに迷惑そうな顔をする。叩き出されないうちに、ランタをちょっと黙らせるか、もしくは永遠に黙らせるか、退散するかしたほうがよさそうだ。

いろいろ考えた末に、ハルヒロたちは帰ることにした。——イド村へ。ヘルベシトを拠点にして、アルウジャ廃墟跡で高く売れそうなタブレット探しをしよう、という案も出た。でも、やっぱりヘルベシトは住みづらすぎる。

獣避けの鐘を用意して、森を越え、炭焼き場へ。炭焼き師は愛想良く迎えてこそくれなかったが、ハルヒロたちを追い払おうともしなかった。炭焼き場の隅で一泊して起きると、たまたま炭焼き師が荷馬車を出す準備をしていた。手を貸しましょうか、と身振り手振りで示してみたら、断られなかったので、荷積みを手伝った。イド村までは炭焼き師の荷馬車に同行した。家があるわけでもないのに、我が家に帰ってきた感がものすごかった。イド村の住人は総じて無愛想だが、食料品店の大蟹店主だけは笑顔で声を弾ませてハルヒロらとの再会を喜んでくれた。大蟹店主の表情を識別するのは難しいが、少なくともハルヒロの目には笑っているように見えたし、嬉しそうな声音だった。そう聞こえたのだ。

食料品店前で飯を食いながら今後について話しあったが、誰一人としてワルァンディンの名を出さなかった。あえてハルヒロが提起するべきだろうか。大いに迷ったあげく、やめておいた。

急がば回れだ。今は英気を養おう。機が熟するのを待とうではないか。理由はいくらでも思いつくが、ようするに日和ったのだ。

17. 今日と明日を駆け抜けて

そうはいっても、亡者の街で十日も稼いでいると、このままでいいのか、という気持ちが起こってきた。それはハルヒロだけじゃなくて、みんな同じらしい。亡者の街で獲物を探していても、全員が全員、ちゃんと集中できていないときがある。さすがに亡者を相手にする際は気合いを入れるのだが、明らかに乗りきれていない。ハルヒロ自身がそうだから、手にとるようにわかる。

やや勇気が要ったが、リーダーとして、そろそろ行こうか、とハルヒロが提案した。異論は出なかった。

今回はあらかじめ十五日間の予定を組んだ。状況次第で数日増減するかもしれないから、そのあたりは弾力性を持たせた。長期滞在を想定しないことに決めると、俄然モチベーションが高まった。そうだ。だらだらやってもしょうがない。短期集中が一番だ。

二度目のワルァンディン行きは、ウンジョー氏の案内がないわりに順調だった。ダルングガルに慣れてきている、とは思わないようにした。慣れは怖い。たぶん、ちょっとしたことでびくびくして、胃が痛いくらいでちょうどいいのだ。

ワルァンディンの偵察はハルヒロが単独で行った。そのほうが圧倒的に効率がいいし、危険も少ない。

盛り場の先には、集落地帯の建物に似たかまくら型の家屋が密集していた。どうも下流というか下層のオークが住んでいるらしい。言ってみれば、貧民街（スラム）だ。そうとうな急斜面にも、こびりつくようにかまくらが建てられていて、少し感心してしまった。

火竜の山はワルァンディンの向こうにある。そのどこかにグリムガルへと通じる道があるようだ。

火竜の山に至るには、大きく分けて二つの方法がある。一つは、ワルァンディンを抜ける。もう一つは、ワルァンディンを避けて、山越えをする。

山越えだと、鉱山か貧民街（スラム）の外側を通ることになるだろう。どちらもかなり険しいので、せめて専門の装備くらいはないと無理だ。ちなみに、専門の装備って何と訊（き）かれたら、ハルヒロには答えられない。専門家ではないからだ。野外生活の玄人（プロ）である狩人（かりゅうど）のユメも、山登りの経験はない。山越えを試みるにしても、入念に下準備をしてからだ。先の、そのまた先の話ということになるだろう。

ワルァンディンを抜けるとしたら、オークがあまり活動していない時間帯を狙（ねら）って、オークに見つかりそうにない場所を選ぶ必要がある。集落のオークは夜、眠るらしいということが判明しているし、ワルァンディン在住のオークたちも同じなのではないか。

隠形（ステルス）を駆使した単独調査の結果、やはりワルァンディン・オーク略してワルオも昼夜を区別して生活している実態が浮かび上がってきた。

盛り場には、ひきもきらずワルオがわらわらしている。ただし、昼日中から夜中までがワルオ多めで、早朝から昼前まではワルオ少なめのようだ。工場街、鉱山ともに、夜間は誰も働いていない。貧民街はいつでもなんとなくざわついている。

もっとも、少なくとも現時点では、境界線である溶岩の川のこちら側からうかがえる範囲のことしか、ハルヒロにはわからない。夜、こっそり工場街や鉱山を通り抜けることができたとしても、その先に障害があって進めないかもしれないのだ。

なんとかワルァンディン内部に潜入してさらに知見を広めたいところだが、やはり仲間を連れてはいけない。はっきり言ってしまうと、いやまあ、べつに言ったりしないが、誰であろうと足手まといだ。これぱかりはハルヒロが一人でやるしかない。

次回の課題だ。今回は欲張らずに予定どおり十五日間の日程を終え、ハルヒロたちは無事、イド村に帰りついた。

あくる日は亡者の街に繰りだして、一稼ぎした。

その翌日も、翌々日も、翌々々日も、翌々々々日も、翌々々々々日も、翌々々々々々日も、翌々々々々々々日も翌々々々々々々々日も、亡者狩りに精を出した。

義勇兵にとって狩りは仕事だが、作業的になってはいけない。ゴブリンスレイヤーの称号を持つハルヒロたちは、馬鹿みたいに同じ狩り場に通い詰めることには慣れているし、わりと得意ではあるものの、慣れの怖さも知っている。

「くっ……！」クザクが獅子(しし)の亡者の猛攻を懸命に食い止めている。盾だけじゃない。長剣も防御のために使う。腰高にならないように気をつけて重心を落とし、粘る。粘る。獅子の亡者との距離は一定だ。クザクは相手の動きに応じて細かく位置を修正している。あの間合いの保ち方は見事だし、獅子の亡者にしてみればさぞかしやりづらいだろう。一対一なら、クザクは獅子の亡者でもきっちり保持(キープ)できる。できるようになったのだ。クザクが盾役(タンク)として進歩していることを、皆が認識している。クザクを信頼してもいる。

「――っ……！」だからこそ、ここ、というタイミングでメリイが出てきて、ヘッドスタッフで獅子の亡者に足払いを掛けたりもする。クザクは絶対に獅子の亡者を放さない。そう思っていなければ、メリイはシホルから離れたりしないだろう。ちなみに、メリイは決して怪力の持ち主ではないが、神官の護身術はもともと非力な者が身を守るための技術として生みだされ、発展した。遠心力やら何やらを利用して、小さな力を大きな力に変え、害意ある者に強力な打撃を与える。クリーンにヒットすれば、一撃の重さはランタのそれを上回るだろう。

　獅子の亡者がすっ転んだ。すかさずクザクは躍りかか――らない。

「ゲハハァッ……！」ランタだ。虎視眈々(こしたんたん)とチャンスをうかがっていたランタが射出系(リーブアウト)でぶっ飛んで、獅子の亡者に襲いかかる。こういうときの思いきりの良さだけは褒めてやってもいい。ランタは獅子の亡者の右眼球に黒刃の剣をぶっ刺した。「ずおりゃあ……！」

「離れろ……！」ハルヒロがそう言うが早いか、ランタは獅子の亡者から飛び離れた。黒刃の剣はやつの目に突き刺さったままだ。苦悶しながらも、やつはランタを愛情たっぷりに抱擁しようとした。抱きすくめられて背骨を折られる前に、ランタは逃げたわけだ。

（……いひ……呪いあれ……）とそこらへんに浮いているゾディアックんが、縁起がいいんだか不吉なんだかよくわからないことを言った。

獅子の亡者が起き上がる。ユメが矢を放ったが、やつは身をよじってこれをよけた。続けざまに、シホルが「ダーク……！」とエレメンタルを飛ばした。人型というか星形のエレメンタル・ダークは、獅子の亡者の胸にシュンッと吸いこまれる。途端にやつはビクッと身を震わせて、膝をついた。

「けあっ……！」クザクが長剣を大振りしてやつの側頭部を殴り、さらに盾を顎のあたりに叩きつけた。

「えい……！」メリイもヘッドスタッフをやつの首筋にぶちこんだ。

「おりゃあっ……！」ランタがやつに飛びついた。黒刃の剣を引っこ抜いて、斬る。斬りつける。斬れなくても、斬りまくる。ランタが休むと、クザクとメリイが一発、二発ずつ食らわせて、またランタが連撃を加える。

ハルヒロは仲間の戦いを見守りつつ、周囲に目を配っていた。シホルのそばにいるユメも弓に矢をつがえて、あたりを警戒している。

ハルヒロたちは主な狩り場を、亡者の街北西部にある市場跡や倉庫区から、南西部にちょっと入ったところに移そうとしていた。ステップとしては、北西部の次は南東部が妥当なのだが、街の東側はたいてい霧が出ている。南西部の強亡者は狡猾で凶暴だが、北西部に近い一帯には比較的御しやすい亡者が出没することがわかった。とはいえ、今やりあっている獅子の亡者のようなたぐいの亡者だ。強敵には違いない。それでも、全員がしっかり集中して臨めば、ほぼ確実にしとめられるようになってきた。

これくらいの相手がいい。気を抜きたくても気を抜けない。とてもじゃないが、作業的には倒せない。

適度ではなくて、それより上の緊張感。日々工夫して、自分たちを向上させないと、生き抜けない。しかし、ちゃんとやっていれば、どうにかなる。

「ハルくん」ユメが顎をしゃくった。南の建物を示した。

「ん」ハルヒロは目を凝らして建物を見た。崩れた二階部分から何かが顔を出している。そんなふうに見えなくもないだけだ。ハルヒロは首を振った。「違う。大丈夫」

「ユメ、まちがいやってんなあ。ごめんなあ」

「いいって」

「うぉらぁ！　スカルヘルに抱かれちまえ……！」ランタが獅子の亡者にとどめの一突きを見舞った。「ブゥワッハッハッハッ……！　今夜もうまい酒が飲めそうだぜ……！」

「山賊かよ……」ハルヒロは呟(つぶや)いてため息をついた。そう言うハルヒロは盗賊なのだが、ランタと同類だとは思いたくない。それは断じて違う。

十日間、亡者の街で狩りをしたら、約十五日間の遠征に出発する。こうすると、常に次を念頭に置いて日々を過ごせる。

先を考えすぎるのも良くないが、目先のことばかりでは息苦しくなってしまう。バランスが大事だ。輝く希望に向かって猪突猛進(ちょとつもうしん)するだけでは足許(あしもと)がおろそかになって危ういし、のしかかる絶望の重みで下を向いていたら疲れて歩けなくなる。きついだけだと生きてはゆけない。楽しいだけの毎日なんてありはしない。泣きたければ泣くべきだし、笑いたくなくてもたまには笑っておいたほうがいい。

三度目の遠征の最中、ハルヒロは単身調査に出ていたからあとで知ったのだが、ランタたち五人がオークに襲われた。オークは二人で、どうにか殺したものの、クザクとユメが負傷して、一時はやばかったらしい。どちらのオークも細身で、若そうだった。鎧(よろい)などは身につけておらず、弓矢と剣、ナイフを帯びていた。狩人のような装備だ。もしかすると、彼らは狩猟に出かけようとして、ランタたちと遭遇したのかもしれない。

この出来事をきっかけに、四度目の遠征からは五人の待機場所を温泉川付近に変更した。ランタたちには穴熊(あなぐま)のようなグヴジでも狩っていてもらい、ハルヒロはワルァンディンの探索を進める。夜、一人なら、市街の中にも入りこめるようになった。

五度目の遠征の折、アルウジャ廃墟跡で小さな石板を見つけた。イド村に帰って目の手の賢者オウブに見せると、大硬貨一枚、1ロウで買い取ってくれた。そのあと村の外で焚き火をしていたら、ランタが柄にもなくしみじみと「でもよ……」と語りだした。「ここの連中が、スカルヘルにすがった気持ちは、なんとなくわかるよな。こうも暗くちゃあ、そりゃスカルヘルに抱かれたくもなるっつーの」

「ルミアリスにすがる気持ちのほうが、もっと理解できる」メリイが反論した。「こうも暗いんだから、普通は光を求めたくなるでしょ」

「おまえの普通ではそうなんだろーよ。けどな。普通っつーのはみんな違うんだぜ？」

「おまえ？」

「……モウシワケゴザイマセン。メリイサン。クチガスベリマシタ」

「ぜんぜん心がこもってない……」とシホルに指摘されると、ランタは土下座した。

「スィーマセンデシタッ！　ワタシガワルーゴザァーマシタッ！　ユルシテゴメンッ！」

「おまえの土下座ほど無価値なものってないよね……」ハルヒロは枝で焚き火をつつきながら苦笑いした。「……神様か。なんか、実感わかないな。ていうか、神様っているんだな。実在するんだ。なんとなく、架空？　の存在なのかなあ、とか……」

「いなかったら、光魔法は使えない」メリイは自分の掌を見た。「だけど、わたしもここに来るまで、心の底から信じきってはいなかったかも」

「あぁー」クザクがうなずいた。「それはあるな。神って、規範っていうかさ。そういうのの元？　理由？　根拠づけ？　みたいな。ルミアリスがいる、いつも見てるって想定することで、正しく振る舞える、みたいな？」

「白神のエルリヒちゃんはいてるけどなあ」ユメはシホルに膝枕をしてもらった上、メリイに脚をくっつけている。「ユメの夢に、出てきてくれるしなあ。会いたいなあ……」

「マジな話、するとよ」ランタは土下座モードを解除してあぐらをかき、生意気にも腕組みをした。「死ぬのって、やっぱ誰だって怖かったりするわけじゃねーか。生きてる以上、死にたくはねーだろ。だけどよ。オレらは死ぬわけだ。いつか必ず、くたばっちまう。それは避けようがねーだろ。帰結っつーかな。そう考えると、なんっかこう……たまんねー気分になったりするだろ。やるせねーっつーかな」

「……おまえでも？」意外の感に打たれてハルヒロが訊くと、ランタは、ヘッ、と鼻で笑ってみせた。どこか無理をしているような笑い方だった。

「一般論だ、一般論。オレはそんなの超越してっからよ。だいたいだな。オレが死ぬっつーのは、オレの人生の一部じゃねーか。他人が死ぬのは、まあ……アレとしてもな。自分の死は受け容れなきゃ、生きてけねーだろ。生まれて死ぬからこそ、命なんだからな。つまり、循環だよ、循環」ランタは人差し指をくるくる回してみせた。「おまえらは知らねーだろうけどな。スカルヘルの教えには、そういう死生観もふくまれてんだよ」

「ルミアリスの教えにだって、もちろんそれはある」メリイはユメの腿を撫でながら静かに言った。「――原初に光があった。すべての生命はその光から生じて、光に還る。だからわたしたちは、死ぬときに光を見るの」

「死んだら闇に落ちるに決まってんじゃねーか」

「そんなこと、ない。闇は、光が射さないところに生じる従属物なんだから。あなたが光を見ようとしなければ、闇に染まる。それだけ」

「違ぇーな。闇こそが原初で、光はあとから出てきたんだ。根源は闇だっつーの」

「これだから、スカルヘルを盲信してる暗黒騎士とは相容れない」

「相容れなくて結構だよ！　臆病なルミアリス信者なんざ、こっちから願い下げだ！」

「……そんなことで、喧嘩するなよ」リーダーとして仲裁してみたら、メリイとランタ、双方に睨みつけられた。

「そんなこと!?」「そんなことだぁっ!?」

「ご……ごめんなさい」

「両方……」シホルが助け船を出してくれた。「……両方、あったんじゃない？　初めから、光も、闇も。反発しながらも、補いあう要素なんじゃないかと……」

「ユメたちみたいやなあ」ユメがシホルの膝に頬をすりつけながら、ほわほわっとした口調で言った。「みんながいてくれてるから、ユメ、生きてられるやんかあ」

なごまされた。

まあ、何しろずっと一緒にいるので、そんな話になることもある。男同士だと、わりあいくだらないことばかりしゃべっているが、女性陣はどうなのだろう。恋愛トークなんかもしたりするのだろうか。しないか？　するのか？　興味はあるものの、どうなんすか、と尋ねることもできないので、きっと謎はいつまで経っても謎のままだ。

ランタが貯めに貯めた黒硬貨10ロウをはたいて、一振りの両手剣をイド村の鍛冶屋で買った。両手剣なので柄は長いが、剣身はそこまで大きくなくて意外と軽い。剣にはたいてい剣身の根元に刃のない部分があって、リカッソという。ランタが買った剣はこのリカッソが長くて、突起がついている。たとえばとどめを刺すとき、柄とリカッソを握ると力を入れやすかったりするみたいだし、用途は他にもあるようだ。ランタなら試行錯誤していろいろ編みだすだろう。この剣を安息剣と名づけて、ランタはリカッソをがっちり握れるようにグローブ型の手甲も購入した。ちなみに、手甲の代金は仲間から借りた。

黒刃の剣は頑丈でまだぜんぜん使えるから、クザクが譲り受けて剣身に六芒を刻み、血で証を立てる聖騎士の儀式を施した。こうすることで、光魔法・光刃により、ルミアリスの祝福を刃に与えることができるようになる。亡者の街で鷹の頭部を思わせる形状の兜が手に入って、ちょうどクザクの兜がずいぶん傷んでいたから、これに取り換えた。ランタにホークヘルムと命名されると、クザクはだいぶいやがっていた。

ユメはやはり亡者の街で入手した剣鉈（けんなた）に近い形の湾刀を愛用している。ハルヒロが湾刀、湾刀と言っていたら、ユメはそれからとって、自分の得物をワンちゃんと呼ぶようになった。正直ちょっと、どうかと思う。

メリイはヘッドスタッフが壊れてしまったので、ハンマー付きのスタッフを鍛冶屋で買った。攻撃に参加する機会がずいぶん増えたせいだろう。明らかに破壊力を求めて武器選びをしている。

シホルは装備こそ変えていないものの、エレメンタル・ダークが着々と力を伸ばしている。どうもダークはシホルに懐くほど大きくなって、それから——なんだか、かわいらしい形になってゆくようだ。さらに、睡魔の幻影（スリーピーシャドー）や、攪乱の幻影（シャドーコンプレクス）、影縛り（シャドーボンド）のような効果を発揮させることもできるらしい。とはいえ万能ではないので、衝撃か、惑乱させるか、眠らせるか、動きを止めるか、シホルが念じてどれか一つを選ぶようだが、それでもすごい。シホルが言うには、いずれ複数の作用を組み合わせたいとのことだ。そうなると、足止めしつつダメージを与えたり、ダメージを与えたうえで弱体化させたり、といったことも可能になる。もっとすごい。

ハルヒロ自身は、刺突専用の錐状短剣（スティレット）を右手に、打ち払い、切断、突き刺しも可能な護拳付きのナイフを左手に持つようになった。前者はヘルベシト地下の市場で見つけたもので、後者は亡者からの戦利品だ。

ウンジョー氏の姿は見ていない。たまにイド村を訪れているはずだが、ハルヒロたちも遠征で村を離れている期間がけっこう長いので、入れ違いになっているのだろう。ヘルベシトに立ち寄るたびに、ルビシヤの塔のことが頭をよぎる。いつか行ってみようと思ってはいるのだが、足が向かない。

ある日、ランタにそそのかされてイド村の食料品店で酒をたらふく飲み、したたかに酔った。ハルヒロだけじゃない。あのときはみんな飲むだけ飲んで、鍛冶や服と鞄屋の腕付きひしゃげ卵店主、非番の見張り、大盤店主にまで酒を大盤ぶるまいした。ランタ、ハルヒロ、クザクの順で鍛冶に腕相撲を挑んで全敗し、三人がかりでも勝てなかった。そんな記憶がおぼろげにある。仲間たちがどんどん酔い潰れて、たしかメリイと二人きりで肩を並べて話した。何を話したのだろう。やたらと楽しかったような気はするが、会話の内容はまるで覚えていない。変なこと言ってなきゃいいんだけど。その翌日、メリイの態度はいつもどおりだったので、まあ大丈夫だろう。――大丈夫、だよね?

受信石はあれ以来、一度も震えていない。

誰もそのことには言及しないが、きっとタイミングが悪いのだろう。おそらく、それだけだ。

ハルヒロはそう思うことにしている。

18・フェスの前

「……あ。二百か」
ワルァンディン潜入中に気づいた。これがダルングガルで迎える二百回目の夜だ。だから、というわけではないだろう。あたりまえだ。ハルヒロたちにとって二百回目の夜だろうと三百回目の夜だろうと六百六十六回目の夜だろうと、この世界に住む者たちにはまったく、何の関係もない。

ともあれ、今夜のワルァンディンは様子が変だ。というか、集落地帯からしておかしかった。集落のオークたちは、ワルァンディンのオーク略してワルオたちよりも総じて早寝早起きだ。ハルヒロはだいたい、寝静まったころの集落を通り抜けて、鍛冶オークたちが退(ひ)けたあとの工場街からワルァンディンに入りこむ。工場街は身を隠す場所が多いので、万が一、ワルオがいても切り抜けやすい。

ところが今日の集落オークたちは、ちょっと宵っ張りのようだった。かまくら型の家屋からは明かりが洩(も)れていたし、近づくとオークの話し声がした。家の外で何かやっているオークも、わずかながらにいた。隠形(ステルス)して突破するのに脅威を感じるほどではなかったが、もちろん気にはなった。ワルァンディンの工場街はいつもどおり業務終了していて、静かだった。でも、その先はふだんとは違っていた。

　工場街の向こうは雑多な住宅地だ。夜は人通り、いやワルオ通りが少ない。これまではそうだったのだが、今回はそこらじゅうにワルオがいて賑やかだった。どの家にも明かりが灯っている。家の中で忙しく動き回っているワルオもいれば、外で語らっているワルオもいた。たぶん、この住宅地だけではないだろう。ワルァンディン全体が活気づいている。お祭り騒ぎとまではいかないが、まるで祭りの準備でもしているかのようだ。

　やたらとワルオがうろついているので、危ないことは危ない。ただ、これまでの経験からいうと、やつらはこれっぽっちも余所者を警戒していないようだ。ワルァンディンの盛り場には闘技場のような場所があって、そこでよく賭け試合が行われている。派手な喧嘩を目撃したこともあるし、ワルオたちは武張ったことが大好きらしいが、この街には防備らしい防備がない。彼らは外敵に攻められる可能性を考慮に入れていないのだろう。自分たちの街の中に人間が入りこんでいるなんて、きっと想像だにしていない。充分用心して、目を引くようなことさえしなければ、まず見つかりはしないということだ。

　何しろ臆病者なので恐怖感はあるが、それでもハルヒロは落ちついて住宅地を見て回った。ダルングガル二百回目の夜、ワルァンディンはたしかにいつもと違う。いったい何がどう違うのか？　詳しく知りたい。祭りの準備？　どうしてハルヒロはそんなふうに感じたのか？　路地から路地へ、ときには屋根を伝って移動しながら観察しているうちに、だんだんとわかってきた。

赤々と輝く溶岩の流れのせいで、ワルァンディンに闇夜が訪れることはない。それにしても、いつにも増して明るいこの街で、どうやらワルオたちは何かをこさえているようだ。しかも、いろいろなものを。

たとえば、彼らの家の窓には基本的に戸がないから、明かりが点いていれば室内が見えるのだが、機織り機を動かしているワルオ女性がざらにいた。わざわざ夜に機織りをする必要がどこにあるのか？　昼間やればいい。少なくともハルヒロは、夜に機を織っているワルオ女性なんて、これまで一度も見たことがない。

軒先で棒を飾り付けしているワルオ男性もけっこういた。隣人と談笑したり、何か食べたりしながらだが、遊びではないだろう。あんなことをしているワルオは初めて見た。あの棒が何かはさっぱりわからないが、彼らにはきっと理由がある。今、あれを作らなければならなくて、作っているのだ。

子供のワルオたちも、籠のようなものを囲んで何かをいじっていた。年長のワルオが年少のワルオたちを指導して、作業に従事させているらしい。

準備だ。明らかにワルオたちは準備をしている。皆で衣装やら飾り物やらを製作して、それらを身につけたり、使ったりして、何かするのだろう。きっとそれは街を挙げた行事に違いない。儀式とか？　祭事？　催し物？　何にせよ、ワルァンディンは非日常的な空気に包まれている。

ワルァンディンの中央あたりにはひときわ大きな、どこかうずくまる竜を思わせる外観の建造物が場所を占めている。ワルオたちに王がいるのかどうかは不明だが、ハルヒロは便宜的に王宮と呼び慣らわしていた。

王宮は広い通りと何本もの細い溶岩の川に囲まれていて、一本の大通りが火竜の山へと延びている。また、王宮の周辺には立派な建物がたくさんあって、昼夜問わず、ワルオの出入りが多い。それに、このあたりは夜間でも武装したワルオが巡回していたりする。そんなわけで、ちょっと近づきづらい区域なのだが、今夜は勇気を出して入りこんでみることにした。むろん、成算があってのことだ。ご多分に漏れず、王宮区のワルオたちも何かの準備に勤(いそ)しんでいた。ふだんは優雅に夜の散歩を楽しんでいるような様子のワルオもいたりする地区なのだが、今は違う。たいていのワルオは各々作業に没頭してくれているので、しっかり隠形(ステルス)を駆使していればそうそう見つかることはない。

——だけど……と、つくづくハルヒロは思う。ワルァンディンでは本当に文化的な暮らしが営まれている。この街と比べたらイド村は辺鄙(へんぴ)な田舎だし、ヘルベシトは野蛮すぎる無法地帯だ。ここには秩序がある。ワルオたちはおおむね奪いあうことなく、さまざまに労働し、糧をえて、生活している。食べて働いて寝るだけではない。娯楽もある。格差は厳然として存在するようだが、半分、いや、大半のワルオは、ハルヒロたちより安全な、そしてもしかすると、豊かな暮らしを送っている。

「祭壇……？」

王宮前の広場に面する建物の屋上で、ハルヒロは意識して身体から余分な力を抜いた。

初めてこんなところまで来た。ただ、遠目から広場を見たことはある。そのときはあんなものはなかった。きっと二十メートル四方はあるだろう、高さ三メートルほどの壇に、さらに台が設えてあって、その上に——檻がある。檻……だろう。ただ、金ぴかで、装飾もしてあり、やけに豪華だ。檻といったら、罪人とか捕虜なんかを閉じこめておくのが一般的な用法だと思うが、あれはどうも違うらしい。

檻の中にいるふくよかなワルオ女性は、とても囚人には見えない。頭と胸に布を巻き、腰にスカートを着けているのはワルオ女性に共通したファッションだが、ぜんぶあからさまに良質のものだ。彩り鮮やかな刺繍が施されていて、きらきらしている。宝石がちりばめられているようだ。心なしか緑色の肌まで、つやつやというか、ぴかぴかしているように見える。化粧でもしているのだろうか。

高貴な身分なのかもしれないワルオ女性の態度も、囚人らしくない。落ちつき払っていて、威厳すら感じる。

それに、彼女は檻の中にいるが、独りではない。大勢のワルオが次々と壇に上がって、彼女に面会している。檻越しに何か言葉を交わしたり、手を握りあったりしているから、知人同士なのだろうか。でも、彼女の装いはどう見ても一番見栄えがする。

ハルヒロは金ぴかの檻を詳しく見た。四隅についている飾りは——竜か？　壇のあちこちにも、竜を象った飾りがある。あのワルオ女性の衣装もそうだ。あのスカートの刺繍は竜じゃないか。布を巻いた頭のてっぺんに、宝冠のようなものを載せている。それも竜っぽい。——住宅地のワルオたちが棒につけていた飾りも、そうだったんじゃ？　竜。竜だ。思えば、王宮も竜に似ている。どうして気づかなかったのか。ワルァンディンには竜をモチーフにしたものがあふれている。竜だらけだ。

ハルヒロは今にも噴火しそうな火竜の山に目をやった。あの山にはその名のとおり、竜がいる。火竜が。ワルオたちはそんな山の麓に街を作って住んでいる。火竜は火蜥蜴を食らい、ウンジョー氏の仲間たちをも食べてしまったという。オークはどうも口に合わない、なんてことはあるだろうか？　ちょっと考えづらい。火竜は危険な生き物のはずだ。何の理由があってか知らないが、そんな生き物のすぐそばでワルオたちは暮らしている。繁栄している、と言っても大袈裟ではないだろう。

ワルオたちは恐るべき火竜を崇めているのかもしれない。火竜は彼らにとって神同然なのではないか。というか、神なのかもしれない。

今、街中を竜だらけにして、彼らは何かしようとしている。それは儀式を伴った祭事なのかもしれない。生け贄……とか？　檻の中にいるあのワルオ女性は？

「まさか、生け贄……とか？」

ワルオたちがひっきりなしに檻の中のワルオ女性に会いに来ている。お別れをしているようにも見えなくはない。悲壮感のようなものはないようだが、生け贄になるのは名誉なことだったりするのだろうか。いやまあ、彼女が生け贄だと決まったわけでも、火竜信仰が事実だと判明したわけでもないんだけど。想像の翼を羽ばたかせすぎ……？

何かいろいろと考える余地があるように思えてしょうがないが、偵察しながら考察していたらポカをやらかしそうだ。どうせ夜が明けるまでには離脱しないといけない。頃合いなので撤収するとしよう。

帰りもあらかじめ決めていたとおり、工場街を抜けてワルァンディンを出ることにした。戻る際には、行きはよいよい帰りは怖い、と胸の裡で唱える。えてして帰り道のほうが焦りやすく、油断しやすいものだ。慎重すぎるほど慎重になるくらいでちょうどいい。

工場街にさしかかったところで、うなじの毛が逆立つような感覚に襲われた。ハルヒロは急いで手近な工場の中に逃げこんだ。何がどうした、とは言えないが、何かを感じた。隠れて様子をうかがう？　いや、動こう。ハルヒロは低い姿勢で隠形を維持して歩いた。自分の足音も、衣擦れの音も、息遣いも聞こえない。まるでハルヒロなどいないかのようだ。自分以外に動くものは？　見当たらない。気のせいだった？　そうとは限らない。

集中できている。足の運びに問題はない。

何か感じる。――誰か、何か、いる？　見られている？

かまうものか、と割りきった。見ているだけなら、見ていればいい。来るなら来い。これ以上、近づかれたら、きっとわかる。反応できる。遠征の単独調査でだいぶ鍛えられた。伊達(だて)じゃない。すぐさま、思い上がるな、と自戒する。調子づくな。できていると思うな。まだまだ足りないと思え。常に最善を尽くせ。

すでにハルヒロは確信していた。どこかに何かがいて、ハルヒロを見ている。距離をあけて尾行しているのだ。気配としか言えないが、そういったものを感じる。ずっと感じつづけている。

それも、相手は複数。だいたい後方、たまに右方向、もしくは右後方に、気配がある。真後ろの気配は変わらない。おおよそ同じ距離からハルヒロを見ている。もう一つの気配はついたり離れたりだ。消えることもあるが、やがてまた現れる。

まったく動揺していないわけではない。怖くもある。だが、相手はまだ襲ってこない。この段階で恐れても、いいことは一つもないのだ。そう理解した上で、自制している。

工場街から溶岩の川を跳び越えてワルァンディンをあとにした。いったん立ち止まって、振り返る。

気配が消えた。いなくなった？　いや、まだわからない。ハルヒロが止まったので、相手も止まった。そうすると、ハルヒロも相手を感知しづらくなる。それだけかもしれない。安心するのは早すぎる。

集落地帯はさすがにもう寝静まっているので、大胆に駆け足で進んだ。相手は？　やはりワルオ？　その可能性はきわめて高い。人間にハルヒロのような盗賊がいるように、オークにもこそこそするのが得意な者がいたとしてもおかしくはないだろう。ワルオの盗賊的な二人組が、ワルァンディンで不審者＝ハルヒロを発見して、正体や目的を探るために追尾したとか？　まあ、そんなところだろう。

忸怩たるものがある。以前、狩人ワルオを殺したあとも心配したのだが、幸いあれは尾を引かなかった。でも、ハルヒロの存在を知られてしまったら、さすがにワルオたちは警戒するかもしれない。もしまともな警備体制を敷かれたら、今までのようにワルァンディンに潜入することはできないだろう。その気になれば、外敵に対して備えをするくらいのことは、ワルオたちには充分可能だと考えるべきだ。グリムガルのオークもそうだが、ワルァンディンのオークたちも、人間と同程度の知性がある。異質で、相容れない部分が多いからといって、どちらが上でどちらは下だとか、そんなことは言えない。グリムガルで人間族はオークをふくむ諸王連合に破れ去り、一度は天竜山脈の南へと撤退することを余儀なくされた。人間にとって、オークは対等以上の敵手なのだ。

集落の畑にはできるだけ足を踏み入れないようにした。畑は足場がいいとは言えないので、どうしても速度が遅くなる。とっさのときに対処しづらい。畑と畑の間に作られている細い通り道を早足で歩いた。

途中、また気配を感じた。案の定だ。ハルヒロを見逃すつもりはないらしい。

細かいことまで詰めて考えてはいないが、方針は決めた。まずは気配を探りながら、できるだけ急いで集落を抜ける。もしも相手が仕掛けてきたら、一目散に逃げるしかない。逃げきれるのか？　不確定要素が多すぎて、正直、やってみないことにはわからないが、そのときはやるしかない。——あー、おっかない。

動く影を二度ほど目にした。曲がりくねった切れ目の道に入ると気配を感じなくなったが、相手が諦めたと思うべきではないだろう。この状況で精神の平衡を保つのはとてつもなく難しい。まあ、無理だ。それでもなんとか、パニクらないで踏みとどまっている。上出来なんじゃないかな？　自分を褒めてやりたい。いや、そうでもない。まだ切り抜けたわけではないのだ。ひそかな自画自賛はあとでいい。

切れ目の道から平地に出た。温泉川の待機場所まではあと少しだ。夜は明けていない。仲間たちは見張りだけ立てて寝ているだろう。昼間だったらグヴジ狩りをしているか、もしくはアルウジャ廃墟跡まで足をのばしていることもある。その場合は合流に手間がかかるので、これはむしろ不幸中の幸いと考えたほうがいいのか。どうだろう？

胃が痛い。いつものことだ。そのうち胃に穴があくかも？　そうしたら、光魔法で治してもらえばいいか。その手の内臓疾患も治療できるのか？　どうなんだろう？　今度、メリイに訊いてみようか。

どうでもいいことが頭に浮かぶ。集中力が切れてきている証拠だ。ハルヒロは気合いを入れなおした。待機場所が見える。見張りは誰だろう。シホルか。他は皆、横になっていて、シホルだけ座っている。——まずい。

冷や汗が噴き出して、胸の奥のほうが押し上げられるような不快感を覚えた。

ミスった？

これでは、追跡者を仲間たちのもとに案内してしまったようなものだ。それが追跡者の狙いだったのかもしれない。不審者＝ハルヒロを発見したが、きっと一人ではなく、どこかに連れがいると相手は考えた。それで、一網打尽、もしくは皆殺しにするべく、ハルヒロを尾行してきた。だから、あえてハルヒロを攻撃してこなかった。言わば、わざと泳がせたのだとしたら——相手は、ハルヒロの処置を後回しにして、シホル以外眠っている仲間たちに奇襲をかけるかもしれない。

そうだとしたら、どうすれば？　どうしよう？　迷っている暇はない。ハルヒロは駆けだした。「——シホル！　全員、起こして！　逃げるんだ……！」

「えっ……ハルヒロくん……!?　あっ……」シホルはあたふたしながらも、ランタを杖でぶっ叩いた。「お、起きて……！」

「んがぁっ!?」ランタは跳び起きた。「——なな何だ!?　何しやがる!?」

「……ふぉうぇ？」ユメが目をこすりながら身を起こした。

「がんっ!?」クザクは変な声を出して、ガバッと起き上がった。

「おきっ――」メリイは目を覚ますなり走りだそうとして、こけた。「――ぅなっ」やばい。ときめいた。いやいや、ときめいている場合じゃない。ほんと、それどころじゃないんだって。それどころじゃないかもしれないんだって。ハルヒロは四方八方に視線を巡らせ、走りながら叫ぶ。「たぶん敵がいる！　逃げろ！　はぐれるな……！」

「ぬやっ」ユメはメリイを引っぱり起こして荷物を担いだ。メリイも「ありがとう！」と礼を言いつつ自分の荷物を持った。シホルはもうその場を離れようとしている。クザクが先頭に立ち、ランタは安息剣(RIPer)を抜いた。「――敵ぃ!?　どこだ、相手になって――」

ハルヒロが怒鳴りつけるより早く、「お待ち……！」と聞き覚えのある声が響いた。

「ねっ……」ハルヒロはつんのめるように急停止して、声がしたほうに目をやった。というか、ねって何だ。ねって。ねじゃなくて、あれだ、あれ。つまり――、

右後方だった。闇(やみ)の中から進み出てきた彼女は、暗色の外套(がいとう)を身につけて、鍔広の帽子を被(かぶ)っていた。その外套と帽子をなぜかいっぺんに脱ぎ捨てると、現れたのは――どこをとっても、どこから見ても、とっても、とっても……女王様です。

どうしてそこまで女性的な部位を強調したり、見えてはいけない箇所を巧みに外して露出したりしてるんでしょうか。胸とか張られると、目を背けずにはいられません。

ねじゃなくて、ラの人でした。

「……ララ、さん？」

「久しぶり」ララは艶然(えんぜん)と笑って、赤い唇を舐(な)めた。「生きてたなんて、驚き」

「ワルァンディンからおれをつけてたのって……ララさんと、ノノさん？　です？」

「まあ、そう。気づかれてるとは思ってなかったけど。――ノノ！」

ララに呼ばれて、ちょうど切れ目の道がある方向から、彼も姿を見せた。白髪に、顔の下半分を覆う黒マスク。ノノはララのそばまで行くと、四(よ)つん這(ば)いになった。ララはノノの背に座って、脚を組んだ。「――で？　あんたはどうして、火竜祭を間近に控えたオークの街なんかに？」

「かんりゅーさい……？」ユメが首をひねった。

「ちょっ、ちょい待て！」ランタはいったん鞘(さや)に収めかけた剣を構えなおした。「ハルヒロ、おまえが敵っつったのはそいつらのことだよな!?　人間で、知り合いだからって、味方とは限らねーぞ！　そいつらは一回、オレらを見捨てやがったんだからな！」

「見捨てたぁ？」ララは鼻で笑った。「うちらが、あんたらを？」

「そ、そ、そうだ！　オレらを置いて、二人だけで行っちまったじゃねーか！　オレは忘れてねーぞ！」

「そんなつもりないけど、よしんばそうだとしても、今さら蒸し返すようなこと？　ケツの穴の小さい男(ヤツ)。調教して、拡張する気にもなれない」

「か、拡張……」あの、シホル。なんでよりにもよってそこに反応するの、シホル。

「うっせえ！」ランタは泣きべそをかいている。「オレらはなあ、大変だったんだよ、あれからいろいろと！　右も左もわからなくて、めちゃくちゃ苦労したんだぞ！」

「それはうちらだって一緒」

「で、ですけどねえ!?　そうはおっしゃいますけど!?」

「……ランタクン」クザクが小声で言った。「敬語。敬語になってるっす」

「気のせいだボケッ！　タコッ！　無駄にでけーんだよ、クソッ！」

メリイがハルヒロを見ている。どうするの、と尋ねている顔だ。

ハルヒロは腰をさするふりをして、さりげなく錐状短剣（スティレット）の柄（つか）に指をかけた。「——見捨てられたとか、おれはべつに思ってないんで。や、おれっていうか、おれたちは。……そのアホ以外は。ここで再会したのも何かの縁だろうし、情報交換できれば」

もちろん、ララとノノが、何か事情があってハルヒロたちに危害を加えようとしていたり、一方的に利用するつもりだったりしたら、その限りではない。

「当然、うちらもそう思ってる」ララは目を細め、指で自分の唇をいじった。「ちょっと変わったね、あんた。ハルヒロだっけ。いい面構え、してる」

「眠たそうな目って、言われますけどね」ハルヒロは表情を変えないように努力しないといけなかった。——見透かされてるな、絶対、これ。「……火竜祭って？」

「準備してたでしょ。間隔はまだわからないけど、それなりの頻度でやってるみたい。火竜に生け贄を捧げる盛大な儀式。街中、大騒ぎになる。ちなみに、火竜祭っていうのはうちらがそう呼んでるだけね。残念ながら？　オークとは仲良くなれそうにない」

「生け贄ぇ？　儀式だとぉ……？」ランタは剣をしまって正座した。土下座の準備をしているようにしか見えない。何なの、おまえ。「……それって――ようは、アレか。火竜に生け贄を捧げるっつーことかよ。マジか」

「……そのままじゃない」シホルが低く吐き捨てるように言った。まったくだよ。

でも、やっぱりそうだったのか。火竜祭。生け贄。街中が大騒ぎになる。――ひょっとしたら、ひょっとする？　何がひょっとするのか？

もしかして、チャンス……かもしれない？　チャンスって、何の？　わかっている。その機に乗じれば、可能かもしれない。そう思いついたのだ。思いついてしまった。

みんなでワルァンディンを突っ切って、火竜の山に行けるかもしれない。洞窟を探し、そこを通って帰れるかもしれない。

「何か耳寄りな情報がありそうだね」ララがやたらと艶っぽい笑みを浮かべ、ハルヒロを招き寄せるように人差し指をくいっと曲げてみせた。「このララ様に教えてごらんなさい。すてきなご褒美、あげちゃうかもよ？」

どのオークも、飾り布をたすきのように肩に掛けて、赤と黒のボディーペインティングを施している。男も、女も、老いも若きもだ。太鼓を打ち鳴らすオークがいる。弦楽器を弾くオークもいる。笛を吹くオークもいる。子供をふくめたオークの男女が手拍子を打ち、足を踏み鳴らしながら、声を揃えて歌っている。竜の飾りを付けた棒を持っているオークは、歌うのではなく大声で何か話している。リズムに合わせて身振り手振りを交えたその語りは、演説のようでも、楽器の演奏や歌声を指揮しているようでもある。

すばらしく躍動的で、今にも破綻しそうなのにまとまりがあって、荒々しくはあっても粗雑では決してない。むしろ、洗練されている。美しいと言ってもいい。聴き入ると圧倒されてしまう。――だめだ。ハルヒロは巨大芋虫が囲われている柵の陰で軽く頭を振った。聴くな。すごいけど。明らかに一聴の価値ありだけど。必聴とまで思ってしまいそうになるけれど、だめだ。聴き惚れている場合じゃない。

ハルヒロは柵から顔を出して、集落の広場で大盛り上がりしているオークたちの様子をあらためてうかがった。実はまだ昼間なのだが、大人のオークはすでに酒が入っているようだし、子供オークもおおはしゃぎだ。それに、ここから広場までは二十メートル以上離れている。昼でもこの距離だとよくは見えないはずだ。気づかれることはあるまい。

ハルヒロは手を振って、後方で待機しているランタたち——それから、ララとノノに合図をした。ぼうっとしていたランタがユメに頭を叩かれ、抗議しようとしたら今度はメリイにハンマースタッフの柄で殴られる、といった事案が発生したりもしたが、みんな姿勢を低くしてこっちにやって来た。クザクあたりはとくに、動くたびにがちゃがちゃ音が鳴る。でも、祭りの音が掻き消してくれて、いい案配だ。ハルヒロはうなずいて、次のポイントへ。安全を確認してから、仲間たち+ララ&ノノを呼び寄せる。地道な作業の繰り返しなので、ランタ（クズ）を除いた仲間はともかく、ララ&ノノが何も言わずに従ってくれているのは少々意外だ。まあ、いつ掌を返すかわかったものじゃないけど。

ララが懐中時計を持っているから、ほぼ正確な時間がわかる。この正真正銘のお祭り騒ぎは、火が昇ってから約三時間後に始まった。ハルヒロたちはその一時間後に集落地帯に足を踏み入れ、一時間半かけてワルァンディンまでの道程を半分ほど消化した。

ちなみにララ様曰く、ダルングガルでは日の出ならぬ火の出から、日の入りならぬ火の入りまでおよそ十〜十五時間、火の入りから火の出まではだいたい十五〜十時間なのだとか。昼と夜の長さは変動するが、足すと二十五時間くらいで、ダルングガルの一日はグリムガルのそれよりも一時間ほど長いことになる。

ともあれ、あと一時間半程度で集落地帯を抜けられるだろう——というところで、別の事案が起こった。なんてこった。竜だ。

ワルァンディンのほうから、竜が近づいてくる！

正確に言うと、竜——の模型……か。

高さは三メートル以上、長さは十メートルを超えているだろう。かなりの大物だ。オークたちのボディーペインティングと同じく黒と赤で彩色され、双眼には黄色く輝く宝石か何かがちりばめられている。首や顎、胴体、尻尾や四肢が可動式になっていて、三十人近くの黒装束で肌を隠したオークがそれを担ぎ、また、棒を動かすことで操作していた。

担がれ竜がやって来ると、集落のオークたちは大興奮した。あれも火竜祭の一環なのだろう。歌声や演奏、竜棒持ちの語りの音量が高まり、子供のオークたちは怖がって逃げ惑った。担がれ竜に追いかけられて、泣き喚く子供もいた。母親とおぼしき女性オークたちが子供らをなだめながらも笑っている。ランタは祭りに加わりたくてうずうずしているようだが、むろんそんなわけにはいかない。ハルヒロたちはワルァンディンを目指して移動した。こんなにも盛り上がっていれば、気づかれようがない。それが狙いで、わざわざ火竜祭が始まるまで待ったのだ。

集落地帯の喧噪は全体的でありながら、局所的だった。集落中の農民オークとその家族が数箇所の広場に集まって、歌と演奏、担がれ竜がもたらす騒動を楽しみ、完全に熱中していた。その他の場所は無人、いや、無オークだった。それでもハルヒロは油断しなかった。急がず、必要な手順を欠かさず踏んで、自分でも呆れるほど丁寧に進んだ。

ワルァンディンも祭りで沸き立っていた。ただし、仕事は全休のようで、工場街にも鉱山にもワルオの姿はない。鍛冶工場のあちこちに倉庫がある。小さくも大きくもない倉庫を見繕い、戸に鍵が掛かっていたから鍵開けして、そこを一時的な潜伏場所として使うことにした。ランタ、シホル、ユメ、メリイ、クザク、ララは待機。ハルヒロとノノが手分けしてざっと偵察したところ、ワルァンディンも集落地帯とおおよそ同じ状況で、ワルオたちは主に大きな通りに集合して歌い、奏で、踊り、騒いでいた。どのワルオも飾り布、ボディーペインティング、それから二十人か三十人に一人くらいは例の竜棒を携え、お祭りルックでビシッと決めている。そこら中に飲食物が用意されていて、ワルオたちは自由に飲み食いしているようだ。

ハルヒロは仲間たちが待つ潜伏場所に戻るべく、足音を忍ばせて住宅地の裏道を歩いた。人気というかオーク気、いやもう人気でいいか、人気はない。どの家も出払っているようだ。さりとて、何らかの事情で在宅のワルオだっているかもしれない。油断は禁物だ。ハルヒロは気を引きしめて路地に入った。息をのんだ。

明らかにまだ年若い、細身のワルオがしゃがんでいた。彼は両腕で頭を抱えている。ボディーペインティングはしているが、外された飾り布が彼の足許でくしゃくしゃになっていた。どうする？　どうする？　どうする？　一秒間に十回以上自問した。答えは出た。ハルヒロはそっと引き返そうとした。まさにその瞬間、彼がこっちを見た。

「ッ……」彼が何か叫ぼうとした。ハルヒロの身体は自動的に反応して、彼に飛びかかった。引き倒して首を絞める。起き上がったままだと、抵抗されて暴れられたとき、後頭部などの危険な箇所を壁や地面に打ちつけてしまいかねない。寝技に持ちこんでしまえば、まあ、ほぼ大丈夫だ。彼の首に、ハルヒロの右腕がしっかりと食いこんでいる。その右腕に左腕で閂を掛けているので、ちょっとやそっとでは外れない。彼は両手の爪でハルヒロの顔を引っ掻こうとしたが、なんとか防御した。――いける。いけそうだ。よし。……落ちた。彼は牙がはみ出している口の端から泡を噴いて失神した。全身から力が抜けている。間違いない。ふりではなく、本当に気絶している。

　ハルヒロは彼の身体を転がして立ち上がった。その場をあとにしようとして、いやいやいや……と頭を振る。まずくない？　たしかに気を失っている。しばらくは目を覚まさないだろう。でも、このままにはしておけないよね？　どうにかしないと。――どうにかって？　動けないようにする？　縛る？　それとも……二度と目覚められないようにしてしまう？　つまり、息の根を止める？

「……くっそ」ハルヒロは掌底で額をとんとん叩いた。まいった。迷いが。ためらいが。この若いワルオは一人だった。火竜祭の最中なのに。こんなところで、なぜかひとりきりだった。集団行動が苦手なのか。あぶれ者か。いじめられていたりして？　だから何だ。関係ない。見られた。生かしておいたら危険だ。殺そう。さくっと。やりますか。

——そんなこんなで、ハルヒロは路地を出て、潜伏場所へと急いだ。鎮まれ、動揺。隠形(ステルス)だ、隠形(ステルス)。集中しろ。一度あったことは二度目もありうる。またワルオに出くわすかもしれない。大丈夫だ。処置は適切だった。大丈夫。問題ない。やれやれ。ああいうこともある。びっくりしたなあ、もう。気をつけないと。もちろんだ。気をつけるよ？ めちゃくちゃ気をつけますよ。そりゃあね。あたりまえじゃないですか。やだなあ。……ハルヒロは足を止めて、振り返った。

ノノがいた。まるで死体みたいに立っている。いや、死体は立っていたりしない。ハルヒロは眠たそうな目をしているとよく言われるが、ノノは死んだような目をしている。ハルヒを見ているのか、見ていないのか。まったくわからない。

ハルヒロは軽くお辞儀をして、ちょっとだけ片手をあげてみた。「……ども」

ノノは首を右に、それから左にゆっくりと曲げた。表情は変わらない。というか、マスクのおかげで、そもそも読みとれない。——あの、なんか、おっかないっすよ……？

「えっと——戻りま……す？」ハルヒロがおそるおそる潜伏場所の方向を指さすと、ノノはうなずいた。しゃべらない男だということは承知しているが、しゃべってよ、と思わずにいられなかった。装具的なマスクのせいで、しゃべれないのかもしれないけどさ。

ノノと二人の帰り道は妙に緊張した。ノノはいつからハルヒロの背後に？ あのときハルヒロはノノの気配を察知して振り向いたのか？ ただなんとなく？ 判然としない。

やっと潜伏場所の倉庫に到着した。異常はなさそうだ。倉庫に入ると、隅っこに座っていたランタが跳び上がって「おっ——」と何か言いかけた。そのときだった。

いきなりノノに首を抱えこまれた。だしぬけで、不意を突かれたから、躱せなかった。たとえ身構えていたとしても、よけられたかどうか。ノノはマクスをつけた口をハルヒロの耳に押しつけた。彼の声はむろん、くぐもっていた。呻き声のようだった。えらく聞きとりづらいはずなのに、なぜかやけにはっきりと聞こえた。

ハルヒロが「……はい」と返事をすると、ノノは放してくれた。

ノノはララのもとへと歩いてゆき、すぐさま四つん這いになった。帰ってきたばかりなのに、さっそく椅子ですか。ララはねぎらいの言葉をかけるでもなく、さも当然と言わんばかりに容赦なくノノの背に座って脚を組んだ。満足そうだ。

ハルヒロは歩く死者のような足どりでランタたちのほうへと向かった。

「ど、どうした……の？」シホルがおっかなびっくり訊いた。

「……いや」ハルヒロは首を横に振った。「……べつに、なんでも」

「なんか言われたのか？」ランタが視線でノノを示した。「……つーか、しゃべれんのか、あいつ。まあ……しゃべれねーってことはねーか」

「あいつとか言うなよ……」ハルヒロは力なく訂正を求めた。「ノノさん、だろ……」

「お、おう。——つーかおまえ、大丈夫か？　変だぞ？　何かあったのかよ？」

「はは……おまえに心配されるようじゃあ、おれもおしまいかな……」

「失礼なヤツだな。こう見えて、オレは愛に満ちた男なんだぜ？　愛の暗黒騎士だぜ？」

「ハルのこと、愛してるの？」メリイがいやそうに尋ねた。

「バッ、ヴァッ、ヴァカ、違ぇーよ！　そういうことじゃねーんだよ！」

「愛じゃなくてなあ、恋かもなあ？」ユメが、にしし、と笑った。

「恋でも愛でもねーっつーの！　あったりめーだろうが、ボケッ！　クソカスッ！」

クザクも短く笑った。「必死すぎて、かえってあやしーっすね」

「細切れにすんぞクザッキーコラァ！　マジで、マジで！　暗黒騎士舐めんなよ！」

「おい」とララ様が仰せになった。「そこのサル。うるさい。お黙り」

ランタはただちにピッと直立して敬礼し、声を出さずに口だけ動かした。サー、イエッサー。どうやら、いつの間にかすっかりララ様に調教されているようだ。恐るべし。ほんと、恐るべしだよ。ハルヒロは身震いした。ララ様だけじゃなくて、ノノも。さっきのノノ、リアルにめっちゃ怖かったです。ノノはハルヒロにこう言ったのだ。

おまえらのせいで、ララ様に傷一つでもついたら、おれ、おまえらのこと、殺すよ。

――と。

たぶん脅しではない。ノノは本気だ。だいたい、見るからに彼は普通じゃない。それに、すこぶる腕が立つ。やるとなったら、眉一つ動かさずにハルヒロたちを殺しそうだ。

問題は、なぜノノがあのタイミングで、あんなことをハルヒロに言ったのか。思いあたる節はないでもないが、考えたくない。考えたところでしょうがないことでもある。この件は忘れよう。考えるべきことは別にある。いっぱい、たくさんあるのだ。

ハルヒロたちは倉庫をあとにした。工場街を出て、その向こうの住宅地を抜ける。ハルヒロが先行して、安全を確認してから皆を呼び寄せる形は変わらない。お祭り地帯は避けているので、人通り、いや、ワルオ通りはないが、はぐれワルオに要注意だ。いないと思えても、絶対はない。かといって、びくびくしていたら身動きがとれなくなる。見つけられてしまったら——もしくは、見つけてしまったら、即座に対処すればいい。そんなふうに割りきることも必要だ。万全なんてありえない。

胃が痛む。汗がやばい。喉が渇く。この先の通りはちょっと大きい。でも、さっき偵察したときは横切れそうだった。顔をちょっとだけ出して見てみると、ワルオはいない。合図を送って、先に通りを横断する。仲間たちとララ&ノノもハルヒロに続いた。まだ住宅地だが、ここからは傾斜が急になる。けっこうな上り坂だ。下から上のほうは見づらく、上からは見晴らしがきくだろう。上手に身を隠しながら進まないといけない。本当に胃が痛い。一秒ごとに年をとっている。そんな感じがして仕方ない。

火竜の山方向にまっすぐ行かないで、極力、横道を選んだ。どんな道だろうと、しっかり様子を確かめてから入る。それでも万全はない。何が起こってもうろたえないこと。

力が入りすぎている。身体中に。力むな。平常心、平常心。無理だって。心が千々に乱れてしまいそうだ。かろうじて繋ぎ止めている。おそらく、根性とか意地とかで。そんな状態なのに、きっとハルヒロは眠そうな目をして淡々と仕事をこなしているように見えるだろう。得なんだか、損なんだか。とりあえず、まだ限界じゃない。なんとかやれる。あれ以来、ワルオの姿すら見ていない。もしかして、このままワルァンディンを突破してしまえるかも？　甘い考えを抱くと、だいたい良くないことが起こる。まあ、厳しい予想もわりと当たったりするので、何をどう見込もうと結局は同じなのかもしれない。

「太鼓の音……近くね？」ランタが言いだす前から、ハルヒロもそんな感じがしていた。ランタでさえ気づいたのだから、ララとノノは先刻承知だろう。それでいて、何も言わなかった。あらためて、この二人は信用できない、とハルヒロは思った。悪人かどうかはわからないが、ララとノノは自分たちのことしか考えていない。ハルヒロたちに同行しているのも、あくまで現時点では利用価値があると判断しているからだ。いらなくなったら、躊躇なく切り捨てるだろう。必要なら、捨て石にする。それで二人が罪の意識を抱くこともないだろう。

もっとも、ハルヒロたちだって、メリットがあるから二人と行動をともにしている。その意味ではお互い様だ。まあ、いざというとき、ララやノノを見捨てたり犠牲にしたりできるかというと、それはまた別問題というか、おそらく難しいだろうが。

甘い……のだろうか。そうかもしれない。

ハルヒロは七人を待たせて、近くの建物の壁をよじ登った。屋根の上から見渡すと、ワルァンディン中を松明のものとおぼしき光の列が動き回っていた。ある列に至ってはここから百メートルも離れていない。かなり近い、と言うべきだ。――どうしよう？

ハルヒロは屋根から下りた。何をどう説明したものか。頭が働かない。突っ立っていると、ランタが詰め寄ってきた。「――何、ぼうっとしてんだ!? どうだったんだよ!? どうなってやがる!? ハルヒロ！ 訊いてんだろ、なんとか言え、ハゲ！」

「……まずい、かも」

「だから、どうまずいんだよ!?」

「おれたち、探されてる……かも」

「探され――てる……って、はああああああああああああああああああああああああ!?」

「さっきからランタなあ、声がおっきいやんかあ」

「うっせっ、ちっぱい！ おまえは黙ってろ！ 今、大事な話をしてんだろうが！」

「……どうして、あたしたちを？」シホルがしごくもっともな疑問を口にした。

仲間たちにしてみれば、そこが謎だろう。ただ、ハルヒロにとってはそうでもない。そうでもないのだ。それどころか、ほぼ見当がついている。そうであって欲しくはないが、そうなんじゃないかなと考えざるをえない。

「まずは、逃げないと」メリイは自分に言い聞かせるようにそう言って、仲間たちを見回した。「原因とか理由とか、そんなのあとでいい」

「……そっすね」とクザクがうなずいてみせた。「見つかる前に、逃げたほうが」

「どぉーこに逃げんだよっ!?」ランタが怒鳴った。「オレらァ、もうずいぶんワルァンディンの中に入りこんじまってるんだぞ!?　逃げ道なんかあると思ってんのか!?」

「逃げなきゃいい」ララが赤い唇をぺろっと舐めて、火竜の山を指さした。「ワルァンディンのオークにとって、火竜の山はおそらく聖域。追ってこないんじゃない?」

ノノは下目遣いでハルヒロを見据えている。……こ、怖ぇー。あれ、絶対、怒ってるって。バレてるって。少なくともノノはわかっている。——この事態を招いた張本人は誰なのか。そうです。そうなんです。

ハルヒロのせいだ。たぶん。まあ、ほとんど確実に。十中八九、ハルヒロが悪い。殺さなかった。殺せなかったのだ。あの若いワルオを。手足を縛り、猿轡を噛ませて、放置した。言わなきゃ?　でも、時間が惜しいような?　今はいいか?　しかし、ノノはなぜハルヒロを糾弾しないのか。どう考えても、これは危機だ。ララの身にも危険は及ぼうとしている。それなのに、どうして?　しゃべりたくないから?　責めるより殺すつもり?　その機会をうかがっている?　なんにせよ、急がないと。メリイの言うとおりだ。原因とか理由とか、そのへんはあとでいい。「——行こう、火竜の山に……!」

ワルオたちは太鼓を打ち響かせ、松明を振り回し、大声でがなりながら、ハルヒロたちを捜索しているようだ。動く松明の数をざっとかぞえただけでも、多い。三桁には余裕で届く。しかも、全員が松明を持っているわけではないだろう。数人に一人か、十人か、それ以上に一人か。捜索隊の頭数は、松明の数のざっと十倍以上だと見なしたほうがいい。千人を超える、ひょっとしたら数千人のワルオが、ハルヒロたちを探し回っている。

一応、ハルヒロが先導しようとしたら、ノノに追い抜かれた。ついてゆくしかない。おれに任せて、とか言えないって。言ったら殺されそうだし。なんか、また間違えそうだし。若いワルオの件については、とりあえず忘れたほうがいい。それはわかっているのだが、忘れられませんって。今のハルヒロは正直、自分の判断力に自信が持てない。今の？　今だけだろうか？　この先は？　もう大丈夫と言えるときが、いつか来るのか？　とてもそうは思えない。

ノノはすいすいと迷わず直進したり角を曲がったり路地に入ったり出たりする。どうしてあんなふうにためらうことなく進めるのか？　ときおりララが後ろから、右、とか、左、とか、まっすぐ、と声をかける。ララのおかげか？　もし間違えそうになったら、ララが訂正してくれる。間違えてしまっても、ララがフォローしてくれるから？　信頼感のおかげなのか？　一人じゃないから？　二人で一人だから？　ハルヒロはどうか？　仲間たちを信じている？　信じていないわけじゃない、ただ……だけど——、

「止めろ……！」とララが叫んでから、行く手にワルオの集団が現れたことに気づいた。ボディーペインティングをした身長二メートル超のワルオは、その見た目だけでも単純に恐ろしい。ハルヒロの心臓が飛び跳ねて、胸に鋭い激痛が走った。ノノが先頭のワルオに襲いかかる。クザクも盾を構えて突貫した。ランタも続く。ノノはまたたく間に右手のナイフでワルオの首を斬(き)り裂くと、別のワルオに躍りかかった。クザクは盾ごとぶち当たり、突き倒そうとしたのだろうが、体格にまさる相手は堪えた。ランタは松明を持っているワルオに斬りつけて、下がらせはしたものの、深手を負わせてはいない。

ハルヒロは錐状短剣(スティレット)の柄(つか)を握って、握りなおし、握りしめた。やばい。やばいぞ。これはやばい。だめだ。膝(ひざ)が伸びて、棒立ちになっている。何やってんだ。何もしていない。ハルヒロは、何も。あちこちを見る。見て、考える。考えるふりをしている。実際は何も考えていない。

「こっちだ……！」というララの声が飛んできた瞬間、ものすごくほっとした。

ララはちょっと戻ったところの路地を指し示している。ユメとシホル、メリイを先に行かせて、踵(きびす)を返したランタと、盾でワルオの蹴(け)りを防ぎながら後退してくるクザクを待った。ノノは速いだけじゃなくて緩急自在な体術とナイフを駆使し、巧みにワルオたちを足止めしている。とくに大柄ではないし、短いナイフしか持っていないのに、でかいワルオたちを向こうに回して、なんであんな芸当ができるのか。感心している場合じゃない。

ランタは路地に入った。クザクはまだだ。ワルオに絡(から)まれている。あいつをどうにかしないと。そうだ。やらないと。それくらいやるんだ。やれ。ハルヒロはクザクとワルオの脇(わき)を駆け抜け、急転回してワルオに背面打突(バックスタブ)を叩(たた)きこんだ。一応、背中から腎臓(じんぞう)を狙(ねら)ったつもりだが、内臓まで届かなかった。ワルオが振り返る。その顎(あご)にクザクが盾打(バッシュ)を見舞い、さらに黒刃の剣で強突(スラスト)をかました。行こう、と声に出して言うまでもない。二人一緒に路地を目指す。ノノも追いかけてきた。路地へ。路地へ。幅一メートルほどの狭い路地を抜けた先で、ララが悠然と右を示している。どうしてララはまだハルヒロたちを見捨てないのか。ノノは何を考えているのか。いい。そんなことはどうでも。今はやめよう。黙ってララに従おう。そうするしかない。それが最善だ。だって、ハルヒロでは無理だ。打開策なんか浮かばない。闇雲(やみくも)に突っ走るくらいのことしかできないだろう。

ララは違う。ノノもそうだが、まるで慌てていない。落ちついている。いつもどおりだ。ああじゃないといけない。ハルヒロもあんなふうでありたいが、できるだろうか。いやあ、どうかな。できないだろうな。できっこない。一生かかってもララとノノみたいにはきっとなれないだろう。

石畳の大きい通りに出ると、ワルァンディンのほぼ全景を望むことができた。だいぶ標高が高い。このあたりはもうワルァンディンの端っこだ。通りの向こうからワルオたちが押し寄せてくる。ララが「あは！」と笑った。「のろまども！　うちらの勝ちだ！」

ほんとかよ。嘘じゃなくて？　ララは先頭をきって急勾配の大通りを駆け上がってゆく。ランタが「すげえ、やべえ、すげえ！」とがなった。ワルオたちは今や完全にハルヒロたちを捕捉していた。この大通りは王宮区から蛇行しながら火竜の山に向かって延びているようだ。なぜわかるかというと、見えるからだ。松明の列が大通りの道筋をはっきりと浮かび上がらせている。すごい。マジですごい数のワルオだ。キッカワだったら、ゴイスーズーカーとでも言うところだろう。言わないか。懐かしいな、キッカワ。彼も無事らしいが、また会えるだろうか？　望み薄だ。そう思わざるをえない。

濁流だ。ボディーペインティングをして飾り布をたすき掛けし、竜棒やら松明やら武器やらを振りかざしたワルオの濁流が、大通りを逆流してハルヒロたちをのみこもうとしている。最後尾のノノからワルオの最前列まで何メートルか、正直よくわからないが、十メートルはない。まあ数メートルだ。ノノはおそらく本気を出せば振りきれる。でも、シホルやクザクはつらそうだし、メリイも余裕がなさそうだ。これは時間の問題なんじゃないかという気配が濃厚に漂いまくっている。詰んでません？　終わってない、これ？

すべてハルヒロのせいだ。ハルヒロが終わらせた。ごめん。ごめんな。みんな、ごめん。ごめんなさい。――おれなんだよ。おれのせいなんだよ。おれが悪いんだ。ぜんぶ、おれが。どうしたら許してもらえるかな？　許してなんかもらえないよな。そりゃそうだ。だって、おれが悪いんだから！　他の誰も悪くない、おれだけが悪いんだから……！

ハルヒロは全力疾走しながら、我知らず泣き喚いていた。振り向くことはしなかった。前だけを見ていた。ただ単に怖かったからだ。何も見たくなかったし、何も知りたくなかった。もういい。どうせ終わる。ハルヒロのせいで、何もかもおしまいだ。全員、死ぬ。袋叩きにされて惨殺される。不思議だった。いつになってもそのときが訪れない。そろそろのはずなのに、まだハルヒロは生きながらえている。

竜を象った石柱と石柱の間を通り抜けた。とうとう市街から出てしまった。傾斜のきつい石畳の道はそのまま続いているが、建物はない。道の両側には岩山が広がっている。樹木らしきものは一本も見あたらない。あちこちから溶岩が脈動するように噴きだして、煙を上げている。

「追いかけてこおへんなあ！」とユメが息を弾ませて言った。——そうか。そうだ。

ハルヒロは汗だの涙だの鼻水だの唾液だのでぐちょぐちょに汚れた顔を手で拭いながら振り返った。ワルオたちはいる。引き返してはいない。でも、石柱のところで止まっている。まるで目には見えない何かに堰き止められているかのようだ。聖域。火竜の山はワルァンディンのオークたちにとって聖域だろうから、追ってはこないのではないか。それがララの読みだったし、そう明言した。果たして、図に当たった。それだけと言えばそれだけのことだ。ララには勝算があった。ノノはもちろん、ランタやユメ、シホル、メリイ、クザクも、希望は持っていたかもしれない。きっとハルヒロだけだ。

ハルヒロだけが完全に絶望していた。動転しすぎて、まともな思考力を失っていたのだ。恥ずかしい。それはもう、とてつもなく。消えたいです。これ以上、生き恥をさらしたくない。

　道は石段に変わった。階段状になっていなければ転げ落ちてしまいそうなほど急峻だ。その斜面を越えると平坦に近くなって、道が唐突に途絶えた。

「おおっふぁ……！」ランタがすっとんきょうな声を上げた。「いるぞ、いやがるぞ、あれが火蜥蜴ってやつかよ!? つーかなんで溶岩の中であいつら平気なんだよ……!?」

　そこから先は、岩肌がめちゃくちゃに盛り上がったり落ち窪んだりしていて、いたるところに溶岩の川が流れ、また、溶岩の泉が湧いている。火蜥蜴たちは、そうした溶岩の上を漂ったり、泳いでいたり、飛び跳ねたりしていた。というか、やつらの見た目をありのままに言い表せば、蜥蜴の形をした溶岩の塊だ。動いていないと、溶岩と区別がつかない。だから実際、火蜥蜴がどれだけいるのか、ハルヒロには見当もつかなかった。もしかすると、あの溶岩はぜんぶ、火蜥蜴かもしれないのだ。まあ、さすがにそれはないと思うが、可能性としては否定できない。

「ここからはちょっと慎重に行こうか」とララが、これまではべつに慎重じゃなかったかのようなことを呟いた。どういう神経をしているのだろう。それとも、虚勢を張っているだけなのか。そんなことはあるまい。本当にものすごい神経をしているのだ。

ノノが先に立って、足場を探りながら進みはじめた。二番目にはララが、その後ろにランタ、クザク、メリイ、シホル、ユメ、そしてハルヒロの順で並び、一列になった。申しあわせたわけではないが、自然とそうなっていた。たぶん、ハルヒロが一向にしゃべりも動きもしないので、一番後ろにつくものと皆、判断したのだろう。ハルヒロは実のところ何も考えていなかったのだが、不服はなかった。それどころか、ありがたい。後ろでいいというか、後ろがいい。誰の視線も感じたくない。リーダーシップをとるなんて、この状態ではできない。

「もともとうちらがここをマークしたのは」ララが問わず語りに言った。「オークの存在。あいつらはグリムガルにもいるから。ある世界と、それとは別の世界に同じ種族がいる場合、基本的には両者は繋がってると思っていい。その種族が、特定の場所に根を張っているときは、経験上、だいたいそこに通り道がある。何らかの事情で、簡単には行き来できないことが多いけど」

「……ここは、火竜が……」シホルは帽子を押さえて、ごくごく細い溶岩の川をおっかなびっくり跳び渡った。その直後、火蜥蜴がぴょんと跳ねて、もう少しでシホルの足にふれるところだった。「……うぅっ」

「竜って、ほんとにいるんかなあ」ユメが軽やかにジャンプすると、やはり火蜥蜴も跳んだ。ユメは火蜥蜴ごと溶岩の川を跳び越えた。「ここ、静かすぎやからなあ」

ハルヒロは助走をつけ、溶岩の川も火蜥蜴（サラマンダー）も見ないようにして、思いきり跳躍した。何か言わないと。黙りこくっているのは変だ。でも、何を言えば？　言うべきことがないわけじゃない。もし言ったら、どうなる？　わからない。想像したくない。

「あれって、山頂っすかね？」クザクが左斜め前方を指さした。

そちらの方向に、黒々とした山容らしきものがたしかに見える。距離は、どれくらいだろう。数百メートル先か？　もっとあるだろうか？

「つーかよ……」ランタが急に足を止めた。「ハルヒロ。おまえ、なんか言ってたよな。さっき、ワルァンディンで。あとおまえ……泣いてたよな。あれって、オレの気のせいじゃねーよな？」

ハルヒロは首を横に振っただけで、答えなかった。そのまま進もうとすると、ランタが仲間たちを押しのけるようにしてハルヒロに詰め寄ってきた。

「自分のせいだとか何とか、言ってたよな。あれってどういう意味だよ。ぜんぶ自分が悪いとか。様子もおかしーよな？　おまえはたいがい変だけどよ。いっつも眠たそうな目ぇーしてやがるし。それにしたって普通じゃねーだろ。おまえ、何しやがったんだ？」

「……あとで」

「ああ？」

「そのことは、あとで話すよ。ちゃんと言うから。今は……いいだろ」

「良くねーよ」ランタはハルヒロの胸倉をつかんだ。「いいわけねーだろ！　ふざけてんじゃねーぞコラァッ！　オレはな、曖昧なのがいっちばんむかつくんだよ！」

「だから、あとで話すって言ってるだろ！　状況を考えろよ！」

「なぁーにが状況だ！　言い逃れしようったってそうはいかねーぞ！　オレはやるって決めたらやる男だ！　とことんまで追いつめて、何がなんでも吐かせてやる！」

「ランタぁ！　やめぇっ――」ユメがハルヒロとランタの間に割りこんでこようとした。

その拍子にハルヒロは後ろへ押される恰好になって、「あっ……」と踏み外した先が、小なりとはいえ溶岩溜まりだった。まともに足を突っこんだわけではないが、右の踵が溶岩に軽くふれて、ジュッと焼けた。「――ぉくっ……!?」

「ハ、ハルくん!?」

「……や、だいじょ……ぶ……？」ハルヒロはしゃがんで、右足をさわった。すぐさま足を引っこめたし、大事には至っていないと思う。そう思いたい。ブーツに指を這わせる。どうだろう？　踵のあたりは、溶けてるっぽい？　ブーツだけか？　中は？　痛いような、熱いような……？

「オ、オレは謝らねーからな！」ランタはふんぞり返った。「いいぃぃー今のは、ユメとおまえ自身が悪い！　オレはぜんっぜん、ミジンコほども悪くねえ！」

「……存在がミジンコ程度……」

「ああ!?　何だとぉ、この腐れタレチチボンバー！」

「く、くさっ……た、たれっ……!?」

「ハル！　診せて！」メリイがシホルとユメ、ランタをかきわけて、ハルヒロのそばに膝をついた。

ララは肩をすくめて、呆れ果てているようだ。ノノがララに顔を寄せ、何か耳打ちをした。あるいは、決断をうながしているのかもしれない。いいかげんあいつら切り捨てましょう、とか。それはまずい。大いにまずい。考えなおしてもらわないと困る。

「ちょっ、待っ――」ハルヒロは、治療しようとしてくれていたメリイを押しのけて、立ち上がった。右の踵をぞっとしない痛みが襲って、「ゐっ……」というような感じの奇っ怪な声が洩れた。

「あれ？」と、クザクが世にも不思議なことを言った。「山頂が、動いた……？」

「山は動かない」ララはなぜか楽しげに喉を鳴らして笑った。「つまり、山じゃないってことでしょ？」

「だっ――たら……」ランタが山頂を、いや、かつては山頂だと考えられていたものを振り仰いだ。「アレ、は……何なんだよ……？」

それは左右に揺れている――だけじゃない。この音。振動。というか、地響き。それは近づいてくる。

「逃げろ……！」ハルヒロは反射的に声を張り上げた。

「ど、どっちに……⁉」とランタが怒鳴り返した。

「いや、どっちって――」

どっちだ？　どこへ逃げれば？　戻る？　来た道を？　どこまで？　山を下りればいいのか？　でも、ワルァンディンに逃げこむわけにもいかない。当然だ。どうすれば？　わかるかよ。ハルヒロはごく自然にララとノノにすがろうとした。いなかった。さっきまで、そこにいたのに。いや。――二人の後ろ姿が見えた。いなかった。前方に張り出している岩陰に遮られて、一瞬、見失ったのだ。とはいえ、もう十五メートルくらいは離れている。

「お、追いかけるんだ！　あの二人を！　急げ……！」

「クッソ、あのあばずれ（ビッチ）……！」

「シホルぅ、先に！　ユメが後ろにいるからなあ！」

「う、うん！　わかった……！」

「メリイサンも行って！」

「ええ！　ハル、走れる⁉」

「は、走れるから、おれは！　早く！　クザクも……！」

「っす……！」

地響きがどんどん大きく、激しくなる。ハルヒロは無我夢中でクザクの背中を追いかけた。右の踵をついたら、痛みが脳天まで突き抜ける。右足はどうにか踵をつかないようにして、爪先で走るしかない。まったく簡単ではなかった。装備や持ち物の重量を加味すれば、ハルヒロはパーティの中で一、二を争うほど速く走れる。クザクは一番遅い。それなのに、てんでだめだ。クザクにも追いつけないどころか、離される。クザクはたまに振り返って足を緩め、ハルヒロを待ってくれた。涙がちょちょぎれるほどありがたいが、焼け石に水だった。多少距離が縮まっても、またすぐにそのぶん、あるいはそれ以上、開いてしまう。

不意にクザクの姿が見えなくなった。とうとう見捨てられたのか。いや、そんなわけがない。岩と岩の間の狭い場所を通り抜けると、やや開けていた。クザクだけじゃない。みんないる。ララとノノも遠くにいた。

クザクが振り向いて、ハルヒロを――それから、もっと上のほうを見た。「っ……！」声にならないその声は、控えめに言ってもなんだか不吉だった。ちょっと大袈裟に言うと、世界が終わりを告げているかのようだった。

ハルヒロは迷った。この目で確かめるべきか、やめておいたほうがいいのか。決断を下す前に、吸い寄せられるように見てしまった。見なきゃ良かったとも、見て良かったとも思わなかった。ただただ呆気にとられた。

これでもそれなりに、いろいろな生き物と出会ってきた。黄昏世界(ダスクレルム)の巨神などは、あれはまあ生き物なのかどうか議論の余地がありそうだが、とにかくでかかった。

やつはあの巨神ほど、桁外れ(けたはず)に大きいわけじゃない。でも何かこう、やつの見目形には特別な感慨を抱かせるものがあった。きれいだとか美しいとか、そういうのとも違う。一言で言えば、恐ろしい、ということになるだろうが、それだけでは決してない。

やつの全身はやや赤みがかった、もしくは、赤い光沢のある黒い鱗(うろこ)で覆われていた。その点で言えば、爬虫類(はちゅうるい)に近い。実際、巨大な蜥蜴と言えないこともないが、やはり違う。

やつは四つ足で歩行するようだが、その前肢は物を摑(つか)むこともできそうだった。存外、器用そうな手をしていた。首はそこそこ長く、頭はわりと小さい。小さいと言っても、人間くらいならあっさり丸呑(まるの)みにしてしまうだろう。バランスの問題だ。やつはぼってりしていない。鈍重そうには見えず、巨体のわりに素早そうだ。あの逞(たくま)しい後肢で全力疾走したら、かなり速いだろう。長い尻尾(しっぽ)は持ち上げられ、ぴんと張っている。

竜だ。

おそらく、竜という存在をまるで知らない者にも、やつがある特異な位置を占めている生物だということは一目瞭然(いちもくりょうぜん)だろう。あれこそが竜だと言われたら、その者は納得するだろう。竜を知らないはずなのに、なるほど、あれが竜か、と思うに違いない。きっと竜は、我々の本能に刻みこまれている。

ワルァンディンのオークたちが崇めるのも無理はない。生け贄を捧げたくなる気持ちもわかる。ハルヒロはもちろん、震え上がっていた。こんな恐怖は味わおうとしても味わえるものじゃない。それと同時に、逆らいがたくこう思っている。

竜、すげえ。

正直、かっこいい。いるんだ、こんな生き物。ある意味、完璧っていうか。ある意味ってどういう意味なんだって話だけど、すげえ。

竜。

火竜が、口を開け、首をうねらせて、息を吸いこんでいる。深呼吸？　よくわからないが、ハルヒロはその姿に見入っていた。見とれていた、と言ったほうがより正確かもしれない。火竜の喉の奥でちらちらと光が揺れている。何だろ、あれ、とは思った。そう思っただけだった。

「おわあああああああああああああぁぁぁぁ……！」というランタの声を聞いてから、もしかして自分には危機意識が欠如しているんじゃないかと怪しんだ。見れば、前を行く仲間たちが猛烈にダッシュしていた。狼の群れに追い立てられている草食動物のような逃げっぷりだった。もちろん、ランタたちは草食動物じゃないし、そもそもこの山には狼なんかいない。いるのは火蜥蜴と、それから火竜くらいのようだ。どうやら、ランタたちはその火竜から逃げようとしているらしい。——そりゃまあ、逃げるよなあ。

なんでハルヒロはぼうっと突っ立っているのか。そのほうがむしろ、おかしいわけで。
火竜が、吸って、吸って、吸いまくった息を、ついに吐き出した。いや、息なんかじゃない。それとも、火竜が吐く息はああなのか？　ハルヒロは後ろに転がった。高熱の塊が襲ってきて、立っていられなかったのだ。火。炎だ。火竜の口から火炎が迸ったのだ。自分も燃えたんじゃないかと思った。焼き尽くされてもおかしくない熱量だった。そう感じられた。

どれだけ時間が経ったのか。数秒か。数分か。それ以上か。わからない。ハルヒロは干からびた虫けらみたいに横になっていた。まさしく干からびていた。身体中から水気が飛んでいる。パッサパサのカラッカラだ。目も、鼻も、口も乾燥しきっている。今にも表面の組織がボロボロ崩れてきそうだ。まばたきをするのが怖い。でも、なんとかまばたきして少しでも涙を絞り出さないことには、本当に眼球がやばいことになる。口も、鼻も同じだ。残った水分を総動員して早く潤さないと、本気でやばい。

燃えてはいないようだ。あの炎の息に焼かれはしなかったらしい。まあ、直撃を受けなかったからだろう。ハルヒロは余波を食らっただけだ。それだけで、こうなる。もろに浴びたら、一瞬で消し炭と化すに違いない。

火竜はハルヒロを狙って炎の息を吐いたわけではない、ということだ。じゃあ、何を狙ったのか？　標的は……？

地響きが、火竜の足音が聞こえる。感じる。火竜は移動している。

「……ランタ……たちは……メリイ……ユメ……シホル……クザク……」

仲間たちは逃げようとしていた。おそらく、火竜から。ひょっとすると、炎の息から。火竜に狙われていた？　ハルヒロではなく、仲間たちが？　火竜は仲間たちめがけて炎の息を吐いた？　だからハルヒロは命拾いした？　仲間たちは？　どうなった？

「……捜さ……ないと……」

そうだ。どうなったか。それは問題じゃない。まずは捜さないと。

ハルヒロは盛り上がっている岩肌を頼りに起き上がった。右の踵が砕けそうに痛んだ。痛みはかえって救いだった。痛いほうがありがたい。いっそ、痛みで失神したいくらいだ。そうもいかない。捜さないと。

仲間たちが逃げていった方向へ進むと、火竜の後ろ姿が見えた。炎の息が炸裂したあたりは陥没して、底のほうは溶岩の沼みたいになっていた。炎の威力をまざまざと見せつけられた。消し炭と化すどころじゃない。直撃したら、跡形もなくなってしまうんじゃないのか。

だとしたら、仲間たちはもう見つからないんじゃないか。

考えるな。馬鹿なことを考えるものじゃない。考えたらだめだ。動け。動かせ。まずは身体を動かす。すべてはそれからだ。

火竜のあとをまっすぐつける気にはなれなかった。それはさすがに危なすぎる。ハルヒロは迂回することにした。火竜は何かを探しているのかもしれない。仲間たちは逃れたのかもしれない。火竜はまだ仲間たちを追っているのかもしれない。先回りすれば、仲間たちに会えるかもしれない。そうだ。希望はある。ないわけがない。

常に火竜を視界に収めつつ、近づかないように、離れすぎないように、進路を定めた。地形が敵だった。何しろごつごつしすぎていて、起伏がありすぎる。窪んで道のようになっているところからは溶岩が顔を出している。溶岩の中には決まって火蜥蜴がいる。

火竜が見えなくなると、途端にパニックに陥った。あたふたして、あちこちを火傷した。溶岩に飛びこんで終わりにしよう。そんなふうに思うこともしばしばだった。火竜が遠くにちらりとでも見えると、勇気づけられた。火竜、いた。それで安堵して、つい笑ってしまうこともあった。

「……生きてるよな？　みんな」

疑うな。疑ったら負けだ。負ける？　何に？

たぶん、自分に。

自分自身の弱い心に。

強いなんて思ってなかったけど、こんなに脆いのかよ。いくらか成長したつもりでいたのに、何だよ、このていたらく。ひどすぎる。

成長したって？　できると思ってたのか？　成長？　自分に期待した？　馬鹿じゃないのか。所詮、雑魚なんだよ。持たざる者なんだよ。才能とか、ないし。努力はしてきたよ。他にどうしようもないからさ。自分なりに、やれるだけのことはやってきたよ。足りなかったのかな？　足りるも足りないもないってことか。どうせ無駄なんだよな。どんなに一生懸命、精一杯、何をやったって、たかが知れている。

こんな自分にも、何かできると思った？　かもしれないって？　笑っちゃうよな。現実を見ろよ。最初からわかりきってることじゃないか。自分以外の自分にはなれない。自分以上の自分にもなれない。自分は自分でしかない。どこまでいっても弱い、脆い、自分は変わらない。結局、変われない。変わりようがない。

ちっぽけで、みじめで、みっともなく何かにすがって、今のところは生きながらえているものの、長くはない。

これが自分だ。

もう、やめよう。

火竜は、ほら、あんなに遠くにいる。先回り？　できっこない。痛いしさ。右の踵だけじゃない。どこもかしこも痛い。歩きたくない。動けない。

ここにいよう。

座って、じっとしていよう。

実際、ハルヒロはおそらく、かなり長い間、膝を抱えて座っていた。

「……凡人ってさ……」

笑えるよ。まったく。自分で自分を見切ったのなら、きっぱり、すっぱり、諦めちゃえばよくない？　そんなこともできないのかよ。そりゃそうだよな。そこまで潔くなれない。そんなものだよな、と思ってしまう。凡庸すぎて、自分がいやになる。

特別になりたかったよ。本当は、ね？　なれるものならさ。天才とか、憧れるよ。ソウマとか、ケムリとか、アキラさんでも、ミホでも、トキムネたちだって、それに、レンジとかさ。すごいよね。自分もあんなふうだったらなって、思うさ。ありえないから、考えないようにしてるだけで。この埋めがたい差を、どうすれば？　どうもこうもない。どうしようもない。どうにもならない。そんなことはわかってるけど、ただの一回も特別な存在になれないまま、死んでゆく。そういう人生って、どうなの？　寂しいっていうか、悲しいっていうか。まあ、いいんだけどね。

どんな人生だろうと、自分にとっては唯一の、かけがえのない、特別な人生だろ？　何も他人と比べることはない。他との比較なんて、評価の基準の一つでしかなくてさ。とどのつまり、自分自身がどう思うか、だろ？

先が見えてるっていうか、見えないけど、今にも終わりそうなんだから、とるにたらないこの人生を、せめて自分だけは祝福しよう。

「……するかよ、馬鹿」

誰(だれ)に対しても胸を張れる人生を送りたかった。誇らしく思える自分でありたかった。どうせ自分なんか、といじけて、だからこの程度で、と言い訳をして、自分なりに最善を尽くしているつもりになって、それで満足しようとして、あげくの果てに、やっぱりなあ、これじゃあなあ、やりきってもいないし、いまいちっていうか、ぜんぜん良くない、こんなのいやだと感じながら、たぶん幕を閉じるのだろう。

せめて、やるだけやろう、と前を向いたわけでもなく、ただ、このままというのはきつすぎる。単純にじっとしていられなくて、やむをえず立ち上がった。それが本当のところだ。神経を研ぎ澄ましていたとはとうてい言えない状態なのに、刺すような気配にぞっとした。振り返らず、前方に身を投げて転がった。すぐ後ろに、何かが降り立った。

右の踵をつかないように左足を支点にして向きなおりつつ、錐状短剣(スティレット)を抜く。相手は長い鉈(なた)のような刃物をハルヒロめがけて振り下ろそうとしていた。下手に避けようとしたらやられる、と考えたわけじゃない。身体が反応した。ハルヒロは頭からやつの下半身に突っこんだ。錐状短剣(スティレット)をぶちこんでやろうとしたら、やつは跳び下がって躱(かわ)した。そいつは何ものなのかとか、どうしてとか、そんなことには頭を巡らせずにハルヒロは突進した。いつの間にか、錐状短剣(スティレット)だけではなくて、護拳付きのナイフも左手に握られていた。右踵は痛かった。痛みなんか感じないと言ったら嘘(うそ)になるが、気にしなかった。攻めた。

攻める。攻めるのだ。やつの得物の刃渡りは一・二メートルほどもあって、ハルヒロの武器より遥（はる）かにリーチが長いし、体格も違うから、蝿叩（スワット）で防ぐにしてもさして保たない。ハルヒロは分析して判断を下すまでもなく、そう悟っていた。とにかく距離を縮めて、攻めるしかない。やつは逃げ回るだけだ。得物こそ持っているが、やつは半裸だった。顔（かお）貌（かたち）からすると、どうやらやつはオークらしい。ワルァンディンのオークに比べると細身だ。でも、単に痩（や）せているというのとは、たぶん違う。極限まで引き絞られた弓を思わせる身体つきだ。肌は緑色ではなく、滑らかでもない。盛り上がったり引き攣（つ）れたりしている。ケロイド、というのか。もしかすると、火傷の痕（あと）かもしれない。一部じゃない。全身だ。あの目。見えているのか。左右の眼球が両方とも白濁している。

　目が見えていようがいまいが、やつは下がりながらも溶岩には決して近づかない。無駄のない身のこなしだ。まるで武術の達人みたいな。たしかにハルヒロは攻めに攻めて、やつは守勢に回っている。だが、やつは追いつめられているわけじゃない。余裕がある。それもおそらく、たっぷりと。

　ハルヒロは攻めさせられているのかもしれない。とはいえ、攻めなければ攻められるだろう。攻められたら十中八九、しのぎきれない。右踵を負傷していなければ、一か八か、逃げの一手に出てもいいが、満足に走れもしないのでは可能性が絶無だ。話が通じればいいのだが、それも無理。勝てる気がまったくしなくても、やるしかない。

結末は二つに一つだ。殺(や)るか、殺られるか。

確率を算出している場合じゃないが、考えなくても無数の思考が超高速で頭の中を駆け巡る。やつの足捌(あしさば)きは独特だ。爪先立ちをしている。その部分が地面に吸いついているかのようだ。ずいぶん身体が柔らかい。鉈は右手だけで扱っている。左手は添えてすらいない。あの鉈。金属じゃないようだ。岩か。岩を削ったものらしい。あの石でできた長鉈は手製なのかもしれない。やつはここに住んでいるのか。食べ物や飲み物はどうしているのか。生きられる環境なのか。そろそろ来そうだ。

ほら、来た。

やつが身体をねじりながら斜めに引いた。長石鉈を突き出してくる。ハルヒロは下がらない。よけない。渾身(こんしん)の力をこめて、護拳付きのナイフで蝿叩(スワット)する。連続では無理だが、一度なら。重い。なんて馬鹿力だ——が、いけた。弾(はじ)いて、すかさず攻めこもうとしたら、やつはするするっと後退して、顔を歪(ゆが)めた。笑ったのか。いいさ。勝手に笑ってろよ。

ハルヒロは笑わない。攻める。肉薄して、錐状短剣(スティレット)を繰り出す。護拳付きのナイフも常にやつを狙っている。わかっている。考えなくたって、わかる。やつは楽しそうだ。オークの中でも一種の異常者なのかもしれない。この戦いを楽しんで、味わい尽くそうとしている。やつはハルヒロに全力を出しきらせて、それをすっかり見物してから、ぶち殺すつもりだろう。だとするなら、わずかな勝機はそこにしかない。

だいたい、ハルヒロはとっくに全力を出している。これ以上、速く動くことも、力強く錐状短剣を振るうこともできない。これが限度なのだから、続ければ続けるだけ疲れて、落ちる一方だ。長期戦には持ちこめない。時間が経てば経つほど、仕掛けるチャンスが失われてゆく。やつもたぶん、それがわかっている。徹底的に戦って、戦って、戦い尽くせば、運や状況、その他、多種多様な要素がどんどん抜け落ちていって、最後には強い者が絶対に勝つ。そして、その場合の勝者はハルヒロじゃない。やつだ。

だから、その最終局面に至る前に、ハルヒロは捨て身で勝負をかけるしかない。もちろん、やつもそれは読んでいる。その上で、誘っているのだ。やってみろ、と。

来いよ、来てみろ、と。

例の線は見えない。ハルヒロの目の前には見えない細い橋があって、それを渡るしかない。しかも、橋の向こうにはやつがいる。ハルヒロが来ることを予期して、叩き潰してやろうと手ぐすね引いて待ち構えている。勝算は、ゼロではないかもしれないが、ほぼない。それでも、ハルヒロはこの橋を渡る。そうするしかないから？　やむをえず？

違う。

そうじゃない。

生きたいからだ。死にたくない。死ぬわけにはいかない。やつを倒して、生きる。生きる。生きる。生きてやる。やつに勝つ。勝つんだ。さあ、橋を——渡れ。

強襲(アサルト)。

全力を出していたつもりだったのに、そうでもなかったのか。ハルヒロ自身、意外だった。自分がこんなに速く動けるとは。おかげで幸先(さいさき)のいいことに、やつの予想を上回ることもできたようだ。ハルヒロはあっさりやつの懐に入りこんだ。あとはもう、錐状短剣(スティレット)で突きまくり、護拳付きナイフを振り回しまくる。やつはとっさに右膝(ひざ)を上げて防御しようとした。その右脚を滅多突きにし、ズタズタに斬(き)り裂いて、押しこんだ。やつが左手を伸ばしてきた。やつはハルヒロを抱えこんで攻撃を封じようとしたらしい。ハルヒロはかまわずやつの腹に錐状短剣(スティレット)を突き刺して抉(えぐ)った。護拳付きナイフはやつの右腋(わき)にぶちこんだ。やつを押し倒す恰好(かっこう)になった。やつは両脚をハルヒロの胴に絡(から)めて締めつけ、左手で髪を摑(つか)んだ。そうして長石鉈の柄をハルヒロの頭に打ちつけた。ハルヒロの世界が大袈裟(おおげさ)に揺れた。それでもハルヒロは錐状短剣(スティレット)でやつの体内を掻(か)き回しつづけた。護拳付きナイフをさかんに動かして、やつの右腕を肩から切り離そうとした。やつの首に嚙(か)みついた。皮膚を、硬い筋肉を、血管を、嚙みちぎってやった。血があふれた。あたたかいどころか、熱いほどだった。ハルヒロはその傷口にさらに食いついた。やつが叫んでいた。ハルヒロは声なんか一切出さなかった。壊す、壊す、やつを壊してやる、壊して、動けなくなるまで壊して、生きる、生きる、生きてやる、生きるんだ、勝つ、勝って、生きる、生き残るんだ、殺るか殺られるか、生きるか死ぬか、死ぬのはこっちじゃない、おまえだ。

もしかして、もういいのかな……？

いや、まだだ。もっとだ。やつから流れ出る血があたたかくなくなるまで、ハルヒロは手を止めなかった。確実に完全に、やつが死んだと確信すると、全身から力が抜けて泣けてきた。ずいぶん泣きじゃくっていたような気がする。

勝った。ハルヒロが勝ってしまった。相手は強かった。純粋な強さで言えば、相手のほうが上だった。ひょっとすると、遥かに上だったかもしれない。なぜ勝てたのか。

決して相手に驕りがあったわけではないと思う。相手は油断してはいなかった。ただ、相手の力量を十とするなら、ハルヒロは五くらいとか、四とか、そういった認識が相手にはあっただろう。ハルヒロの認識も似たようなものだった。でも、最後の瞬間、その五の力に多少なりとも上積みすることができた。それだけが勝負を分けた。そして、ハルヒロはまさしくそこに賭けたのだ。目論見どおりだった。その意味では、完勝だった。弱者が強者から、たった一人で、自分だけの力で、実力で、この勝利をつかみとったのだ。

ハルヒロは敗者の亡骸を探った。相手のことをよく知りたかった。身長は二メートル二十センチくらいか。体重は何とも言えないが、百キロはゆうに超えているだろう。百二、三十キロはありそうだ。でかい。細身に見えたが、やはり巨体だ。体表の火傷は全身に及んでいた。足の指までケロイドになっている。これはきっと、わざとだ。自ら焼いたに違いない。口からはみ出している牙には何かが細かく彫られていた。竜らしい。

持ち物をぜんぶ調べた。腰にベルトをしていて、物入れや鞘(さや)がついていた。金色の指輪らしきものと、黒っぽい鱗(うろこ)のようなものが四枚、あとは小刀。すべてもらっておくことにした。やつは目を開けていたので、閉じさせて、なんとなく合掌した。我ながらおかしな話だと思うのだが、このオークに命を分けてもらって、そのおかげでハルヒロは今、生きている。そんな感覚があった。まあ、ハルヒロも満身創痍(まんしんそうい)で、痛くないところを探すほうが難しいような有様だ。せっかく分け与えられた命も、そのうち尽きてしまうかもしれない。それでも、なんとか生きている。生きているからには、やるべきこと、というか、どうしてもやりたいこと、やらずにはいられないことがあった。

仲間たちに会いたい。きっとみんな無事だとか、会えるに違いないとか、そんなことは微塵(みじん)も思わないし、期待していないが、とにかく会いたい。だから、捜そう。この命が果てるまで、捜しつづけよう。

やつを残して、ハルヒロは歩いた。ややしばらく行ってから振り返ると、やつの亡骸に火蜥蜴(サラマンダー)が群がっていた。皮肉でも何でもなく、やつにとって二番目にふさわしい終わり方だと思った。たぶん一番は、火竜に挑んで炎の息に焼き尽くされるか、食べられる。それは叶(かな)わなかった。

あてはない。方向すらわからない。

たまに、火竜の姿が小さく見えると、妙に励まされて自然と笑みがこぼれた。

痛みや疲労で歩きたくなくなったら、素直に座って休んだ。横になることもあった。立ち上がれなくなったとしたら、そのときはそのときだ。受け容れればいい。だがおそらく、そうはならないだろう。意識がなくなってしまったら、それはもちろん、どうしようもない。ただ、そのときが来るまで、この願いが消えることはないだろう。

仲間たちに会いたい。

この期に及んで、情けない、とか思わないよ。

やっぱり、ひとりきりはいやだ。寂しいよ。

何度か、眠るというより、気を失った。目が覚めると、嬉しかった。まだ生きている。まだ捜せる。

なんか、こうやって、どこまでも行ったな。あれはいつのことだろう。

自転車に乗って——自転車……？

よくわからないけど、どこまで行けるだろうって。どこまでも行けるんじゃないかって。きっかけは何だったっけ？　そう。よくある、あれだ。虹。雨上がりだった。虹を見たんだ。あの虹はどこから始まって、どこで終わるのかな？　行ってみようと思った。絶対、見つけてやる。

あのときは途中で諦めたんだよな。今なら、諦めたりしない。行けるところまで行って、そのうち虹が消えても、また現れるまで待てばいいし。

目をつぶると、ああ……はっきりと見える。

虹だ。

空の彼方（かなた）に七色の虹が架かっている。

虹に向かって進もう。あの虹を目指して、どこまでも行こう。

地響きを感じて目を開けると、かなり近くに火竜がいた。見上げるような近さだった。

手を振ろうとして、やめた。じっとしていよう。踏み潰されそうな気もした。そうなったらそうなったでしょうがない。

目を閉じて、あの虹を見ていた。

いつの間にか、火竜はいなくなっていた。生きている。まだ生きていられる。

でも、さすがに身体（からだ）が重い。重いというか、ひたすら鈍い。

休めばいいか。そうだ。一休みしよう。

ちょうどいい場所がある。窪（くぼ）みだ。そこはなぜだか、ちょっと涼しい。ちょっと？　いや、けっこう涼しい。地面が冷たいなんて、不思議だ。ここはどこもかしこも熱いから。

遅まきながら、自分が這（は）っていることに気づいた。歩くのもなかなか大変だしな。這うのも楽じゃないけれど、歩くよりはましだ。

この窪みはどこまで続いているのだろう？　まだまだ先がありそうだ。でも、このへんでいいかな。ここでいい。——急に、完全な暗闇（くらやみ）に包まれた。

その間際、もうだめかな、と思ったような記憶がおぼろげにある。それなのに、ぱっと目が覚めた。生きているみたいだ。しぶといな。

生きていると、死なないもんだな。

指一本動かせない。呼吸しているだけで一杯一杯だ。そんな状態が延々続いて、回復なんかとても見こめそうになかったのに、突然、起きられそうだと思いつき、物は試しとやってみたらできてしまった。これは、死ぬまでそうとう時間がかかるかもしれない。それまでは生きているしかないのか。だったらまあ、生きてやろう。

とはいえ、岩壁に背を預けて座る姿勢になると、そこで芯が抜けたように身体が弛緩してしまった。

虹が見えない。

暗いなあ。ここは、暗い。

——ていうか、ここ、どこだ……？

窪み。

涼しい。窪み？

顔をそちらへ向けた。

あれって——穴、じゃないのか？

「……マジか」

暗いし、目がかすんでよくは見えないが、たぶん穴だ。窪みの底に、直径二メートルくらいの穴が口をあけている。垂直ではなくて、斜めに傾斜しているようだ。ただの洞穴《ほらあな》だとは思えなかった。この涼しさ。異様だ。だって、ここは溶岩だらけの山の上なのだから。

ハルヒロはその穴のすぐ手前にいる。

きっと、通り道だ。

あの穴はグリムガルへと通じている。

「……こんな……ことって……」

帰れる。

グリムガルに。

「ここが……虹の……」

喉《のど》の奥から、呻《うめ》き声が洩《も》れた。——何が。

何が、虹の始まりだ。虹の終着点だ。虹なんかない。初めからなかった。幻だ。

どうせ、無理なんだよ。もういいかげん、本当に動けそうにないし。それに、一人で帰ってどうする？　だめだ。仲間が一緒じゃないと。

一人で探しあてて、目的の場所にたどりついたって、何の意味もないじゃないか。

これが、用意された結末か。

こんなふうに終わるのか。

なんてろくでもない。

――でも、あくまでたぶん、だけど、もしまた力が少しでも戻ってきて、進めるようになったら、捜すんだろうな。仲間を。あげくの果てに、人知れず、死ぬ。くだらなくても、つらくても、いやになっても、死ぬまで何かを求めて生きる。生きつづける。

また起きられるかどうかはわからない。起きられるといい、とも思わないが、起きてしまったら、性懲りもなく悪あがきするのだろう。

今は眠ろう。

子守歌でも聞かせてもらえればいいんだけど。

一人はいやだな。

誰か、そばにいて欲しい。


誰か。

……頼むよ。

ここにいてくれるだけで、いいから。

〝——目覚め(アウェイク)よ。〟

夢だ。きっと、夢を見たのだと思う。あの声。——聞いたことがある。男の声だ。あれは誰なのか？　でも今、聞いたわけじゃない。だから、夢だろう。目やにか何かのせいで、瞼を開けるのにえらく手こずった。感想は？　まだ生きてるよ、かな？　よく生きてるよな。だけど本当に、生きているのか？　死後の世界とかだったりしない？　そう疑いたくもなる。

何か聞こえる。幻聴でなければ、足音だ。これでも盗賊の端くれなので、死にかけていても、そのくらいは聞き分けられる。足音が近づいてくる。複数だ。たぶん、五人。

「あっ……」

声がした。無理やりにでも頭を持ち上げて、声がした方向に目をやらずにはいられなかった。——生きている。

「ハル……！」メリイが飛んできた。抱え起こされて、顔中をさわられた。メリイ。美人だなあ。あらためて。うん。もうね。なんていうか。何も言えないっていうか。ハルヒロは笑おうとした。笑うことができたかどうか。心許ない。

「ハルくん、ハルくん……！」

「ハルヒロくん……！」

「ハルヒロ……！」

「うっそだろ、ちくしょう！　マジかよ、クソが……！」

――クソとか言うなよな。いいけど。

いや、良くないって。

あんまり。

「すぐ治療するから！　ハル……！　聞こえてる!?　がんばって！　大丈夫だから！　みんな、いるから！」

ハルヒロはうなずいて、目をつぶった。

虹が見えた。

あとがき

僕はアクションゲームが苦手です。なぜかというと、同じことがどうしてもできないのです。プレイしているうちに、ああこのタイミングでこうしてこうすればいいんだということが見えてきます。一度か二度はそのとおりにプレイできるのですが、それ以上となると難しい。何か悪戯(いたずら)心のようなものが芽生えて、違うことをしてしまうのです。いや、それはただ練習不足なんじゃないの、何回も繰り返しプレイしていればできるようになるよと思われるでしょう。そうなのかもしれませんが、実を言うと僕は洗濯物を畳むのも苦手で、同じ形に畳むことがなぜかどうしてもできない。同じ形に畳むぞ是が非でも同じ形に畳むぞとよほど意識して全力で取り組まないと、あれ、変だな、似たようなデザインのＴシャツ十枚がぜんぶ違う形に畳まれている。そういうことが起こってしまう。Ｔシャツなんかだと、同じ形に畳まないと箪笥(たんす)にしまう際、不便なのです。下着や靴下などもそうです。おかげで僕の箪笥の中はいつもカオスです。これはたぶん性質というか、脳の構造の問題なのではないかと思われます。何かの具合で僕の頭はそういうふうにできているのでしょう。僕はアクションＲＰＧが好きなのに、ド下手なのです。悲しいことです。

さて、このあとがきを書いているのは11月24日で、アニメ『灰と幻想のグリムガル』放映開始までまだ少し間があるのですが、とはいえもうすぐです。先日、アフレコを見学させていただきました。すばらしいアニメになりそうで、楽しみです。勉強にもなります。ガンガンＪＯＫＥＲで奥橋睦さんが連載している漫画『灰と幻想のグリムガル』も、お話の筋は小説と基本的に一緒ですが、細かい部分で微妙に味つけが違っていたりして、刺激になります。僕は小説をもっとがんばらないと。グリムガルも、ここからですから。

ハルヒロたちはせいぜい一歩ずつしか進めません。こんな調子で、いったいどこまで行けるだろう、どこかにちゃんと行き着けるのだろうか、少し心許なくもあるのですが、進んでゆけば道はきっと続くはずです。一応、終着点みたいなものも、僕の頭の中にはなくもありません。すべては彼ら次第なので、もしかしたらぜんぜん別の場所にたどりついてしまったりするかもしれませんが、そのときはそのときです。今までなかなか登場する機会がなかった人たちも、ちょっとずつ顔を出す予定なので、ご期待ください。

というわけで、紙数が尽きました。編集Ｋさんと白井鋭利さん、ＫＯＭＥＷＯＲＫＳのデザイナーさん、その他、本書の制作、販売に関わった方々、そして今、本書を手にとってくださっている皆様に心からの感謝と胸一杯の愛をこめて、今日のところは筆をおきます。またお会いできたら嬉しいです。

十文字　青

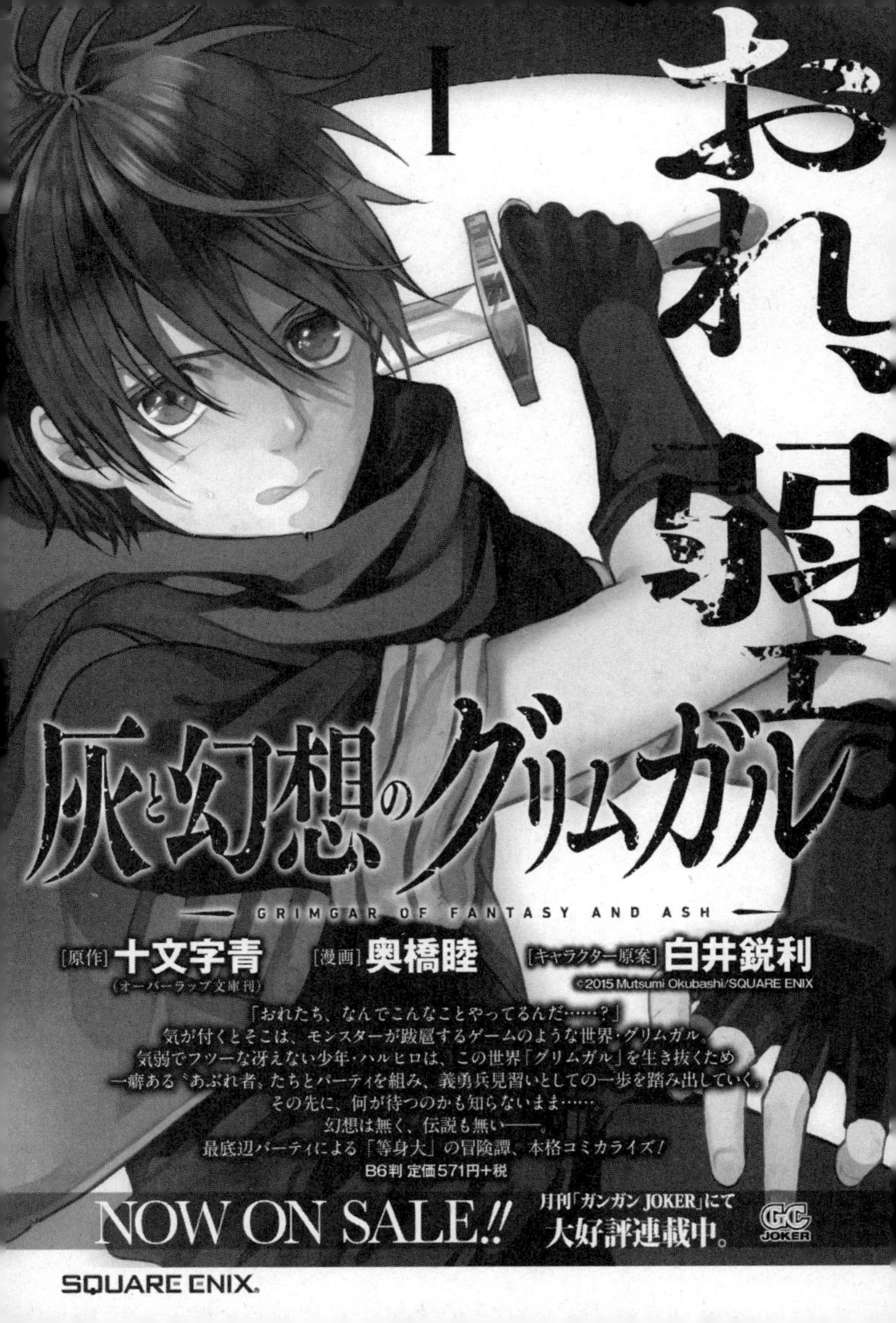
I
おれ、弱ェ
灰と幻想のグリムガル
GRIMGAR OF FANTASY AND ASH
[原作]十文字青（オーバーラップ文庫刊）
[漫画]奥橋睦
[キャラクター原案]白井鋭利
©2015 Mutsumi Okubashi/SQUARE ENIX
「おれたち、なんでこんなことやってるんだ……？」
気が付くとそこは、モンスターが跋扈するゲームのような世界・グリムガル。
気弱でフツーな冴えない少年・ハルヒロは、この世界「グリムガル」を生き抜くため
一癖ある〝あぶれ者〟たちとパーティを組み、義勇兵見習いとしての一歩を踏み出していく。
その先に、何が待つのかも知らないまま……。
幻想は無く、伝説も無い――。
最底辺パーティによる「等身大」の冒険譚、本格コミカライズ！
B6判 定価571円＋税
NOW ON SALE!!
月刊「ガンガンJOKER」にて
大好評連載中。
GC JOKER
SQUARE ENIX.

多くの仲間と協力し、この世界を生き抜こう――。

\ 義勇兵リアルタイムバトルRPG登場！ /

GREEにて事前登録開始

登録はコチラ⇒

http://gree.jp/r/80458/1

POINT 1 **簡単操作で体験！ 新たなグリムガルワールド**

多くの義勇兵と多くのモンスターがいるグリムガル。
そこを舞台に新たに紡がれる物語を簡単操作で味わうことができます。

POINT 2 **「原作者・十文字 青」全面監修のキャラクター**

十文字 青がこのゲーム用に考案した新たな義勇兵キャラが多数登場！
オリジナルスキルやオリジナルステージも実装されます。

灰と幻想のグリムガル −New Order−

©2016 十文字青・オーバーラップ／灰と幻想のグリムガル製作委員会
©GREE, Inc. ©AZITO Co.,Ltd

●2016年春サービス開始予定 ●基本プレイ無料（アプリ内課金あり）
●対応機種：スマートフォン、フィーチャーフォン（一部機種を除く）
●開発・運営：株式会社AZITO

灰と幻想のグリムガル × Wizardry Online

Grimgar, le Monde des cendres et de fantaisie

Wizardry Onlineとは――

RPGの始祖「Wizardry」をオンラインゲームとして進化させた難攻不落のMMORPG。
基本プレイ無料で誰でも「死」と隣り合わせの冒険を体験可能!!

ファンタジーアニメと伝統のオンラインRPG
とのコラボが今冬実現!!!

コラボHP http://www.wizardry-online.jp/event/20151202grimgar/

公式HP http://www.wizardry-online.jp/entrance

"Wizardry®" of GMO Gamepot Inc. All rights reserved. Wizardry Renaissance™ ©2009 GMO Gamepot Inc. All rights reserved.

OVERLAP

灰と幻想のグリムガル level.7
彼方の虹

発　行　2015年12月25日　初版第一刷発行
　　　　2018年2月9日　　第十刷発行

著　者　十文字青
発行者　永田勝治
発行所　株式会社オーバーラップ
　　　　〒150-0013　東京都渋谷区恵比寿1-23-13
校正・DTP　株式会社鷗来堂
印刷・製本　大日本印刷株式会社

©2015 Ao Jyumonji
Printed in Japan ISBN 978-4-86554-086-4 C0193

※本書の内容を無断で複製・複写・放送・データ配信などをすることは、固くお断り致します。
※乱丁本・落丁本はお取り替え致します。下記カスタマーサポートセンターまでご連絡ください。
※定価はカバーに表示してあります。
オーバーラップ　カスタマーサポート
電話：03-6219-0850／受付時間 10:00～18:00（土日祝日をのぞく）

作品のご感想、ファンレターをお待ちしています
あて先：〒150-0013　東京都渋谷区恵比寿1-23-13 アルカイビル4階　オーバーラップ文庫編集部
「十文字青」先生係／「白井鋭利」先生係

PC、スマホからWEBアンケートに答えてゲット!
★制作秘話満載の限定コンテンツ『あとがきのアトガキ』★この書籍で使用しているイラストの『無料壁紙』
★さらに図書カード（1000円分）を毎月10名に抽選でプレゼント!

▶http://over-lap.co.jp/865540864
二次元バーコードまたはURLより本書へのアンケートにご協力ください。
オーバーラップ文庫公式HPのトップページからもアクセスいただけます。
※スマートフォンとPCからのアクセスにのみ対応しております。
※サイトへのアクセスや登録時に発生する通信費等はご負担ください。
※中学生以下の方は保護者の方の了承を得てから回答してください。

オーバーラップ文庫公式HP▶http://over-lap.co.jp/bunko/

第3回 オーバーラップ文庫大賞
原稿募集中!
キミの"おもしろい"が最強の武器——!!
全応募作品に評価シートをフィードバック!
【賞金】
大賞……300万円
金賞……100万円
銀賞……30万円
佳作……10万円
【締め切り】
第1ターン 2015年8月末日
第2ターン 2016年2月末日
各ターンの締め切り後4ヶ月以内に佳作を発表。通期で佳作に選出された作品の中から、「大賞」「金賞」「銀賞」を選出します。
投稿はオンラインで! 結果も評価シートもサイトをチェック!
http://over-lap.co.jp/bunko/award/
〈オーバーラップ文庫大賞オンライン〉
※最新情報および応募詳細については上記サイトをご覧ください。
※紙での応募受付は行っておりません。
イラスト：himesuz